체호프
단편을
무대에
올리다

안톤 체호프
단편 연극 모음

체호프
단편을
무대에
올리다

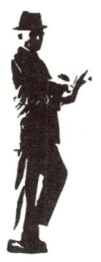

L. M. 쉬흐마토프 · V. K. 리보바 지음
박정곤 옮김

인디북

인디북에서 안톤 체호프의 작품들을 출간하는 데 영감을 준
러시아 예술가 Ирина Виноградова에게 감사드린다.

안톤 체호프 단편 연극 모음

체호프 단편을 무대에 올리다

1판 1쇄 인쇄 | 2010. 12. 22
1판 1쇄 발행 | 2010. 12. 24

지 은 이 | L. M. 쉬흐마토프 · V. K. 리보바
옮 긴 이 | 박정곤
펴 낸 이 | 박옥희
펴 낸 곳 | 도서출판 인디북

편집진행　　 | 김연순 조명희
표지 디자인 | 석운
본문 디자인 | 이미연 이인선
관리　　　 | 길은자

등 록 일 자 | 2000. 6. 22
등 록 번 호 | 제 10-1993호
주　　　 소 | 서울시 마포구 용강동 469 하나빌딩 2층
전　　　 화 | 02)3273-6895
팩　　　 스 | 02)3273-6897
홈 페 이 지 | www.indebook.com

ISBN 978-89-5856-128-6 03890

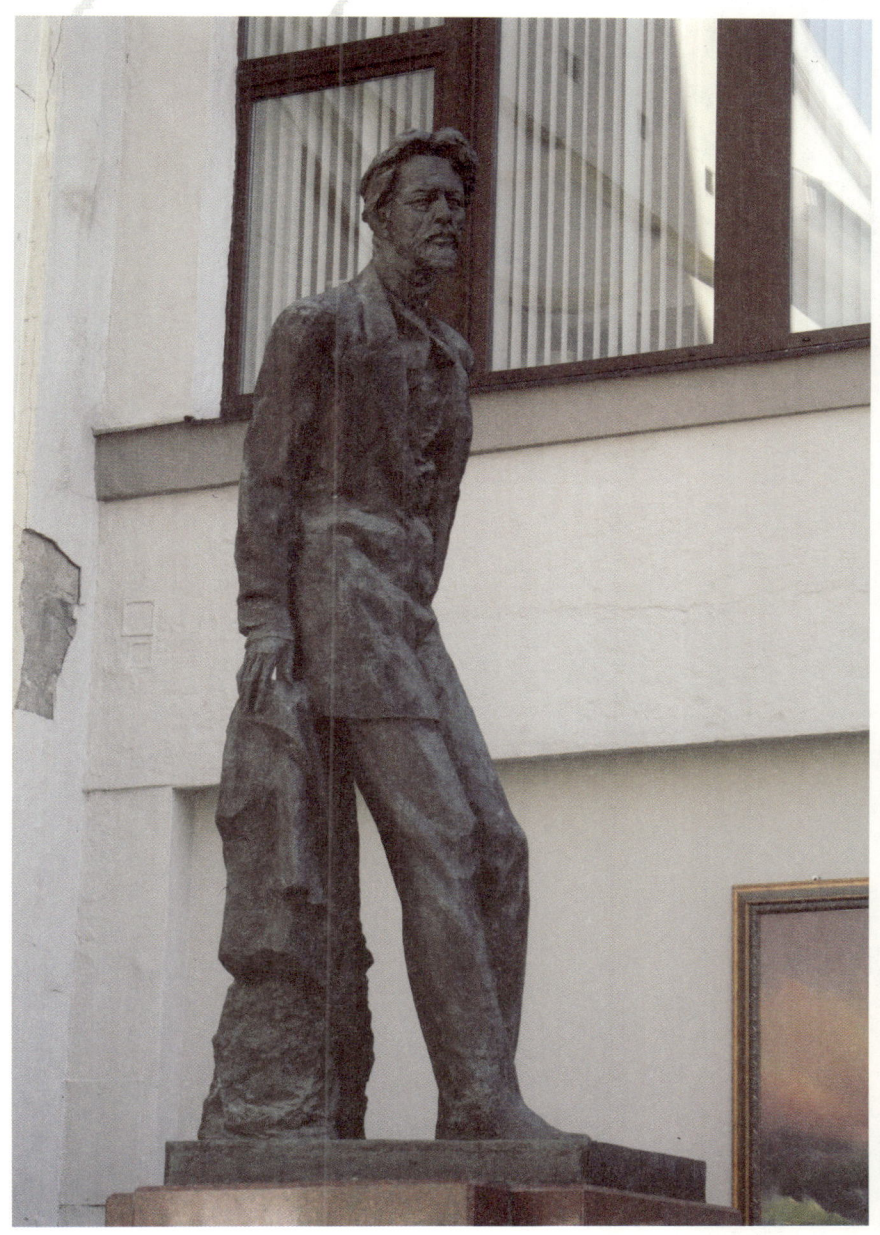

모스크바 예술극장 앞에 서 있는 체호프의 동상.

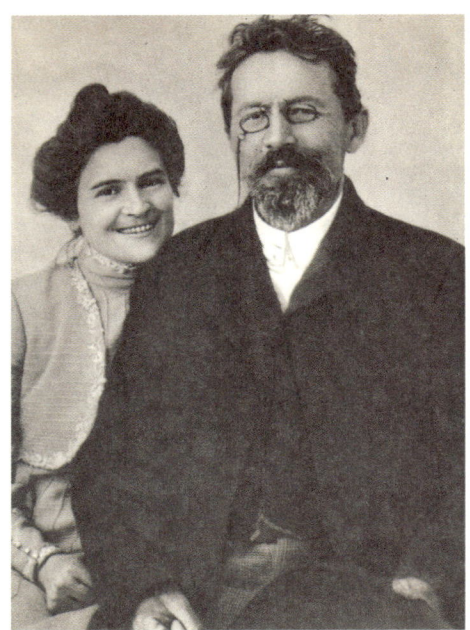

아내 올가 크니페르와 함께. 1901년.

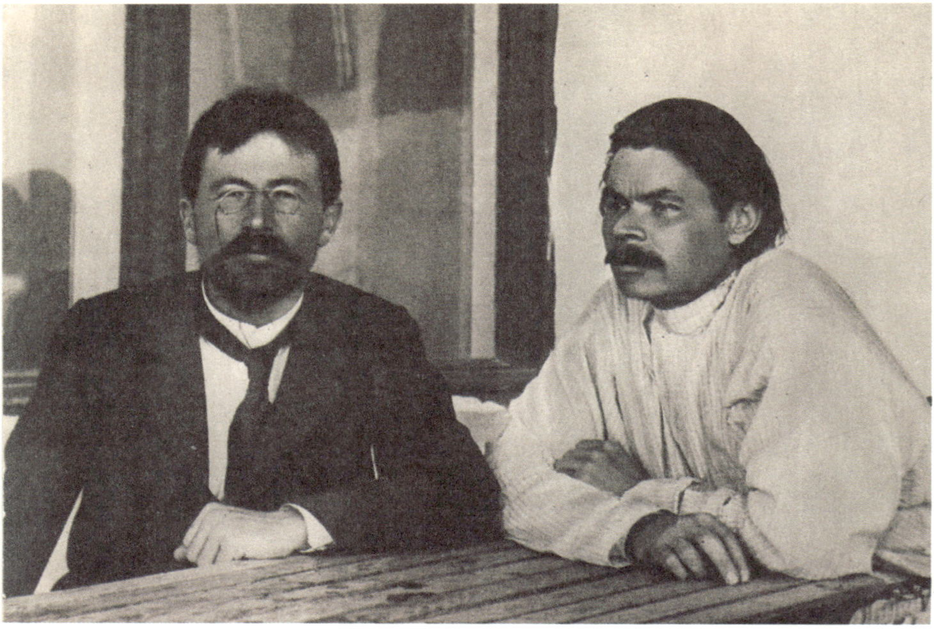

체호프와 막심 고리키. 고리키가 러시아학술원 회원 자격을 박탈당하자 체호프도 스스로 회원 자격을 반납하였다.

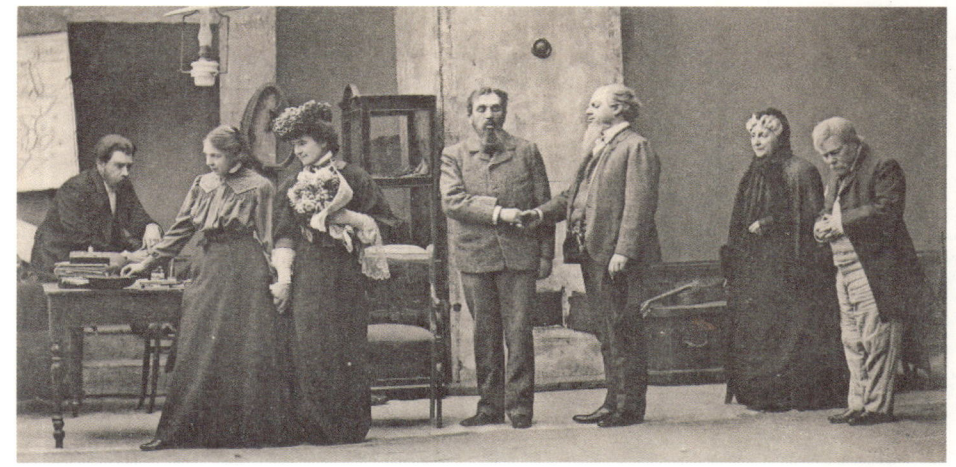

「바냐 외삼촌」의 한 장면. 모스크바 예술극장.

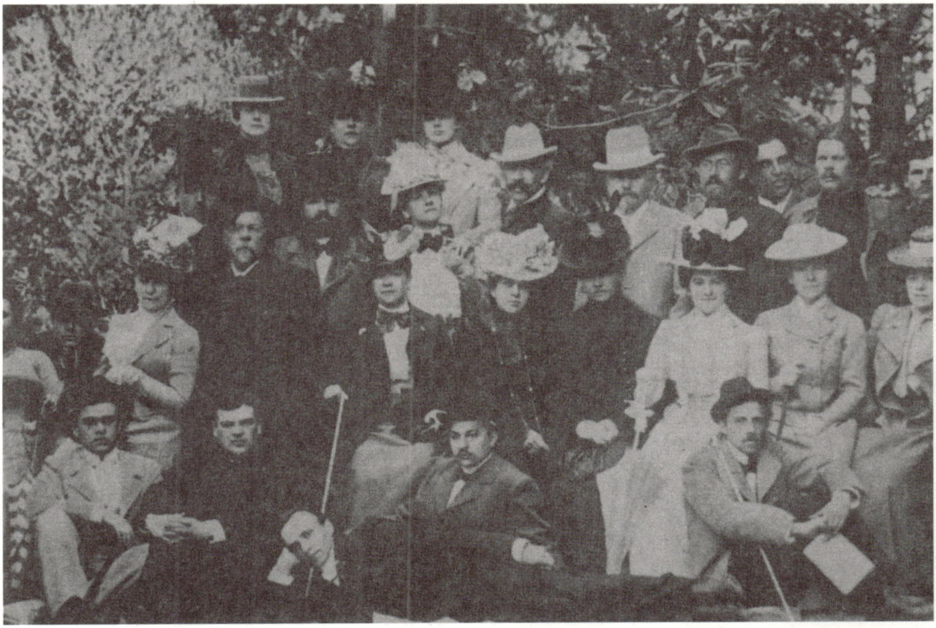

모스크바 예술극장 단원들과 함께. 뒷줄 오른쪽에서 네 번째가 체호프이며, 그 옆에 막심 고리키가 서 있다.

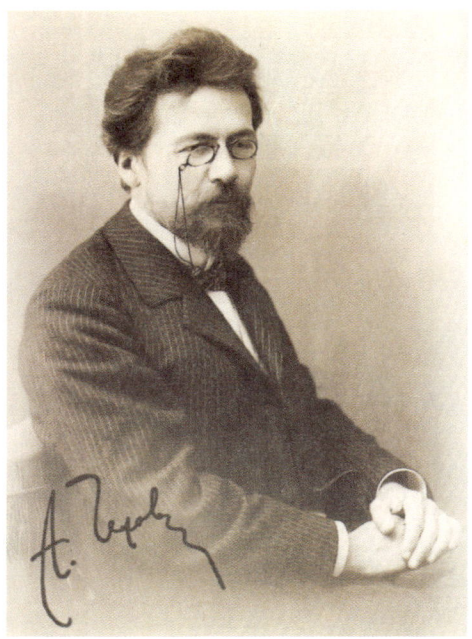

만년의 체호프.
애석하게도 그는 마흔넷의 나이에 생을 마감한다.

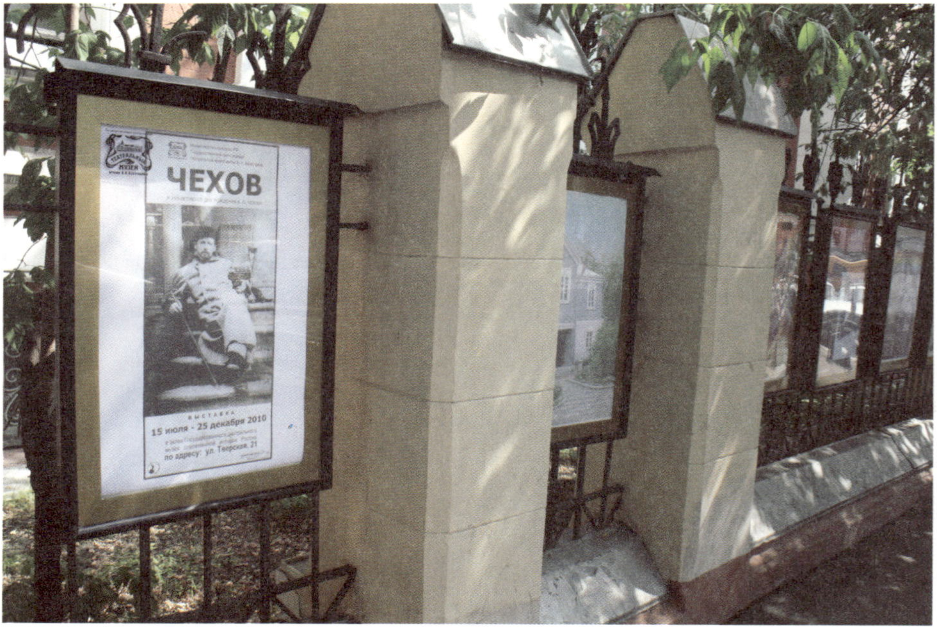

〈체호프 특별전〉이 열리고 있는 바흐루쉰 박물관.

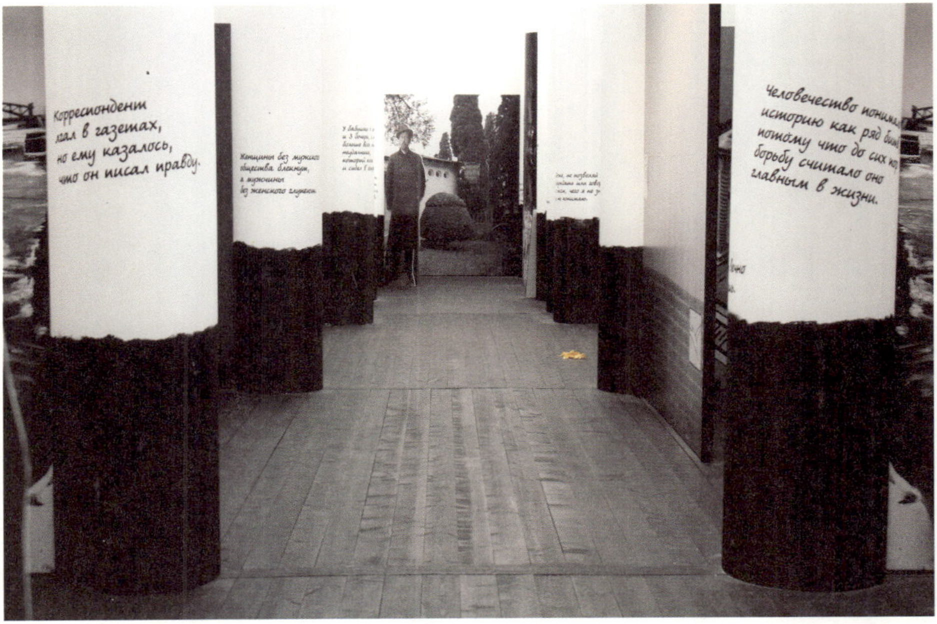

〈체호프 특별전〉의 전시실. 저 멀리 체호프 모형이 세워져 있다.

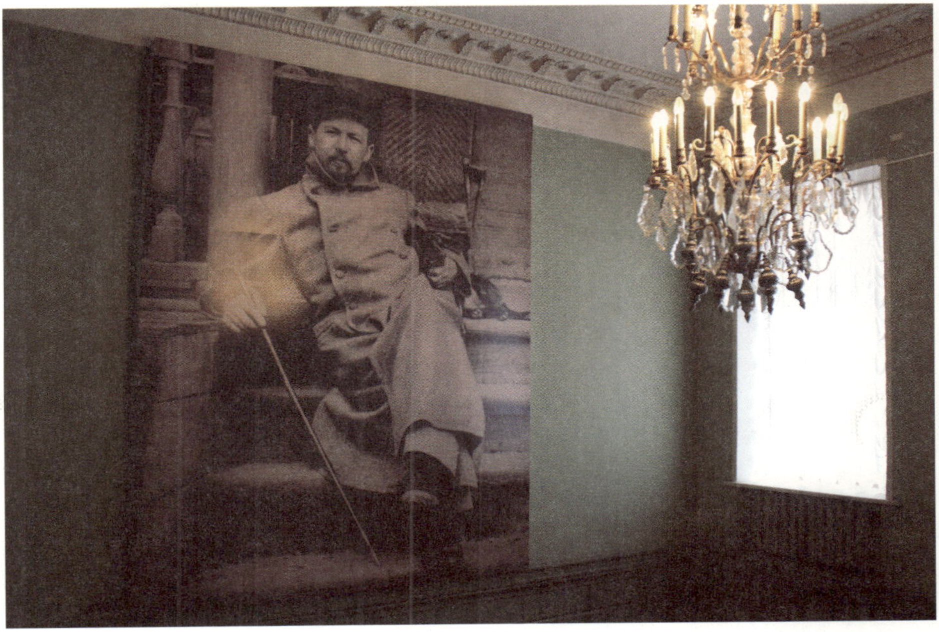

체호프의 사진이 걸려 있는 특별전 회랑.

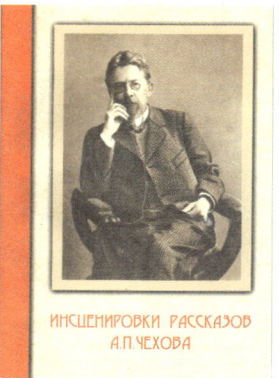

ИНСЦЕНИРОВКИ РАССКАЗОВ
А.П.ЧЕХОВА

체호프 단편 연극 모음집 원본.

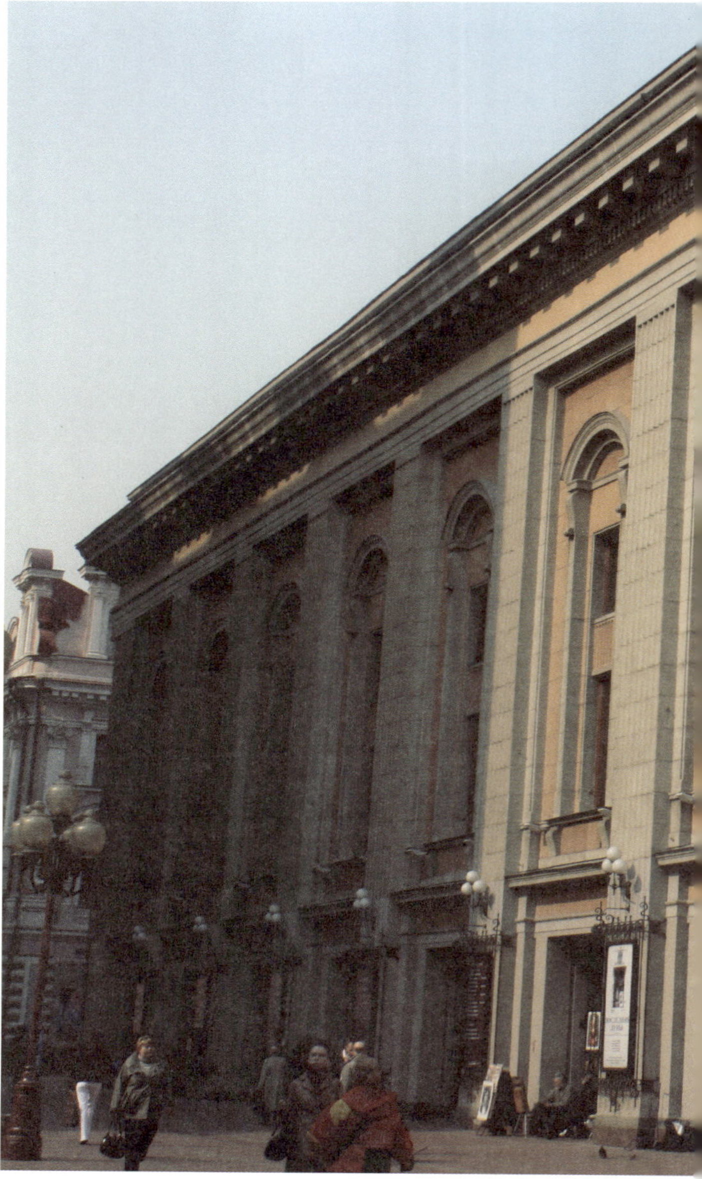

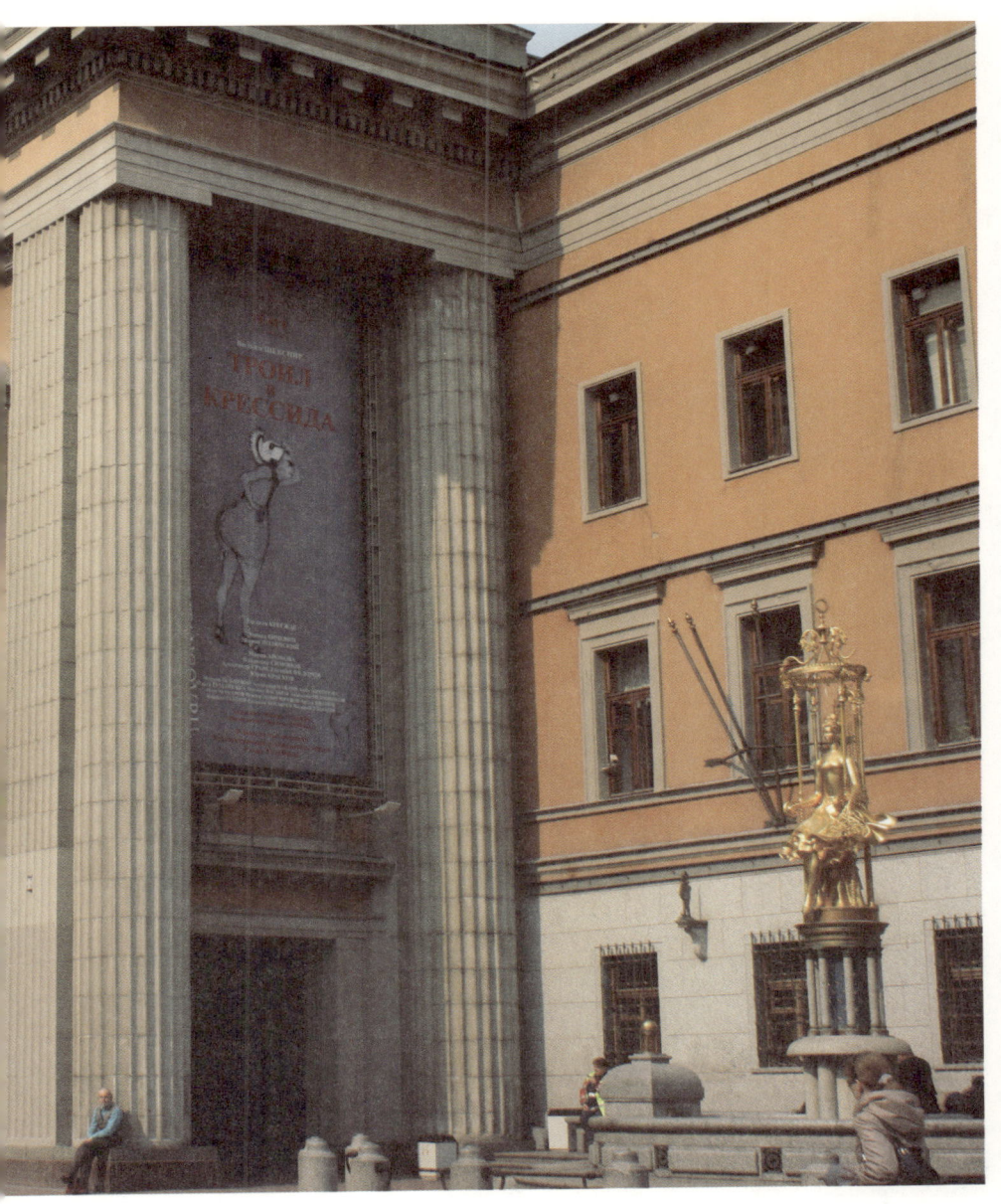

바흐탄고프 극장 전경. 슈킨 연극대학교에서 수학한 배우들이 활동하는 곳이기도 하다.

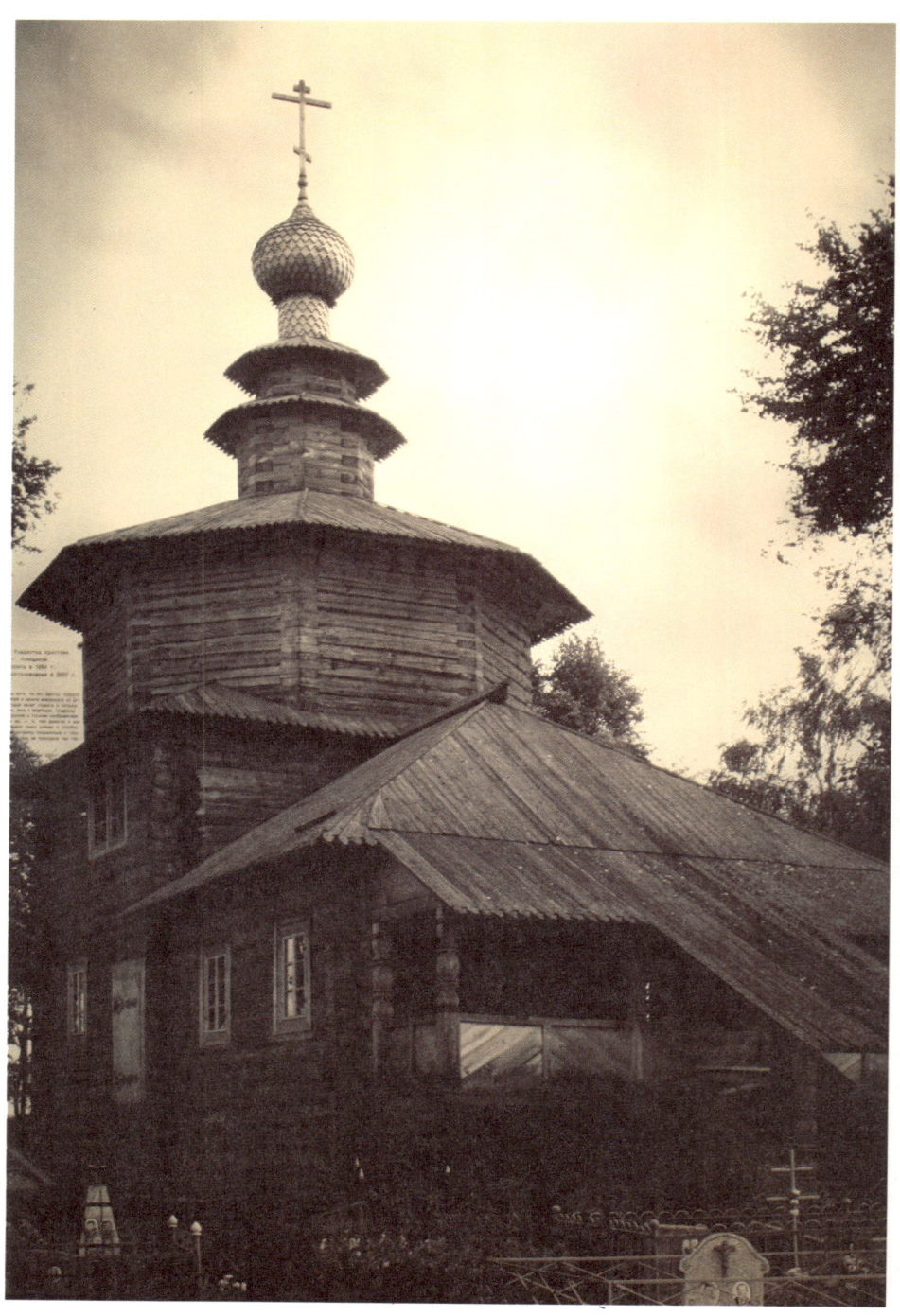

멜리호보에 위치한 교회. 이곳 멜리호보에서 체호프는 걸작 「갈매기」를 창작하였다.

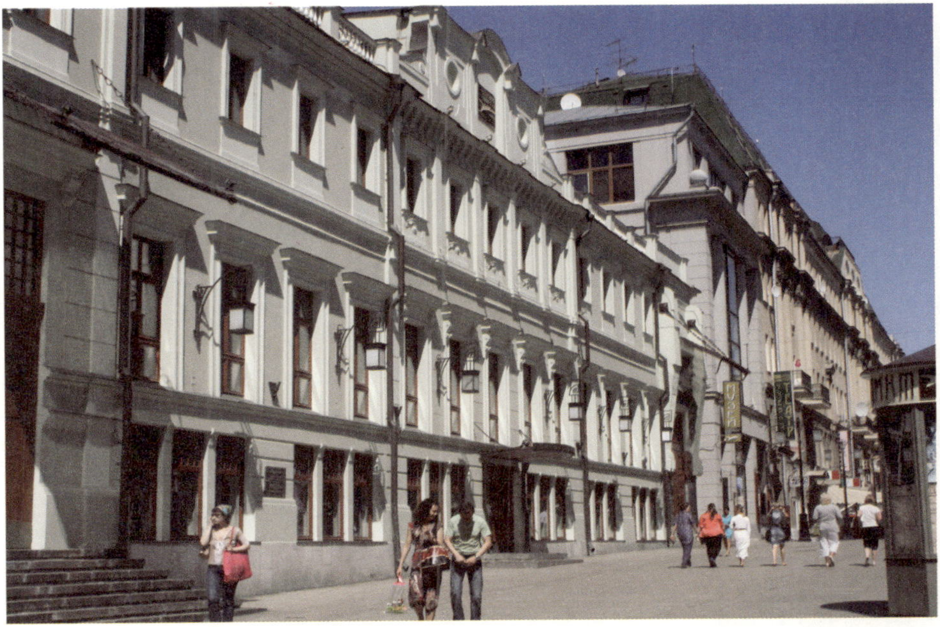

모스크바 예술극장. 이곳에서 체호프의 4대 장막극이 모두 상연되었다.

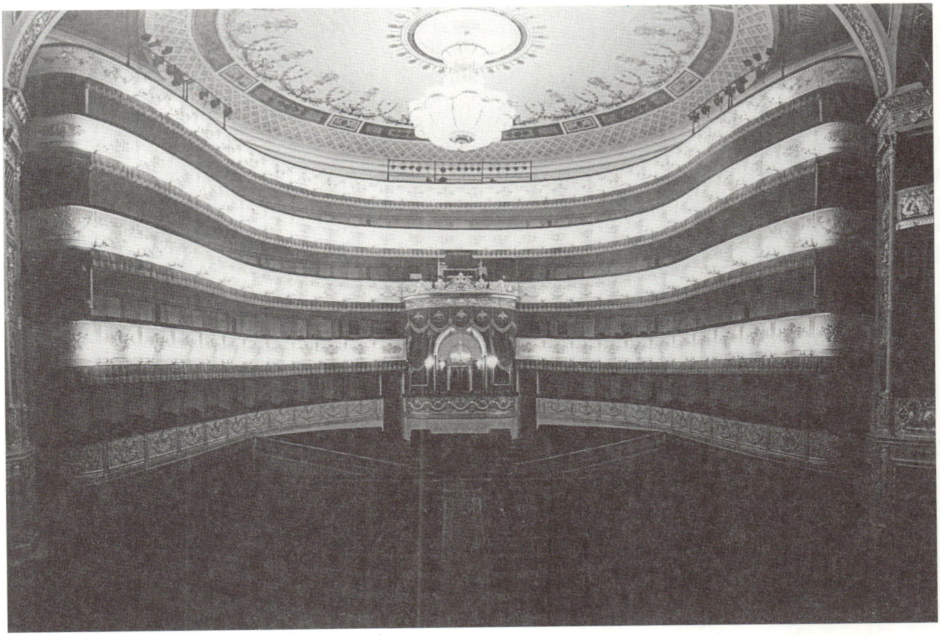

체호프 작품이 상연되었던 모스크바 예술극장의 당시 모습.

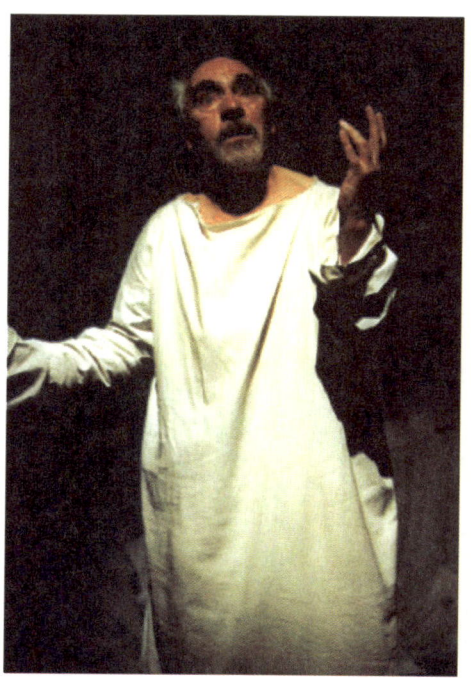

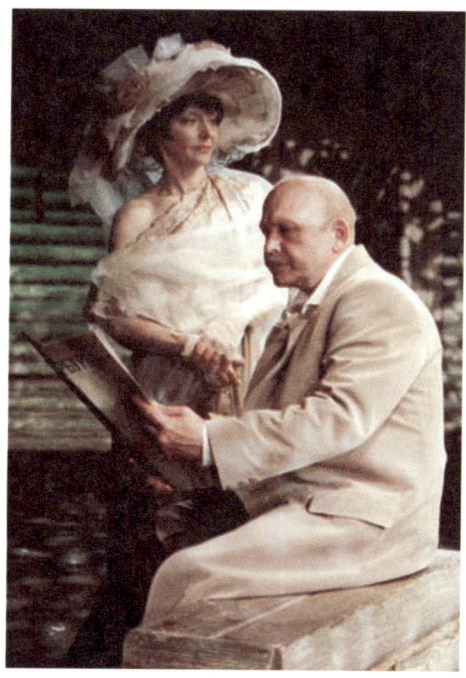

체호프를 대상으로 상연화한 「닥터 체호프」

「벚나무 밭」의 한 장면. 우 니키트스키흐 보로트 극장.

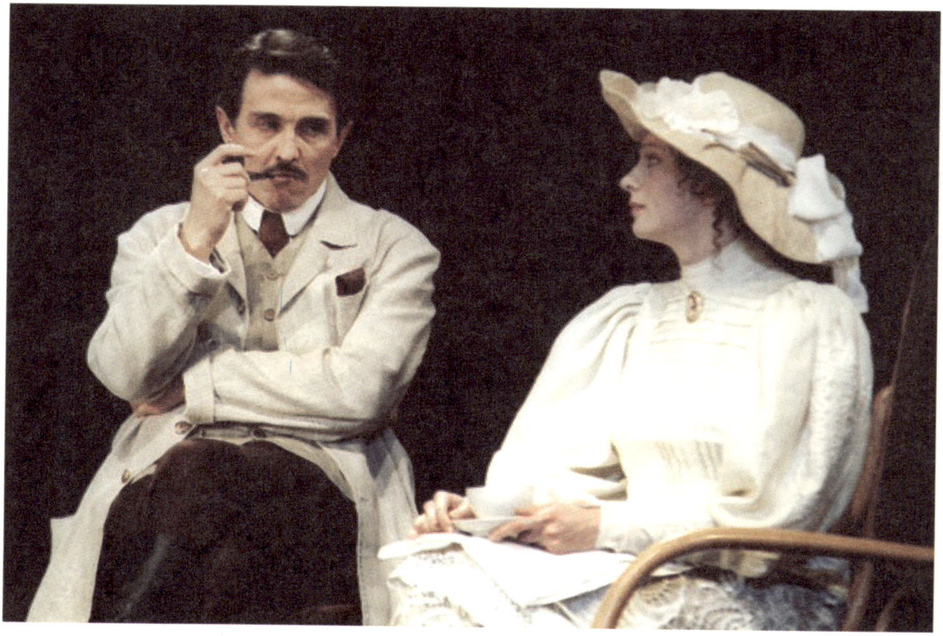

장막극 「바냐 아저씨」

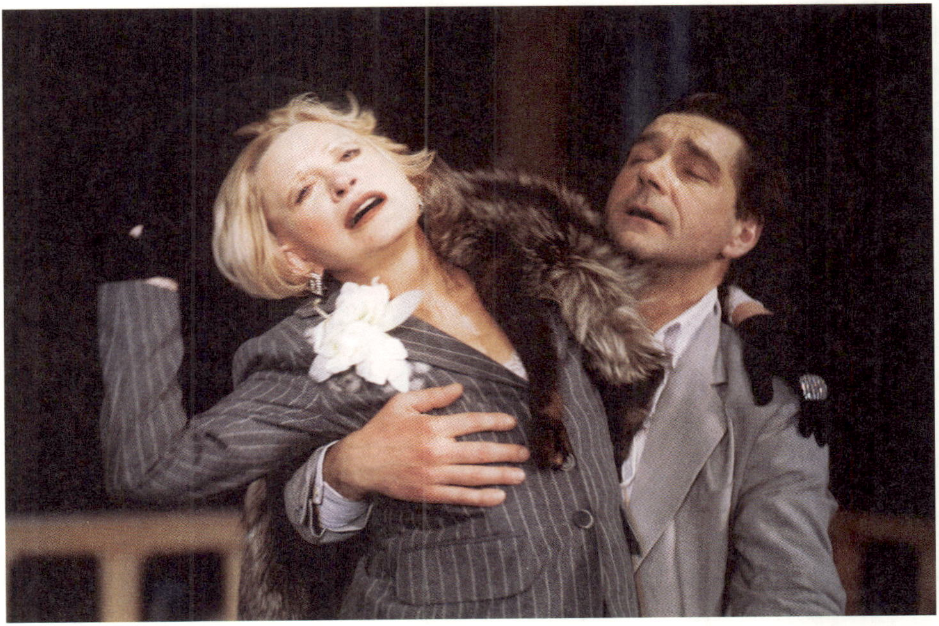

체호프 장막극의 한 장면.

장막극 「벚나무 밭」을 끝내고. 렌콤 극장.

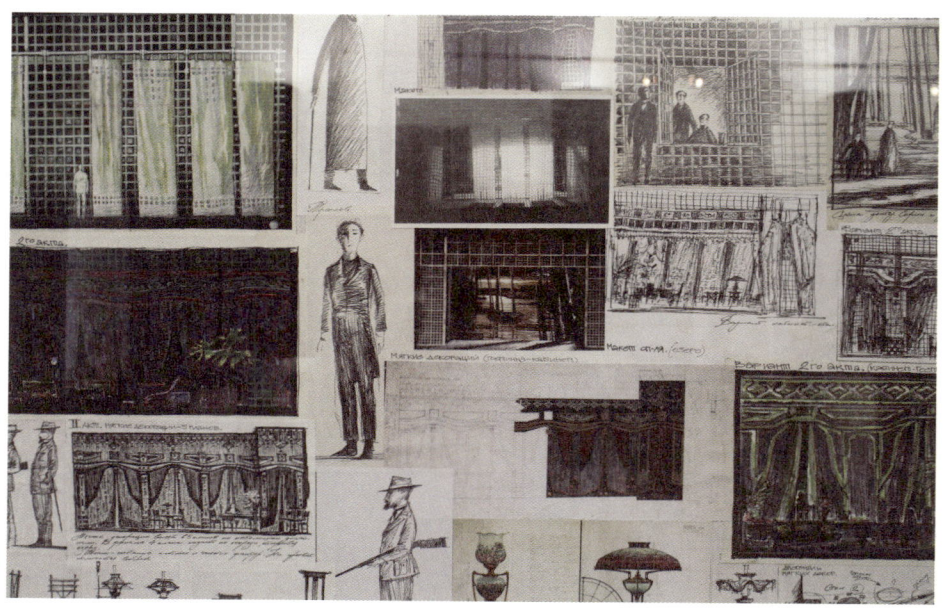

체호프의 희곡에 등장하는 인물들에 대한 에스키스.

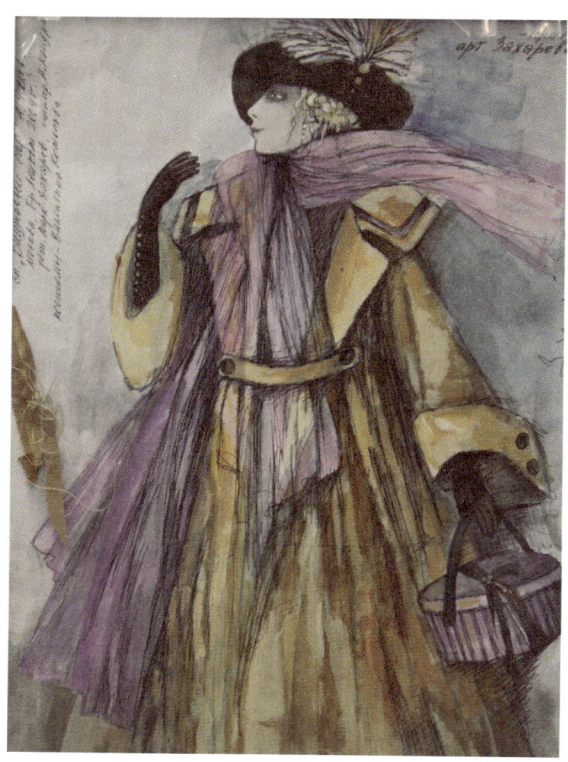

장막극 「벚나무 밭」의 라네프스카야 에스키스.

오늘날 보리스 슈킨 연극대학교로 불리는 바흐탄고프 학교는 예브게니 바그라티오노비치 바흐탄고프에 의해 1914년 설립되었으며, 아마추어 연극인 단체였던 모스크바 대학생 모임에서부터 성장하였다.

바흐탄고프가 가진 연출가이자 교육자로서의 자질과 미학적인 재능들은 상당히 중요하다. 그의 미학적 관점과 이념은 그의 사후에 자신의 이름을 딴 극장과 학교에서 재능 있는 학생들 속에서 커다란 반향을 일으켰다. 뛰어난 교육자로서 바흐탄고프는 스승의 교훈을 성스럽게 간직하도록 자신의 모든 학생들에게 이러한 형식의 예술(물론 교육적 예술!)에 대한 사랑을 전하고자 하였다.

우리 학교에는 자신의 직업적 특성을 잘 알고 있으며 일도 사랑하는 훌륭한 교육자들이 많다. 이러한 사랑은 학생들과의 인간적인 계약 밖에서는 생각조차 할 수 없는 것들이다. 그들 가운데는 자기 자신과 영혼, 가슴까지 모두를 내어줄 준비가 된 열정적인 자들도 있다. 학생들이 교육자의 가정에서 그들의 사람, 즉 가족의 일원이 되는 경우도 있었다. 레오니드 모이세예비치 쉬흐마토프와 베라 콘스탄티노브나 리보바가 그런 경우이다.

L. M. 쉬흐마토프는 넓은 안목과 풍부한 박식함으로 학교에서 가장 훌륭한 교육가 대열에서도 주축이 되었고, 교육가로서 활동한 지난 40년간 5세대에 걸쳐 학생들을 훈육하면서 걸작의 반열에 오른 수많은 학생들의 작품과 작업을 지도하여 상연케 하였다.

반면에 학교에서 가장 원로한 교육가로서 모든 이들, 문자 그대로 극장에서 가장 나이가 많은 이에서부터 가장 젊은 이에 이르기까지 모든 바흐탄고프인들이 V. K. 리보바의 손길과 가슴을 거쳐 갔다. 극장에 대한 그녀의 헌신과 사랑, 진실을 향한 남다른 감각, 인간을 이해하고자 하는 바람, 개개인 덕성을 파헤쳐보고자 하는 의지는 학생들을 교육시키는 데 밑바탕이 되었다. 그녀는 일생 동안 학년과 학년을 이어 졸업생과 졸업생을 이어 자신의 학생들을, 지금은 국가 전역에 잘 알려진 훌륭한 배우들인 그들을 가르쳤다.

쉬흐마토프와 리보바는 함께 살며 함께 작업하였으며, 그들에게 가장 중요한 곳은 바로 이곳, 학교였다. 그들이 행한 많은 작업 가운데 추천하고자 하는 것이 바로 안톤 체호프가 창작한 단편들의 상연화 작업이다. 이 모음집에서 독자들은 체호프 작품들의 상연을 위해 경험 많은 교육가들이 해주는 충고가 얼마나 유익한지 잘 알 수 있을 것이다.

V. A. 에투쉬
보리스 슈킨 연극 대학교 예술 감독
소비에트 민중 예술가, 교수

역자의 말

　희곡과 소설의 장르를 넘나들며 러시아 문학의 명성을 세계만방에 떨친 극작가 안톤 파블로비치 체호프(Anton Pavlovich Chekhov). 그가 태어난 지 꼭 150년이 흘렀다. 작가의 탄생과 죽음을 매년 낱낱이 세는 것만큼 무의미한 일도 없겠으나, 그럼에도 작가가 남긴 주옥같은 걸작들은 가히 그의 탄생을 후세로 하여금 기념하게 만든다.

　체호프의 희곡을 연구하는 연구생으로서 세간에 잘 알려지지 않은 작가의 모습, 다시 말해 장막극과 유명 단편으로 정형화된 체호프의 이면을 탐색하고자 애쓸 당시였다. 여느 때와 다름없이 체호프와 스타니슬라프스키에 관한 연구 자료를 찾고자 모스크바의 '돔 크니기' 서점에 들렀던 역자는 1층 구석을 메운 헌책들 속에서 낯익은 사진을 발견할 수 있었다. 의자에 걸터앉은 체호프가 무언가를 응시한 채 굳은 표정을 짓고 있는 사진이 단행본 표지를 장식하고 있었던 것이다. 호기심 가득한 눈으로 첫 장을 열어 보니 다름 아닌 그의 단편들을 희곡으로 각색한, 체호프 상연화 모음집의 원본이었다. 이렇게 상연화집과의 인연은 시작되었다. 책을 사서 집으로 돌아온 후 곧바로 책을 꺼내들었다. 원래의 소설이 전달하는 것과는 다소 상이한, 그야말로 유머와 풍자로 가득한 체호프 단편의 묘미를 희곡을 통해 맛볼 수 있었다. 그와 동시에 체호프를 사랑하는 국내 독자들에게 틀림없이 신선한 충격으로 다가갈 것이라는 확신이 들었다. 그리하여 저작권자인 슈킨 연극대학교의 교수 안나 부르수르의 동의를 얻어 한국에 소개하게 되었다.

이 책의 가장 큰 독자는 연극을 전공하는 학생들이 될 것이다. 연습용 대본의 부재나 에튀드 실습을 위한 자료를 구하고자 많은 시간을 소비하는 이들에게 우선적으로 이 책을 권하고자 한다. 국내에 발표되지 않은 체호프의 단편 작품들이 주를 이루는 가운데 무대 상연에 적합하도록 개작되었기에 연출과 연기에 몸담고 있는 이들에게는 더없이 유익하리라 본다.

또한 체호프의 단편을 사랑하는 독자들에게는 새로운 측면에서 그의 작품을 접할 수 있는 흥미로운 기회가 되리라 생각한다. 비단 연극학도나 러시아 문학 전공자가 아니더라도 체호프의 작품은 널리 사랑받는바, 내용의 거의 대부분이 원전에 바탕을 두고 있는 상연화집은 체호프의 또 다른 매력에 심취하게 만든다.

번역은 우선적으로 원문에 충실하고자 노력하였으며, 일부는 저작권자와 합의 하에 국내 정서에 맞게 순화하였음을 미리 밝혀둔다. 다시 말해 러시아식 표현과 일대일 상응이 되는 우리말을 찾기 어려운 경우에는 우리네 일상을 투영하여 보다 현실감 있게 조율했다는 것이다. 그 외 미진한 부분이 있다면 역자의 탓으로 돌려도 좋다.

번역의 시작에서부터 최초의 독자가 되어준 아내와 식구들에게 사랑을 전하며, 안톤 체호프를 일생의 벗이자 스승으로 삼도록 이끌어주신 김

규종 은사님께 머리 숙여 감사드린다.

　끝으로 책이 세상과 대면할 수 있도록 출간의 기회를 주신 시인 고형렬 선생님과 인디북 식구들에게 깊은 감사의 말을 전한다.

　책장을 덮는 마지막 순간까지 독자들에게 유쾌한 독서가 되길 간절히 바라며.

2010년 12월
모스크바에서 박정곤

차례

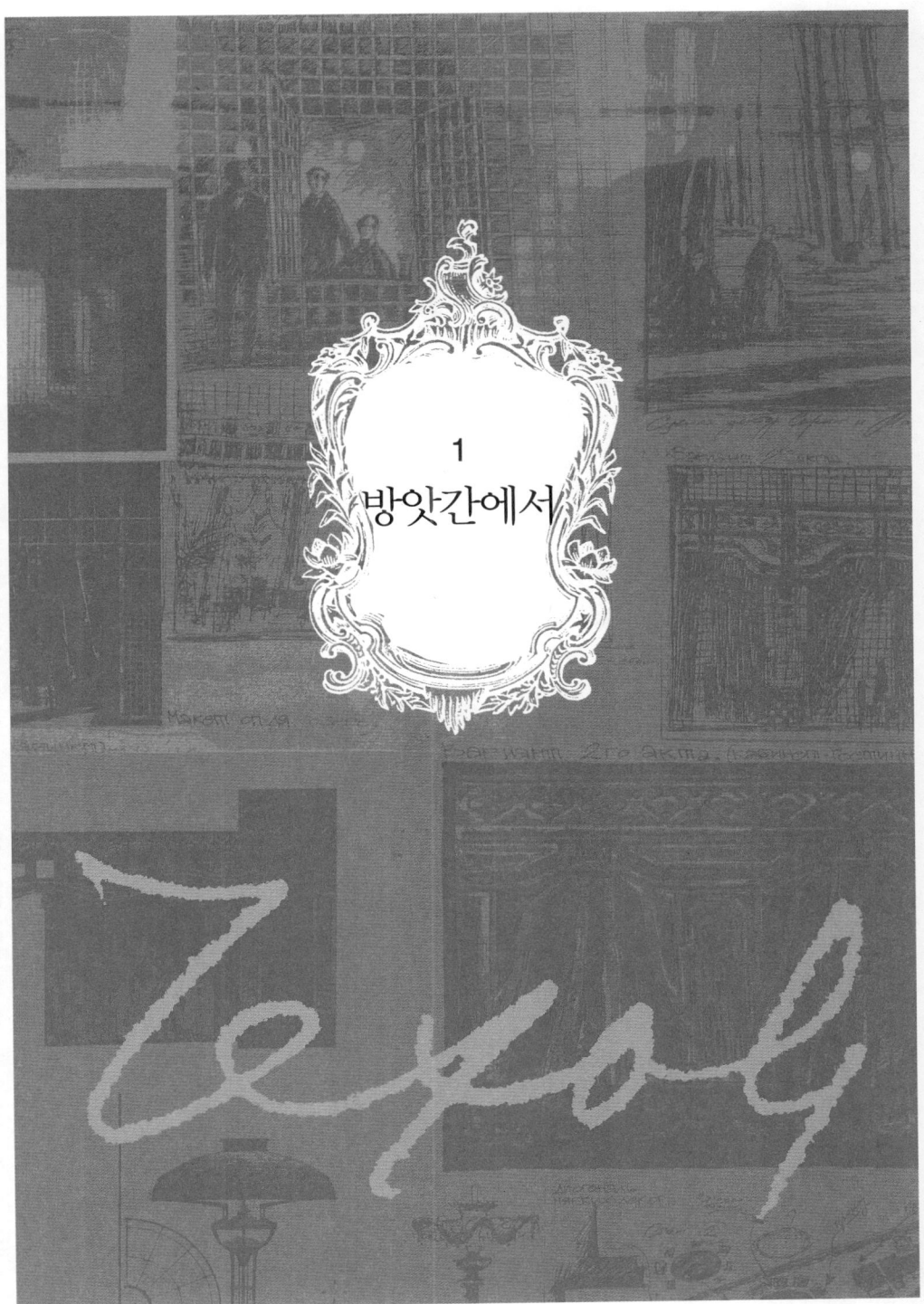

1
방앗간에서

- **비류코프 알렉세이 도로페이치** 방앗간 주인. 건장하고 다부진 중년의 남자. 근처 강에서 생선 잡는 일도 한다. 조악한 나사로 만든 회색 바지 차림에 크고 무거운 장화를 신고 있으며 조끼는 풀어 헤치고 있다. 조끼에는 은색 시곗줄이 달려 있다.
- **어머니** 선한 인상의 작고 살찐 노파. 딱정벌레의 등껍질 모양과 같은 독특한 줄무늬가 있는 낡은 외투 차림. 그녀는 크지 않은 보따리를 손에 쥐고, 작은 막대로 몸을 지탱하고 있다.
- **노인** 짚신을 신은 허름한 차림의 백발 노인.

무대 오른쪽에 버드나무 가지들이 보인다. 중앙에는 벤치가 놓여 있으며 왼쪽에는 헛간의 벽이 있다. 그 옆에는 자물쇠가 채워진 방앗간 수레와 계단의 일부가 보인다. 방아 찧는 소리가 들린다.

비류코프는 벤치에 앉아 파이프에 담배를 채워 넣고 있다. 노인은 호밀자루를 무대 오른쪽에서부터 헛간의 벽 쪽으로 옮겨놓은 후 돌아온다.

비류코프(방앗간 주인) (우울하게) 당신이 왜 이 강에서 고기를 잡는 거요? 누구에게 허락을 받았소?

노인 (조용히) 쓸데없는 말을 하시는군요. 알렉세이 도로페이치! 선한 사람들은 개에게도 그런 말은 하지 않는답니다……. (나간다.)

비류코프 (그의 등 뒤에다 대고 소리를 지르며) 당신 생선이 필요한 거죠? 그렇죠? 그럼 내게서 사쇼, 훔치지 말고!

노인 (등에 자루를 메고 돌아오면서) 당신이 돈을 냈다고 강 전체가 당신 것은 아니잖소. 그저 우리 강변에서 그물을 칠 권리를 받은 거라고.

비류코프 (소리친다.) 내가 가만있지 않을 거요. 강으로 내려가 당신에게 뛰어들 테니⋯⋯.

노인 내 이놈의 방앗간에 오지 않을 수 있다면 얼마나 좋겠냐만, 다른 방앗간을 찾을 수가 있어야지. 여기 아니면 이 지방엔 방앗간이라고는 한 곳도 없으니! 차라리 밀을 통째로 먹고 말지! (헛간 벽 뒤로 나간다.)

비류코프 내가 당신이 잡은 생선을 치안판사에게 가져다주겠소. 차가운 유치장 바닥에서 지내게 될 줄 아쇼.

무대 오른쪽에서 비류코프의 어머니가 등장한다.

어머니 (인사를 하며) 잘 있었느냐, 알료셴카.

비류코프 (돌아본다. 우울하게) 안녕하세요, 어머니!

어머니 (미소 지으며 상냥하게 그의 얼굴을 바라본다.) 네게 손님으로 왔단다, 얘야. 오랫동안 못 봤구나. 성모 승천일 이후로는 보지 못했지 아마. 반갑든 반갑지 않든 손님으로 받아주려무나. 넌 더 마른 것 같구나. (숨을 몰아쉬며 벤치에 방앗간 주인과 나란히 앉는다.) 그래, 성모 승천일이었지! 많이 보고 싶었단다, 아들아. 네게 한번 오려고 하면 매번 비가 오거나 몸이 아프거나⋯⋯.

비류코프 (무뚝뚝하게) 시내에서 오시는 길이세요?

어머니 시내에서⋯⋯ 집에서 곧바로 왔지.

비류코프 어머니 병에는, 그런 복합적인 증세는 집에 계시는 게 나아요. 마실도 다니지 마세요. 근데 뭣 때문에 오셨어요? 바슈마코프 일은 애석해하지 마시고요.

어머니 너를 보러 왔단다…….

헛간의 벽 뒤에서 노인이 등장한다. 그녀에게 인사한다.

(노인에게 주의를 기울이며) 제겐 아들 녀석이 두 놈 있죠. 이 녀석 말고도 또 바실리라는 녀석이 있어요. 시내에 살아요. 애들은 쌍둥이랍니다. 이 두 놈은 제 혈육이에요. 자식들은 제가 있으나 없으나 상관없겠지만 저는 그렇지가 않답니다. 애들 없이는 하루도 살 수가 없어요. (머리에 둘렀던 스카프를 풀며) 다만 이렇게 늙어버려 시내에서 여기까지 오기가 힘드니…….

노인 이런 불행이! 참 딱하시네요! (울타리로 다가가 기대어 선 채 숨을 고른다.)

비류코프 (하품하며) 별로 좋지 않은 때에 오셨네요. 어머니, 지금은 카랴지노에 가야 됩니다.

어머니 (한숨을 쉬며) 가거라! 나 때문에 일을 망치면 안 되지……. 난 잠시 쉬었다 갈 테니 먼저 가거라. 그런데 알료샤, 바샤와 아이들 얘기 좀 네게 해야겠다.

비류코프 (우울하게) 아직도 보드카를 처마시나요?

어머니 많이는 아니지만 마시긴 하지. 마신다고 뭐 죄가 될 건 없잖아. 친절한 사람들이 좀 가져다주는 날엔 많이 마시기도 하고……. 집이 정말 어렵단다, 알료센카! 바실리를 보고 있자면 정말 고통스럽단다.

가진 거라곤 아무것도 없고, 아이들은 누더기를 걸치고 다니고 바실리는 부끄러워서 길에 나다니는 것도 꺼린단다. 옷엔 온통 구멍이 나 있는 데다 장화도 없이…… 우린 여섯 명이서 한 방에 산단다. 가난도 가난도, 이런 가난은 없을 거다. 생각조차 하기 싫구나. 네가 가난을 좀 덜어주면 안 되겠니? 그걸 부탁하려고 왔단다. 알료샤, 네가 이 늙은 어미를 좀 봐주렴. 바실리를 도와줘. 네 형제잖니!

비류코프는 침묵한 채 돌아앉아 담배를 밀어 넣는다.

(애원하며) 그 녀석은 가난하단다. 근데 너는…… 오, 하느님! 넌 방앗간도 있고 채소밭도 있고 생선도 잡아 팔고…… 하느님께서 너를 지혜롭게 하시어 재산도 늘려주시고 살찌우게 하시는데……. 그런데도 넌 참 외로워 보이는구나……. 바실리에게는 자식이 네 명이 있는데다 지 아비 얼굴만 쳐다보고 있단다. 그놈 봉급이라고 해봐야 고작 7루블밖에 되지 않지. 어떻게 식구들을 다 먹여 살릴 수 있겠니? 네가 좀 도와주려무나.

비류코프는 침묵한 채 담배를 피운다.

좀 나눠주지 않으련?

방앗간 주인은 일어나 방앗간의 물레방아에서 멀어져 간다.

(그에게 다가가) 하느님이 함께 하시길. 그래, 주지 말거라. 난 네가 주지 않을 거란 걸 알고 있었다. 내가 온 가장 큰 이유는 나자르 안드레이치 때문이란다. 그 사람은 벌써 많이 울었단다. 내 손에 입 맞추며 너에게 가서 설득해달라고 간곡히 부탁하더구나…….

비류코프 뭐라던가요?

어머니 네가 빚을 갚게 해달라고 부탁하더구나. 호밀을 빻아달라고 전해줬는데 네가 돌려주지 않았다고.

비류코프 (계단에 앉으며) 상관 마세요, 어머니. 왜 남의 일을 방해하세요? 어머니 일은 기도나 하는 거라고요!

어머니 (그의 앞에 지팡이를 딛고 서서) 난 기도하고 있는데, 하느님이 내 기도를 들어주시지 않는구나. 난 거지 바실리같이 남의 누더기를 걸치고 사는데, 너는 잘살고 있으니. 그렇지만 하느님은 아실 게다, 내가 어떤 영혼을 가졌는지. (고개를 저으며) 오, 알료셴카. 질투 어린 시선들이 너를 망쳐버렸구나! 넌 정말 훌륭한 아이다. 똑똑하고 잘생기고, 상인 중의 상인이고……. 그렇지만 진정한 인간과는 거리가 먼 것 같구나. 한 번 웃지도 않고, 고운 말은 한마디도 하지 않고 친절함이라곤 찾아볼 수도 없으니. 마치 짐승 같은…… 그런 얼굴을 하고는! (그의 앞에 무릎을 꿇고 낮은 목소리로) 사람들이 너에 대해 어떻게 말하는지 알기는 하니. 너무나 고통스럽단다. 다 거짓말일 거야. 네가 사람들을 착취하고 억압하고 일꾼들인지 강도들인지 하는 무리와 어울려 밤새 돌아다니며 지나가는 사람들을 털고 말을 몰고…….

방앗간 주인은 놀란 눈으로 쳐다본다.

네 방앗간은 저주받은 곳 같구나. 아이들과 여인네들은 이곳에 가까이 오는 걸 두려워하지. 어떤 고약한 피조물도 너라면 피해 갈 게다. 네게 카인°이나 헤롯°보다 더 어울리는 별명은 없을 거야…….

비류코프 (화를 내며) 제발 어리석은 소리 좀 그만하세요, 어머니!

어머니 어디든 발길 닿는 곳은 풀이 자라지 않는 법이고, 호흡이 있는 곳엔 파리가 끊이지 않는 법이란다. 방금 내가 이런 말을 들었다. '아, 누가 저놈을 좀 죽이든지 법정에 보내든지 해야, 원…….' (운다.) 어떤 어미가 이런 말을 듣고 가만있겠니? 어떤 어미가? 넌 내 아들이고 내 핏줄인데…….

비류코프 (일어나 겉옷을 입는다.) 어쨌든 전 이제 가야 합니다. 그럼 안녕히 가세요, 어머니.

어머니는 주변을 돌면서 그의 얼굴을 쳐다보다가 눈물을 글썽이며 눈을 깜박인다.

어머니 그래, 잘 지내거라! 하느님과 늘 함께 하고 우리를 잊지 말거라. 잠깐만! (벤치로 다가가 거기에 놓아둔 보따리를 푼다.) 선물을 주고 가마. 어제 목사님 사모님께 들렀는데, 얼마나 대접을 잘 해주시던지……. 그래서 이렇게 너를 위해 몰래 남겨두었단다. (아들에게 다가가 손을 뻗으며 조그만 박하 당밀과자를 건넨다.)

●카인 구약성서 「창세기」에 나오는 아담과 하와의 맏아들 야훼가 자신이 바친 재물은 거절하고 동생 아벨이 바친 제물만 받자 동생을 질투하여 죽였다. 이 사건은 인류 최초의 살인사건으로 알려져 있다.
●헤롯 유대의 왕. 친로마 정책으로 나라를 발전시켰으나 예루살렘 성전과 극장을 건축하며 극악무도한 폭정을 일삼았다.

비류코프 (그녀의 손을 뿌리치며 소리친다.) 저리 치우세요!

어머니는 당황하여 당밀과자를 떨어뜨린다. 그러고는 조용히 퇴장한다. 노인은 손뼉을 마주치며 소리친다. "오, 맙소사!" 방앗간 주인은 노인을 바라보다 어머니를 향해 소리친다.

(다급하게) 어머니! 어머니!

어머니는 몸을 떨며 돌아본다. 그러고는 희망에 찬 눈빛으로 아들을 바라보면서 다가간다. 방앗간 주인은 서둘러 주머니에 손을 넣는다. 그리고 커다란 가죽 지갑을 꺼낸다.

(중얼거리며) 자, 여기요……. (지갑에서 지폐와 은화가 섞인 뭉치를 꺼내며) 받으세요! (손으로 뭉치를 비비며 털어낸다. 그러다 노인을 쳐다본 후 다시 비빈다. 지폐와 은화는 손가락 사이로 미끄러지며 다시 지갑 속으로 떨어져 들어간다. 그러자 손에는 20코페이카 은전 한 닢만 남게 되었다. 방앗간 주인은 동전을 들여다보더니 손가락으로 문지른다. 그러고는 만족해하며 어머니에게 건네준다.) 받으세요…… 여기 20코페이카.

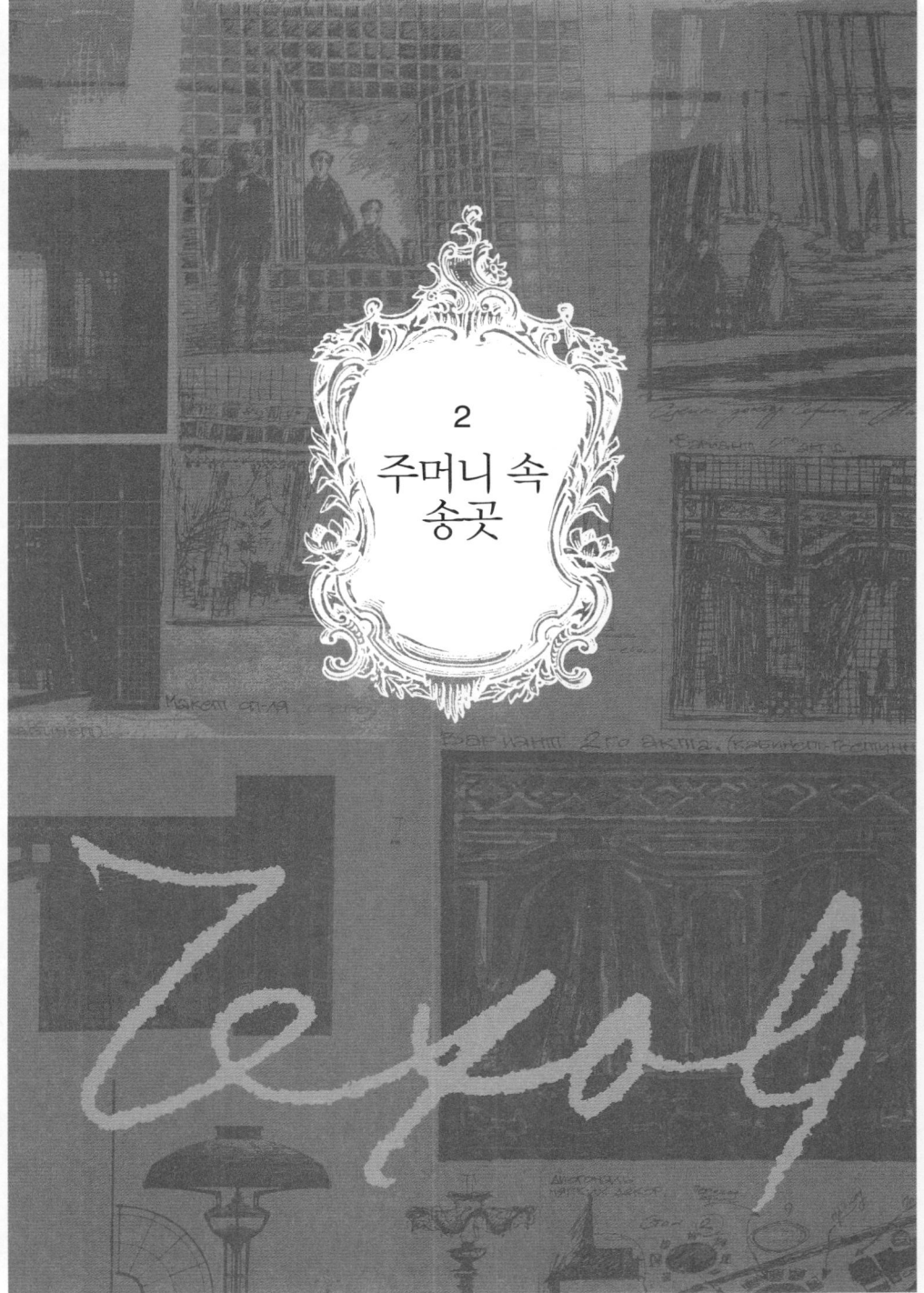

2
주머니 속
송곳

- **포수던 표트르 파블로비치** 볼수염이 나 있는 요직의 관리.
- **마부** 마부용 셔츠를 입은 수다스런 남자.

무대에는 작은 언덕이 있다. 그 너머에 의자와 테이블, 물건을 덮는 천 같은 재료들로 상징적으로 만들어놓은 사륜마차가 있다. 말은 무대의 한쪽 혹은 왼편에 위치한 관목숲 덤불 너머에 감추어져 있다. 마부석에 마부가 앉아 있다. 그는 손에 고삐와 채찍을 쥐고 있다. 승객석에는 옷깃을 세운 채 외투를 입은 포수던 표트르 파블로비치가 앉아 있다. 그는 목도리로 얼굴을 반쯤 가리고, 모자를 쓰고 있다. 겨드랑이에는 서류 가방을 끼고 있다. 말발굽 소리와 쟁쟁거리며 울리는 말방울 소리가 들린다. 마부가 채찍을 휘두른다.

포수던(요직 관리) (목도리를 매만지면서 좌우를 살피며) 이걸 뒤집어쓰고…… 내가 누군지 알아볼 수 없게…… 마치 눈이 머리에 쌓인 것처럼……. 그놈들, 방탕한 일과 빈축 살 일을 그렇게 많이 저지른 것도 모자라 이제는 잔치까지 벌인다는군. 아마도 그놈들, 모든 단서를 남김없이 없앴다고 자신하겠지……. (서류 가방을 두드린다.) 그러나 여기 익명의 편지가 있단 말씀이지! 하하…… 한껏 흥이 올랐을 때 '이곳으로 탸프킨-랴프킨이 와요! 포수딘이 감찰을 나왔어요!' 라는 소리에 다들 공포에 떨며 놀라는 모습을 상상하자니……. 큰 소동이 될 거야! 하하. (미소 지으며 마부의 소매를 당긴다.)

마부가 돌아본다.

자네는 포수딘을 아는가?

마부 (가볍게 웃음 지으며) 어떻게 그를 모를 수 있겠습니까요? 우리 모두 다 안다굽쇼!

포수딘 (놀라워하며) 자네는 왜 나를 비웃나?

마부 신기한 일이니깐 그렇죠! 나리께서 포수딘을 모른다니 말이죠! 그가 만약 이곳에 나타난다면 모두가 단숨에 그를 알아볼 겁니다.

포수딘 그렇단 말이지……. 어떻게 그럴 수 있나? 그는 어떤 사람인가, 자네 생각에는 말야? 좋은 사람인가?

마부 (하품을 하며) 아무렴요. 자신의 일을 잘 아는 훌륭한 양반입죠……. 그가 이곳으로 온 지 채 2년도 되지 않았는데, 아, 벌써 많은 일들을 해치웠습죠.

포수딘 아 그래, 그가 무슨 특별한 일을 하기라도 했는가?

마부 많은 선행을 했죠. 신이 그에게 복을 내리시길. 철도를 깔았고요. 그리고 우리 영지에서 호흐류코프를 퇴출시켰죠. 그는 사기꾼이었는데 예전에는 모든 것들이 그의 손에 달려 있었답니다. 포수딘이 온 이후 호흐류코프는 악마에게 내던져졌죠. 그래서 이제 그는 없는 사람이나 다름없습니다요……. 보세요, 나리! 포수딘을 매수한다는 것은 있을 수가 없는 일입니다. 꿈도 꾸지 못할 일이죠! 나리가 백을 주든 천을 주든 그는 나리를 가만히 놔두지 않을 겁니다……. 안 되죠! (말을 향해 다시 몸을 돌리고 채찍질을 한다.)

포수딘 (고개를 돌려) 오, 신이여! 이런 곳에서도 나를 잘 알고 있다니! 좋은 일이야.

마부 (포수딘에게 몸을 돌리며) 그는 교육을 잘 받은 분이죠. 잘난 체도 하지 않고……. 우리가 뭔가 부탁하러 가면 그는 항상 신사적으로 대하죠. 펜을 들고는 '저기 앉으시죠!' 이렇게 말이죠. 그렇게도 열정적이고 빠른 분이죠. 심지어 말도 따라갈 수 없습니다. 휙, 휙! 옆을 지나갈 때에도 항상 재빠르죠. 말 한마디도 건넬 수 없죠. 말과 똑같아요. 도착하자마자 바로 일을 다 끝내고는……. 단돈 한 푼도 받지 않죠. 좋은 시절은 다 어디로 가버렸는지!

포수딘은 만족스러워하며 웃는다.

물론, 예전이 좋았습죠. 보다시피, 그가 뜨면 마을 전체에서 누구 하나 소리치지 않는 사람이 없었단 말이죠. 10리 밖에서도 다 들렸죠. 그런데…… 그런데 내·외적인 업무 분야에서 요즈음 그 사람은 정말 교묘해졌습니다요. 워워! (말을 세운 후 마부석에서 내려 뒤쪽 말을 살핀다.) 요즘 그 사람은 뇌가 백 배나 더 커졌을 겁니다. 딱 하나 흠이 있다면…… 정말 좋은 사람인데, 한 가지 문제라면…… 바로 술꾼이라는 것이죠! (말에게 몸을 기울인다.)

포수딘 (옆으로 고개를 돌려) 이런, 큰일 났군! (마부에게) 자네는 어떻게 그런 걸 다 아는가? 내가, 아니 그 사람이 술꾼이란 사실을?

마부 (담배를 말며) 나리, 그건 너무나 당연한 일입니다. 물론 제가 직접 본 적은 없습니다만 사람들이 전부 그렇게 말합니다요. 거짓말이 아닙니다. 그는 공식적인 자리에서나 초대받아 간 자리에서는 절대 술을 마시지 않죠. 다만 집에서 홀짝대며 마십죠. 아침에 일어나면 눈 비비자마자 가장 먼저 보드카를 찾는다고 합지요.

포수딘 (가슴팍으로 가방을 꼭 껴안자 병이 부딪혀 쨍그랑거린다. 승객석에서 내려와 흥분한 걸음걸이로 서성인다.) 그들이 어떻게 안단 말인가? 맙소사! 더욱이 잘 알려진 사실이라지 않는가! 이런 불쾌한 일이 다 있나.

마부 (포수딘이 흥분한 사실을 알지 못한 채 비웃으며 머리를 흔든다.) 여인네들에 관해서라면 그렇습죠. 협잡꾼 같은 놈이 있는뎁쇼! 그에게는 뷰티퓰한 마누라가 열 명이나 있는데, 두 명은 그와 함께 살죠. 그중 한 명이 나스타샤 이바노브나인데 그녀는 지배인 같죠. 다른 여자는…… 이름이 뭐더라? 아, 류드밀라 세묘노브나. 그녀는 서기 같은 일을 하죠. 그래도 가장 중요한 인물은 나스타샤입죠. 그녀가 원하는 거라면 그는 뭐든 다 들어주죠. 그를 살살 꾀는 게 마치 여우 같다니까요. 대단한 권력을 가진 여자죠. 세 번째는 카찰나야 거리에 사는…… 아, 사르모타죠!

포수딘 (한쪽으로 고개를 돌리며) 이름까지 하나하나 다 꿰고 있군. 누가 알았겠나? 이놈의 마부는 도시는 한 번도 방문한 적이 없다면서! 이런 저급하고 속물 같은 놈이 다 있나! (마부에게 주의를 기울이며 떨리는 목소리로) 자네는 어떻게 이런 걸 다 아는가?

마부 사람들이 다 말합니다……. 저는 직접 본 적은 없지만 모두가 다 그 렇게 말합니다요. (담배를 버리며) 뭐 알아보는 게 어렵나요? 급사나 마부의 혀를 잡아매지 않는 이상에는……. (마부석에 앉으며) 자, 차 좀 드시지요. 그렇죠, 그렇죠. 나스타샤는 온 동네 골목골목을 다니 며 행복에 겨워 아낙네들과 수다를 떨 겁니다. 사람들의 눈을 피하기 기는 힘들죠.

포수딘이 승객석에 앉는다. 그는 병들이 부딪혀 쨍그랑거리는 소리가 나지 않 도록 가방을 꽉 쥔다.

그렇지만…….

말방울 소리가 울린다. 마부는 채찍으로 말을 갈긴다.

(포수딘을 향해 몸을 돌리며) 포수딘이 어떻게 숨어 다니는지 방법도 벌써 알아차렸습죠. 들은 대로 말씀드리자면, 그는 아무도 못 보고 아무도 모르게 도착하려고 조용하지만 재빠르게 출발할 기회를 엿보 고 있다고 합니다. 하하하! 관리들이 알아차리지 못하게 집에서 살짝 나온 후, 가장 가까운 역까지 차를 타고 가서 우체부나 관리를 부르 는 게 아니라 일꾼들을 고용하여 일을 처리합죠. 자신을 알아보지 못 하게 하려고 노인네처럼 몸을 감싸고는 늙은 개처럼 온 거리를 쌕쌕 거리며 다닙죠.

포수딘은 열이 나는 듯 목도리를 풀어 던진다.

사람들이 얘기하는 걸 들으면 정말 배꼽 잡고 넘어갈 정도로 웃긴답니다. 그는 바보같이 사람들이 자기를 모를 거라 생각하고 지나갑죠. 그러나 이런 점을 잘 아는 사람들이 그를 알아보기란 정말 식은 죽먹기입죠.

포수딘 (흥분을 참으며) 어떻게 그를 알아본다는 건가?

마부 그건 매우 간단하죠. 누구라도 포수딘을 바로 알아볼 수가 있습니다. 보통 승객은 자신의 목적지를 말하죠. 그러나 포수딘은 그러지 않습죠. 그가 우편 역으로 간다고 칩시다요. 냄새가 난다, 덥다, 춥다, 영계를 가져와라, 오만가지 잼을 가져와라 이렇게 시작을 해대죠. 그러니 역에서 그를 알아볼 수밖에요. 한겨울에 잼이나 과일을 찾아댈 사람이 포수딘밖에 더 있겠습니까……. 또 역참지기에게 '친애하는 친구'라 부르고, 사람을 여기저기로 흩어놓는 게, 포수딘 아니면 누구겠습니까. 게다가 보통 사람들과는 다른 향이 나고, 잠자는 방법도 다르지요……. 역 안 소파에 떡하니 누워 향수 냄새를 풍겨대며 신문을 읽는데…… 감시꾼만이 아니라 동네 고양이도 그 사람이 누군지 알아볼 게 아닙니까.

포수딘 (옆을 바라보며) 맞아, 맞아……. 아 왜 진작 그걸 몰랐지!

마부 (비웃으며) 아, 그리고 누군가는 과일도 닭도 없이 알 수가 있습죠. 전보로 모든 것이 다 알려지죠……. 그곳에서는 주둥이를 다물라든가, 혹은 숨기라든가, 벌써 알죠. 누가 그리로 가는지! 포수딘이 아직 자기 집에서 나오지 않았더라도 벌써 친절을 베풀고 있는 거죠. 포수딘이 오면 그들을 제자리에서 치워버리기 위해 재판에 회부하거나 혹은 누군가를 바꿔치기 해버립죠. 좀 더 말씀드리자면, 나리, 그가 조용히 와서 보고 있을 때는 이미 우리 마을은 깨끗하게 정리되어 있다, 이 말씀입죠. 그는 돌아보고 또 돌아보다, 왔던 것처럼 똑같이 조용히 돌아가죠. 그러고는 사람들에게 손을 내밀어 불편을 끼쳐 죄송하다고 사과하죠. 나리, 생각이나 해보셨습니까? 이렇게 간계한 인간들이 있다는 걸? 악마나 다름없죠! 오늘만 하더라도…… 오늘 아침에 약속이 있어 빈 차로 가고 있었는데 역에서 우체부가 바삐 지나가지 않겠습니까? '자네 어디 가는 길인가?' 이렇게 물어봤더니 글쎄 아, 그가 이렇게 대답했습죠. '도시로 포도주와 안주를 나르고 있다네. 거기서는 지금쯤 포수딘을 기다리고 있을 걸세.' 포수딘은 아마도 막 출발하려고 준비하고 있을 겁니다. 아니면 자신을 못 알아보게 얼굴을 가리고 있든가요. 포수딘은 아마도 벌써 이곳으로 오고 있으면서 이렇게 생각할지도 모르죠. 누구도 자신이 온다는 사실을 모를 거라고 말입죠. 그러나 그를 보면 전해줍쇼. 벌써 그를 위해 포도주와 연어와 치즈, 그리고 다양한 안주가 준비되어 있다고…… 네? 그는 도착해서 생각하겠지요. '당신들에게 지붕이 되겠소!' 라고. 그러나 사람들은 그가 불시에 도착한다고 하더라도 고통받을 일은 거의 없습지요. 오게 내버려두라죠! 그들은 벌써 예전에 모든 걸 숨겨둔걸요!

포수딘 (쉰 목소리로) 돌아가! 다시 돌아가자고, 빌어먹을 놈!

마부는 놀란 얼굴로 포수딘을 바라본다.

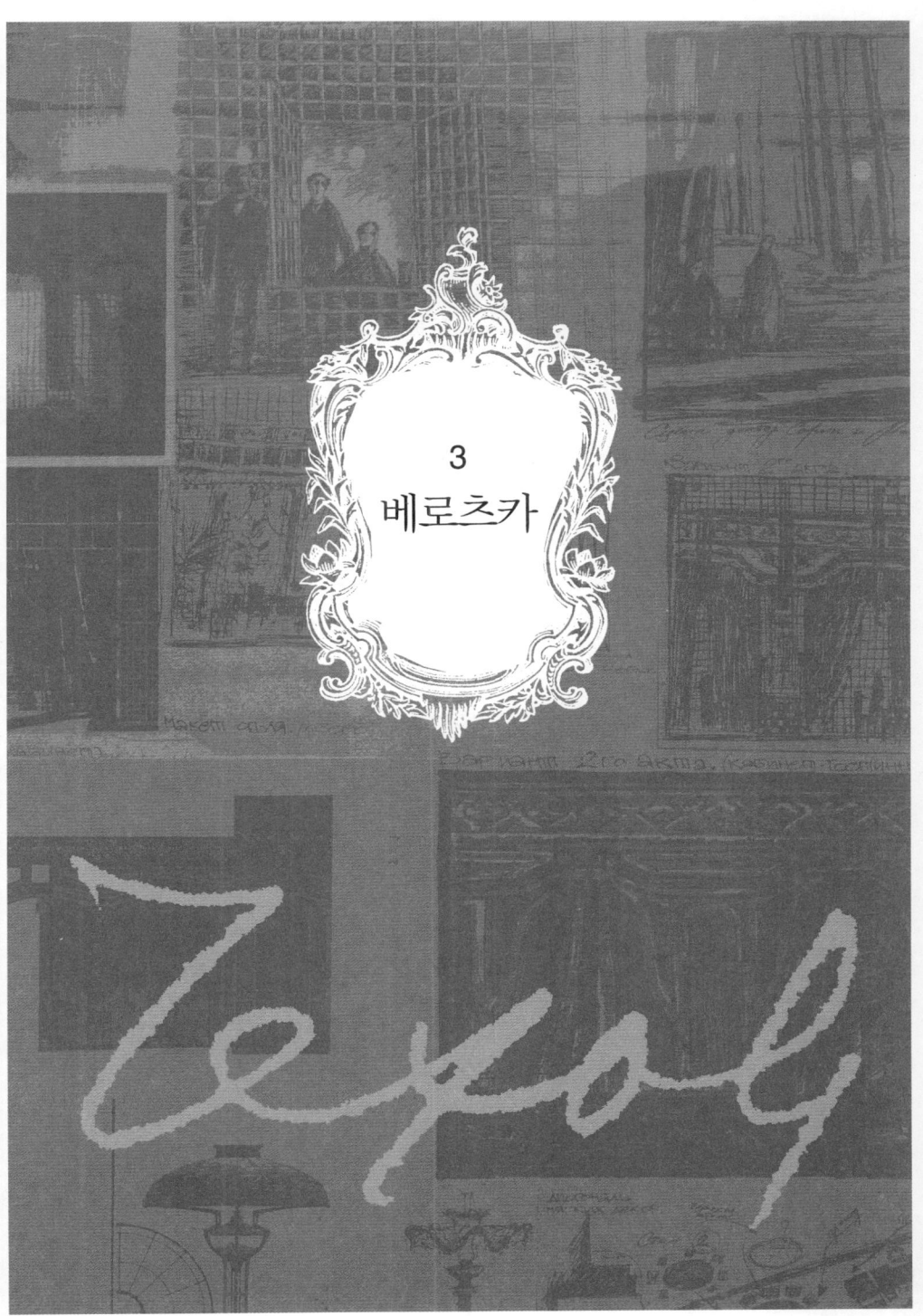

3
베로츠카

- **베로츠카** 언제나 우울하지만 호기심이 많은 아가씨. 21세. 소박한 차림새. 조금 구겨진 상의를 입고 있다. 선천적으로 미에 대한 감각과 본능을 가지고 태어났다. 별로 신경쓰지 않은 듯한 복장이 그녀에게 특이한 매력을 가져다준다.
- **이반 알렉세이치 오그네프** 통계학자. 30세. 턱수염이 난, 노래하듯 경쾌하고도 진정성이 느껴지는 음성의 소유자.

밤이다. 달이 정원 위로 높이 솟았다. 무대에는 정원용 벤치가 있다. 따뜻한 목도리를 두른 채, 베로츠카가 벤치 뒤에 서 있다. 그녀는 누군가를 기다린다. 가벼운 날개깃 외투와 챙 넓은 밀짚모자를 쓴 이반 알렉세이치 오그네프가 들어온다. 한 손에는 커다란 책과 노트 다발을 들고 있으며, 다른 손에는 옹이가 많은 지팡이를 쥐고 있다. 베로츠카가 그에게 다가간다.

오그네프(통계학자) (기뻐하며) 베라 가브릴로브나! 거기 당신이에요? 찾고 또 찾았어요, 인사하려고요……. 안녕히 계세요, 난 떠나요!

베로츠카(21세의 아가씨) (흥분을 참으며) 이렇게 빨리요? 아직 열한 시밖에 되지 않았는데.

오그네프 아니에요, 가야 합니다! 5베르스타*나 가야 하고, 아직 짐도 더

●베르스타 러시아의 척도 단위. 1베르스타는 1.067킬로미터.

챙겨야 됩니다. 더욱이 내일은 일찍 일어나야 하니까요……. 이제 진짜 떠납니다! 나쁜 일들은 기억 속에 두지 마세요! 모든 걸 감사드립니다! 어머니에게 보내는 편지마다 당신에 관해 썼었죠. 모든 사람들이 당신 아버지와 같다면 이곳은 지상이 아니라 천국일 겁니다. 당신 집안 사람들은 모두 훌륭해요! 모두들 소박하고 인정 많고, 진실된 분들이죠.

베로츠카 지금은 어디로 가세요, 이반 알렉세이치?

오그네프 오룔에 계시는 어머니에게 갑니다. 2주 정도 어머니와 함께 있을 겁니다. 그 이후에는 피테르°로 일하러 가야죠.

베로츠카 그 다음에는요?

오그네프 그 다음이요? 겨울엔 내내 일을 할 테고, 봄에는 어딘가 다른 지방으로 다시 자료를 수집하러 가겠죠. 그럼 행복하십시오, 건강하시고요……. 나쁜 일들은 기억하지 마세요. 더는 못 만나겠죠. (몸을 숙여 베로츠카의 손에 키스한다. 그러고는 침묵한 채 자신의 매무새를 고친다. 책 꾸러미를 보다 편하게 쥔다.)

베로츠카 (희망에 차) 이곳에, 잊으신 건 없으세요?

오그네프 뭘요? (책들을 살펴보며) 아마도, 없는 것 같은데요…….

베로츠카 앉아요. 떠나기 전에, 작별 인사를 할 때, 보통 모두가 앉잖아요.

벤치에 앉는다.

●피테르　페테르부르크에 대한 속칭.

오그네프 (침묵한 채) 이런 좋은 날에 떠나기는 싫군요. 정말 낭만적인 밤입니다. 달도, 고요함도, 모든 게 훌륭해요. 아세요, 베라 가브릴로브나? 난 29년을 살아왔는데, 내 생애에 로맨스는 단 한 번도 없었습니다. 삶을 통틀어 밀회나 가로수 길에서의 속삭임, 입맞춤이 있는 로맨스는 한 번도 없었고 단지 소문으로만 들을 수 있었죠. 정상적이지가 않아요! 도시에서 자기 방에만 있을 때는 이러한 여유를 느끼지 못합니다. 그러나 이처럼 신선한 대기 속에서는 강하게 느껴지지요……. 무언가 참 부끄럽군요!

베로츠카 (그를 쳐다보지 않은 채 앉아서) 무엇 때문에 그러시나요?

오그네프 모르겠어요. 아마도 언젠가 한번쯤은 사랑이 있었겠죠. 그렇지만 그런 여성들과의 만남을 성사시키지는 못했어요……. 나는 정말 지인들이 별로 없답니다. 어딜 방문하지도 않고요. (잠시 침묵한 후에) 아, 우리가 의사 선생님과 함께 세스토보에 올라갔을 때 기억하세요? 그때 우리는 멍청한 사람을 만났죠. 나는 그에게 5코페이카를 줬는데, 그는 내게 성호를 세 번이나 긋고는 5코페이카를 호밀밭에 던져버렸죠. 맙소사, 내가 얼마나 감동을 잘 하는지. 만약 그 감동들을 지금까지 전부 다 잘 간직해두었다면 금괴 한 짝은 되었을 겁니다. 이해가 안 돼요. 왜 똑똑하고 감정이 풍부한 사람들은 대도시에만 집착하고 이곳으로는 오지 않으려고 하죠? 정말이지 네프스키 대로의 크고 습한 집들은 이곳보다 단순하고 진리도 충만하지 않아요! 정말 나는 위에서 아래까지 예술가들로, 학자들로, 저널리스트들로 도배된, 가구가 가득한 내 방이 항상 선입견으로 가득 차 있다고 생각해요.

베로츠카는 힘겹게 흥분을 참고 있다. 그녀는 신경질적으로 외투의 끝자락을 떨리는 손으로 잡아뽑고 있다. 어떤 것도 안중에 없는 듯 한 방향만 바라보고 있다.

그런데 만약 우리가 10년쯤 지난 후에 만났다고 합시다. 우리는 어떻게 되어 있을까요? 우리는 어떻게 되어 있을까요? 당신은 이미 한 가정의 어엿한 어머니가 되어 있을 거고, 나는 어느 누구에게도 필요 없을 통계학 연감, 거의 4만 편의 논문이 실린 두꺼운 연감의 작가가 되어 있겠죠. 그리고 옛일을 회상하겠죠……. 지금 우리는 현실을 느끼고 있고, 그것이 우리를 충족시키고 동요시키고 있어요. 하지만 그때 만나면 우리는 날짜도, 달도, 연도도, 언제 우리가 마지막으로 만났는지도 기억하지 못하겠죠. 당신도 아마 변해 있겠죠……. 들어보세요, 당신도 변하겠죠?

베로츠카 (몸을 떨고는 그의 얼굴을 쳐다보며) 예?

오그네프 내가 지금 물었잖아요……. (베라에게 일어난 변화를 눈치채고 입을 다문다.)

베라는 창백해져 숨을 몰아쉰다. 그녀의 호흡과 떨림이 팔과 입술로 전해진다.

베로츠카 (오그네프를 똑바로 쳐다보던 시선을 돌리며, 흥분을 감추려고 애쓰며, 옷깃을 바로잡고 목도리를 여민다.) 미안해요, 뭐라고 말씀하셨는지 못 들었어요…….

오그네프 (흥분하며) 추워 보이네요. 안개 속에 앉아 있는 건 정말 건강에 좋지 않아요. (일어서면서) 자, 내가 집까지 바래다 드리겠습니다.

무슨 일이세요? 말씀도 없으시고 질문에 대답도 안 하시고. 몸이 안
좋으세요, 아님 화나셨어요?

베로츠카 (손으로 뺨을 세게 쥐고는 강하게 잡아당긴다. 속삭이며) 힘든 상황이
군……. 정말 힘들어!

오그네프 (어깨를 으쓱이며 놀란 표정으로) 뭐가 힘들다는 거죠! 무슨 일이
에요?

베로츠카 (그에게 등을 돌리고 침묵한 채 하늘을 바라본다. 단호하게) 당신에게
해야 할 말이 있어요, 이반 알렉세이치…….

오그네프 (앉으며) 듣고 있습니다.

베로츠카 당신에겐, 아마 이상하게 들리겠지만…… 놀라실 거예요, 하지
만 난 한결같아요……. 바로…… (고개를 숙인 채 목도리를 잡아당기며)
아시겠어요, 내가 당신께 무엇을…… 얘기하려고 하는지……. 당신
에게는 갑작스럽고 바보같이 느껴지겠지만, 그렇지만 나는…… 나는
더 이상 숨길 수 없어요……. (목도리로 얼굴을 가린 채, 고개를 더 낮게
떨어뜨리고는 처절하게 운다.)

오그네프 (흥분한 채 소리내어 침을 삼키며, 놀란 나머지 뭐라고 말해야 할지,
어떻게 해야 할지 몰라 절망적으로 주변을 돌아본다.) 오 이런, 베로츠
카…… 어디가 아프세요? 아니면 누가 당신을 모욕했나요? 말씀하세
요, 아마도 내가 당신을…… 도울 수 있을 거예요……. (그녀를 위로하

려고 애쓰며, 얼굴을 가리고 있는 그녀의 손을 조심스럽게 떼어낸다.)

베로츠카 (눈물을 흘리며 그에게 미소 지으며) 난…… 난 당신을 사랑해요!

오그네프는 당황하여 베라에게 등을 돌린다. 놀라움을 느끼며 일어선다.

(눈물을 흘리면서 기쁘게 웃으며) 처음 만난 날부터 당신은 진실함과 지혜로움으로, 또 선하고 지적인 눈과 자신의 일과 삶을 향한 목표로 나를 놀라게 했죠. 나는 당신을 무서울 정도로, 미칠 만큼 깊게 사랑했어요. 과수원에서 집으로 돌아갈 때면 난 가장 먼저 당신의 날개깃 외투를 눈으로 쫓거나 혹은 멀리서 들려오는 당신의 음성에 귀 기울였어요. 그럴 때면 내 가슴은 맑아지면서 행복감이 차올랐죠. 더욱이 당신의 그 공허한 농담들은 나를 웃게 했고, 난 당신 논문의 글자 하

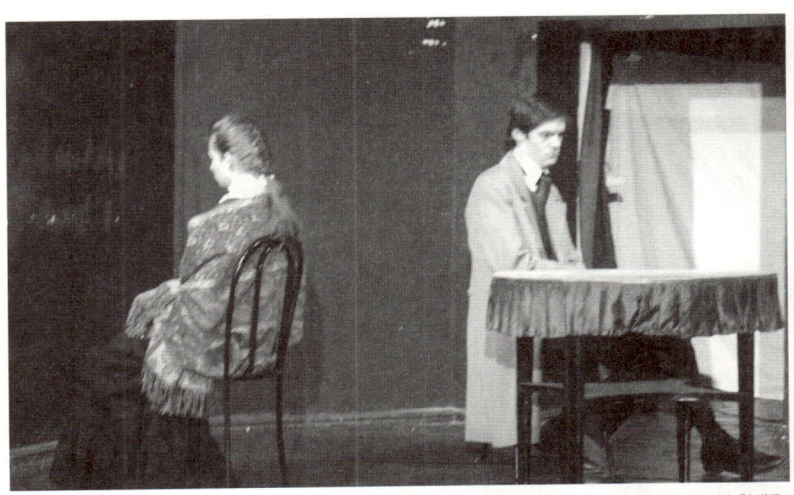

「베로츠카」의 상연을 준비 중인 학생들.

나하나에서 독특하면서도 명석하고 아름다운 것을 보았어요. 당신의 옹이가 많은 지팡이는 내게 아름다운 나무로 다가왔답니다. (열정적으로) 내게는 당신을 바라보고, 당신이 원하는 곳으로 당신 뒤를 따라가고, 당신의 아내가 되고, 도움을 주는 사람이 되는 것보다 더 큰 행복은 없어요. 당신이 내 곁을 떠난다면, 난 슬픔에 잠겨 죽을 거예요……. (일어선다. 팔을 벌리며) 난 여기 남을 수 없어요! 이 집과 숲, 그리고 공기가 나를 억눌러요. 난 끝없는 고요함과 목적 없는 삶을 참을 수 없어요. 마치 물방울처럼 서로서로 닮아 있는 생기 없고 해로운 인간들을 참을 수 없어요! 그들 모두는 심성이 착하고 선량하죠. 왜냐하면 그들은 배가 부르고, 고통을 모르며, 논쟁도 하지 않기 때문이죠. 난 정말이지 노동과 온갖 요구로 억압받고 고통받았어요. 난 당신이 말한 크고 습기가 있는 집을 원해요…….

오그네프 (당황하여 중얼거린다.) 베라 가브릴로브나, 정말 감사드려요. 비록 당신이 느끼는 그런 감정들을 난 아무것도 느끼지는 못하지만 말이죠. 하지만 솔직한 인간으로서, 당신께 말씀드리지 않을 수 없군요……. 행복은 동등함에 기초를 두죠. 즉 양측이…… 똑같이 사랑할 때……. (자신의 중얼거림에 창피함을 느껴 곧바로 입을 다문다.)

베라는 그의 얼굴에서 진실을 읽는다. 왜냐하면 그가 갑자기 심각하고 창백해져 머리를 숙였기 때문이다.

용서하세요……. 난 고통스러울 만큼 당신을 존경합니다!

베로츠카 (날카롭게 돌아서서 재빨리 집으로 향한다.)

오그네프가 그녀의 뒤를 따른다.

오지 마세요, 나 혼자 갈 거예요…….

오그네프 (거북해하며) 아닙니다. 그래도…… 바래다 드리지 않으면 안 되죠.

베로츠카 (단호하게) 아니요, 필요 없어요, 필요 없어요, 필요 없다고요! (도
   망치듯 뛰쳐나간다.)

오그네프 (잠시 그녀의 뒤를 바라본다.) 지금 그녀의 마음속에 어떤 감정이
   생겨났을지 상상해보자고! 아마도 죽고 싶을 정도로 부끄럽고 고통
   스럽겠지! 맙소사, 세상에는 돌조차 감동시킬 시와 구절들이 얼마나
   많은데. 난…… 바보고 멍청이야! 오, 서른 살! 서른 나이에!

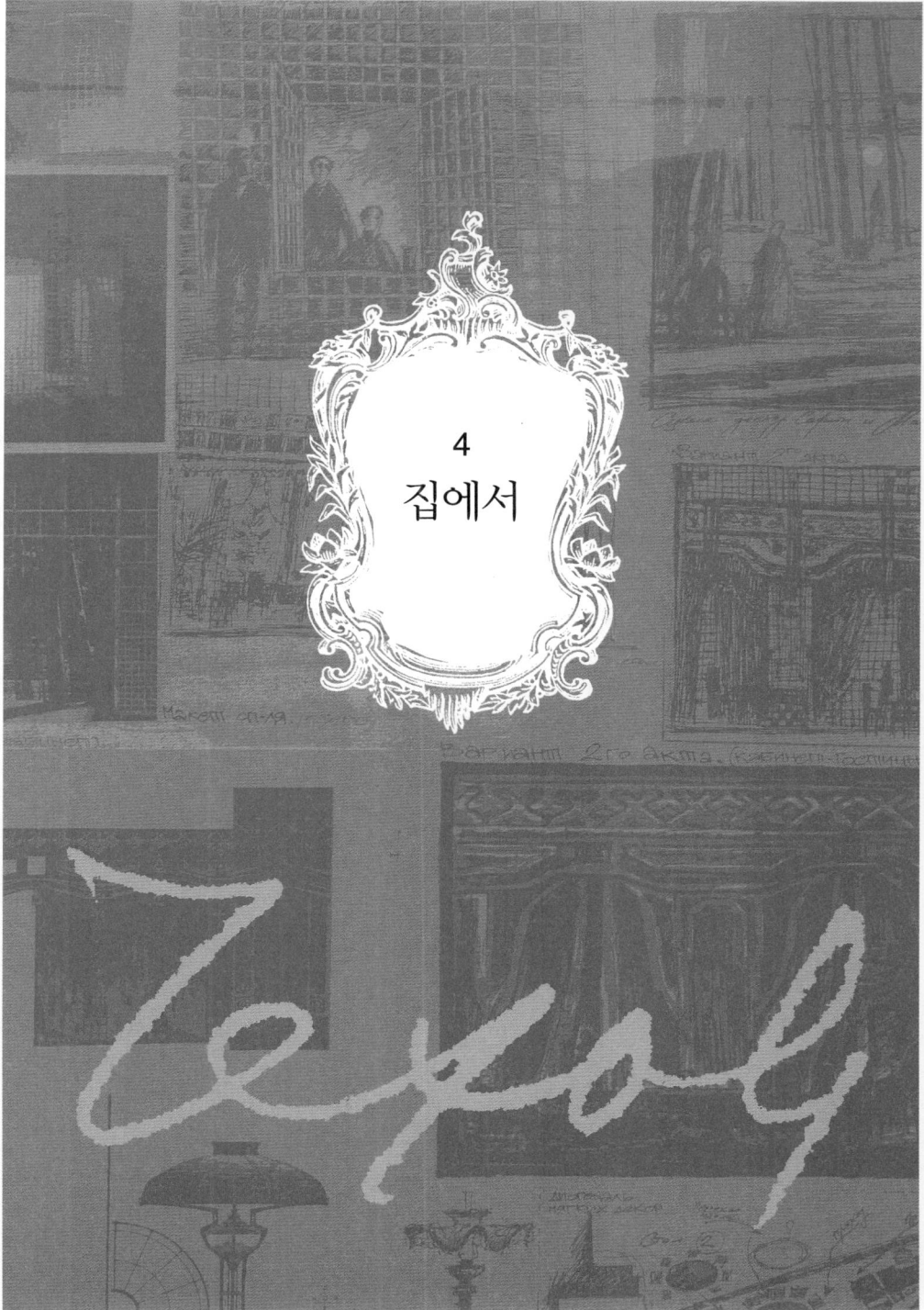

4
집에서

- **예브게니 페트로비치 브이코프스키** 지방 재판소 검사.
- **세료자** 예브게니 페트로비치의 아들. 칠팔 세가량의 소년.
- **나탈리아 세묘노브나** 가정교사.

브이코프스키의 집무실. 무대 중앙에는 책상이 있으며 잉크와 고무풀이 담긴 병과 램프, 서류들이 놓여 있다. 곁에는 사등분된 상자와 파란색 색연필이 있다. 책상 뒤에는 안락의자가 있고 그 옆에 소파가 놓여 있다. 예브게니 페트로비치 브이코프스키가 현관 입구에서 장갑을 벗으며 서류 가방을 들고 들어온다. 그 뒤를 가정교사가 따라 들어온다.

나탈리아 세묘노브나(가정교사) 예브게니 페트로비치. 그리고리예프 집안에서 어떤 책을 보내왔는데요. 그때 집에 안 계셔서 안 계신다고 그대로 전했습니다. (책상 위에 책을 놓는다.) 집배원이 신문과 편지를 가져왔어요. 그리고 예브게니 페트로비치, 제가 세료자에게 관심을 가지시라고 몇 번이나 부탁드렸죠. 세료자가 벌써 담배를 피워요. 제가 눈치를 챈 게 오늘이 벌써 세 번째라고요. 그런데 제가 훈계하기 시작하면 세료자는 귀를 막고 큰 소리로 노래를 불러요. 제 목소리를 들지 않으려 그런다니까요.

예브게니 페트로비치(검사이자 세료자의 아버지) (어깨를 으쓱이며) 음, 세료자가 담배를 피운다……. (웃으며) 담배를 들고 있는 애를 한번 상상이나 해보자고.

나탈리아 세묘노브나 (훈계하듯) 당신은 이게 별로 심각하지 않은 일이라 생각하시는 것 같은데, 그 나이 또래에 담배를 피우는 것은 해롭고 무익한 습관이라고요. 이런 나쁜 습관들은 애초에 없애야 해요.

예브게니 페트로비치 (책상에서 편지를 집어 봉투를 뜯는다.) 정말 옳은 말이오. 그런데 그 아이가 어디서 담배를 가져가나요?

나탈리아 세묘노브나 당신 책상에서요.

예브게니 페트로비치 예? (편지를 읽는다.) 그렇다면 그 녀석을 내게 보내세요.

가정교사가 나간다. 브이코프스키는 편지를 책상 위에 놓고 안락의자에 앉는다.

(생각에 잠겨) 세료자가 담배를 피우다니, 그런데 뭐라 말해야 되남? 도대체 뭐라고? 우리 때는 이런 문제를 정말이지 간단하게 해결했었는데 말이야. 담배 피우다 들킨 녀석들은 채찍으로 벌했었지. 요즘 교육자들은 아이들에게 의식적으로만 옳은 것을 가르치려 하지.

무대 뒤에서 세료자의 밝은 목소리가 들려온다. "아빠가 왔어! 아! 빠! 빠!" 그리고 뒤를 이어 가정교사의 음성이 들린다. "아버지가 부르셨어. 어서 가봐요!"

그런데 뭐라고 얘기한담?

세료자(예브게니 페트로비치의 아들) 아빠, 안녕! (아빠의 무릎 위로 기어올라가 그의 목에 입 맞춘다.) 나 불렀어?

예브게니 페트로비치 (그를 떼어내며) 잠깐, 잠깐만, 세르게이 예브게니예비치. 뽀뽀하기 전에, 우리 심각하게 해야 할 말이 있어. (엄해지려고 노력한다.) 아빠가 오늘 널 혼낼 거야, 그리고 더 이상은 널 사랑하지 않을 거라고. 그러니 그렇게 알아, 애야. 이젠 널 사랑하지 않아, 그리고 넌 내 아들도 아니야······ 그래.

세료자 (아버지를 응시하다 책상으로 시선을 옮긴다. 어깨를 움츠리며) 내가 뭘 어쨌는데? (영문을 몰라 눈을 깜박인다.) 난 오늘 아빠 집무실에 한 번도 안 들어왔고 아무것도 건드리지 않았어.

예브게니 페트로비치 선생님이 금방 네가 담배를 피운다고 얘기해줬어······. (그의 눈을 똑바로 들여다본다.) 그게 정말이야? 너 담배 피우니?

세료자 (머리를 숙이며) 응, 한 번 피워봤어······. 정말이야······!

예브게니 페트로비치 (인상을 찡그리며 애써 미소를 감춘다.) 이거 봐, 너 또 거짓말하잖아. 넌 세 개의 올바르지 못한 행동을 네 입으로 폭로한 거야. 담배 피운 것, 책상에서 남의 담배를 훔친 것 그리고 거짓말한 것. 세 가지 죄를 지었어!

세료자 아, 알았어, 알았어! (미소 짓는다.) 이건 정말이야, 정말이라고! 나 딱 두 번 피워봤다. 오늘하고 이전에 하고.

예브게니 페트로비치 이것 봐, 한 번도 아니고 두 번이나······. 아빤 정말 네게 실망스럽구나! 예전에 너는 훌륭한 아이였는데, 그런데 지금은······. 내가 보기에 넌 망가졌고 전보다 훨씬 나빠졌어. (세료자의 옷깃을 고쳐주며) 난 네게 이런 걸 바란 게 아니야. 첫째, 네겐 네 것이 아닌 담배를 가져갈 권리가 없어. 예를 들어보면, 나탈리아 세묘노브나에게는 가방이 있어. 그건 그녀의 것이야. 내 것도 세료자 것도 아니야. 우리 것이 아니기 때문에 그걸 건드려선 안 돼. 그렇지? 네게는 목마와 그림책이 있어……. 내가 그걸 건드리진 않지? 물론, 나도 가지고는 싶지만…… 그렇지만 그건 내 것이 아니고 네 거야!

세료자 (눈썹을 추켜올리며) 원하면 가져가! 아빠, 괜찮아, 부끄러워하지 마, 가져가도 돼! 여기 이 노란 강아지도 아빠 책상 위에 있지만 내 거 잖아, 그래도 난 정말 괜찮아……. 그냥 여기 놔둬!

예브게니 페트로비치 너 아빠 말을 이해 못했구나. 강아지는 네가 내게 선물한 거고, 난 지금 이걸 가지고 내가 원하는 대로 할 수 있어. 그렇지만 담배는 네게 준 게 아니잖아. 담배는 아빠 거야! (다른 쪽을 보고) 이렇게 설명하면 안 되지! 그래! 전혀 아니야! (보다 확고하게 말하려고 노력한다.) 만약 네가 남의 담배를 피우고자 할 때는 먼저 허락을 받아야 하는 거야…….

세료자가 그의 가슴을 쳐다보며 주의를 집중하고 있다. 그러더니 책상 위에 턱을 괴고는 눈을 가늘게 뜨며 종이와 잉크를 바라본다.

세료자 (고무풀이 든 병에 시선을 고정시키며) 아빠, 풀은 뭘로 만드는 거야? (병을 들어 눈앞에 가져다댄다.)

예브게니 페트로비치 (아이의 손에서 병을 빼앗아 제자리에 놓으며) 두 번째, 너는 담배를 피웠어……. 이건 매우 좋지 못한 행동이야! 내가 담배를 피운다고 해서 그것이 너도 피울 수 있다는 것을 의미하는 것은 아냐. 나도 안다고. 내가 담배를 피우지만 이건 똑똑하지 못한 일이라는 걸. 그래서 나도 스스로를 욕하고 사랑하지 않는다는 거야. (한쪽을 보며) 난 교활한 교육자군! (세료자에게) 담배는 건강에 매우 해로운 거야. 그래서 담배를 피우는 사람은 그러지 않는 사람보다 빨리 죽어. 특히 너같이 어린애가 담배를 피우는 것은 더 해로워. 너는 아직 가슴도 약하고 영글지도 않았어. 봐봐, 이그나티 아저씨도 폐결핵으로 돌아가셨잖아. 아저씨가 담배를 피우지 않았으면 아마 오늘까지도 살아 계셨을걸.

세료자 (생각에 잠긴 채 램프를 쳐다보다 손가락으로 램프의 갓을 건드리고는 한숨을 쉰다.) 이그나티 아저씨는 바이올린을 잘 켰는데. (책상 끝에 턱을 괴고 생각에 잠긴다. 아마도, 세료자는 얼마 전 엄마가 데려갔던 이그나티 아저씨의 장례식에 대해 생각하는 듯하다.)

예브게니 페트로비치 (일어나 집무실을 거닌다.) 어떻게 얘길 해야 한담? 내 말을 듣질 않잖아. 얘는 자신의 죄에 대해서도, 나의 논리에 대해서도 심각하게 생각하지 않는 것이 분명해.

세료자 (책상에 기어오르며, 사등분된 상자를 집어 집을 그리기 시작한다.) 오늘 하녀가 양배추를 썰다가 자기 손가락을 잘랐어. (긴장한 채 눈썹을 움직이며) 하녀가 소리를 질러대서 우리 모두 놀라 부엌으로 달려갔지 뭐야. 그런 바보 같은! 선생님은 하녀에게 손가락을 찬물에 적시라고 명령했어. 그랬는데 하녀는 손가락을 입으로 빨았어……. 그 더러운 손가락을 어떻게 입에 넣을 수가! 아빠, 그건 정말 교양 없는 짓이야, 그치!

예브게니 페트로비치 (세료자를 바라보며 혼잣말로) 이 녀석도 나름대로 생각은 있군! 내가 담배를 아까워했거나 화를 냈거나 혹은 울거나 했으면 애도 나를 쉽게 이해했을 거야……. 그나저나, 어떻게 얘길 하지? 어떻게?

세료자 (그림을 그린다.) 그거 알아, 아빠? 점심시간 때 악사가 여자애를 데리고 왔는데 걔가 음악에 맞춰 노래도 하고 춤도 췄어.

예브게니 페트로비치 (세료자에게 다가가) 세료자, 잘 들어봐. 앞으로는 더 이상 담배 피우지 않을 거라고 진심으로 한마디만 해줘.

세료자 (노래한다. 연필을 꼭 쥐고 고개를 숙이며) 진심 어린 한마디! 진심 어린 한마디! 한! 마디!

예브게니 페트로비치 (다시 집무실을 왔다 갔다 거닌다.) 얘가 진심이 담긴 한마디가 무얼 의미하는지 알까? (소파에 다가가 앉는다.) 아니야, 난 나쁜 선생님이야! (세료자에게) 그래 세료자, 어디 보여줘!

세료자는 자신의 그림을 아버지에게 건네준다.

사람을 집보다 크게 그리면 안 돼. 봐봐, 지붕이 군인의 어깨까지밖에 안 오잖아.

세료자는 소파로 기어올라가 좀 더 편하게 앉는다.

세료자 아니야, 아빠! (그림을 보며) 군인을 작게 그리면 눈이 안 보일 거야. (아버지의 턱수염을 쳐다보다가 두 부분으로 갈라 볼수염처럼 빗어 올린다. 중얼거리며) 이러니까 아빠 이반 스테파노비치와 닮았어. 바로 지금 이 모습 말이야……. 우리의 수위 아저씨와…… 왜 이 수위 아저씨는 문 옆에 서 있지? 도둑이 들지 않게 하려고?

열 시를 알리는 종이 울린다.

예브게니 페트로비치 (가볍게 숨을 내쉬며) 그래 애야, 잘 시간이다. 안녕, 그만 가거라.

세료자 (얼굴을 찌푸리며) 아니야 아빠, 더 앉아 있을래, 뭐라도 얘기해줘! 얘기해줘. 얘기해줘.

예브게니 페트로비치 (아들의 머리를 쓰다듬으며) 그래, 들어봐. (얼굴을 들고 천장을 쳐다보며) 어떤 왕국에, 어떤 나라에 늙고 나이가 많은, 하얀 수염이 길게 난 왕이 살고 있었어……. 이렇게 굵은 수염이었지. 그는 유리성에 살았는데, 그 궁전은, 잘 들어보라고 애야, 이만큼이나 커다란 정원 안에 있었어. 거기가 어디냐 하면 말이지. 오렌지도 자라고…… 배도 자라고, 체리도 자라고…… 튤립도 피고, 장미랑 은방울꽃도 피고, 알록달록 오색 빛깔 새들이 노래하는……. 그래…… 그리고 나무에는 유리로 된 종들이 달려 있었는데 바람이 불 때 가만히 귀 기울이지 않으면 들리지 않는, 그렇지만 그만큼이나 아주 맑은 소리가 울렸어……. (잠시 생각하다 계속한다.) 늙은 왕에게는 다른 가족은 없었고 유일하게 왕자가 한 명 있었대. 그런데 그 왕자는 변덕을 부리는 일도 전혀 없고, 잠자리에도 일찍 들고, 책상에 있는 건 아무것도 건드리지 않고, 그리고…… 정말 똑똑했어. 단 한 가지 흠이 있다면 말이지, 그건…… 음…… 그 애가 글쎄, 담배를 피웠다는 거야.

세료자는 눈도 깜박이지 않고 아버지의 눈을 쳐다보며 긴장한 채 듣고 있다.

황태자는 담배를 피워서 나이 스물에 결핵에 걸려 죽고 말았어. 늙고 병든 노인은 혼자 남겨져 아무런 도움도 받을 수 없었지 뭐야. 누구도 나라를 돌보지 않았고 궁전을 지키지 않았지. 적들이 와서 노인을 죽이고 궁전을 부수고, 이제 정원에는 체리도, 새들도, 종도, 아무것도 남지 않았어……. 그런 얘기야, 얘야…….

세료자 (생각에 잠긴 채 어두운 창문을 잠시 바라보다, 몸을 떨고는 풀이 죽은 목소리로 말한다.) 더 이상 담배 피우지 않을 거야……. (아버지에게 입 맞추고 뛰어 나간다.)

예상치 않은 고백에 놀란 예브게니 페트로비치는 미소 지으며 아들의 뒤를 바라본다.

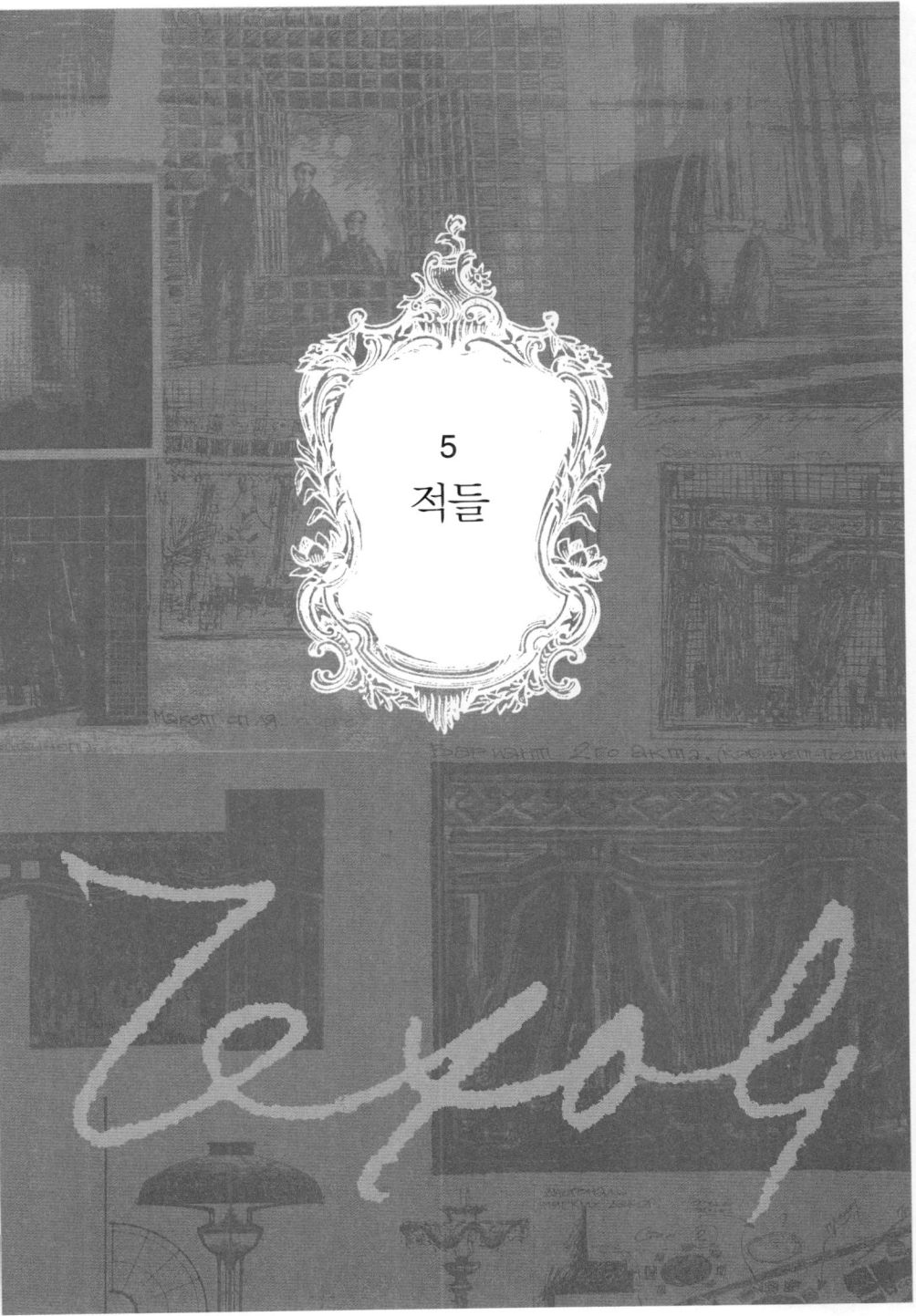

5
적들

- **키릴로프** 지방의 의사. 44세. 수염이 하얗게 센 키가 크고 등이 휜 사나이.
- **아보긴** 중간 키의 뚱뚱하고 배가 나온 금발머리. 최신 유행에 맞춰 세련되게 차려입었다.
- **하인**

장면 1

무대에는 희미한 조명 아래 크지 않은 키릴로프의 방과 복도가 있다. 왼쪽에 출입문이 있고, 중앙에는 의사의 외투가 걸린 옷걸이가 있으며, 오른쪽에는 방문이 있고, 그 옆에 의자가 있다. 키릴로프가 프록코트도 없이 조끼를 풀어젖힌 채 천천히, 위태로운 걸음걸이로 무대를 가로질러 지나간다. 넥타이도 매지 않은 그가 방문을 연다.

외투와 흰 목도리를 두른 아보긴이 밖에서 들어온다.

아보긴 (신속히) 의사 선생님이시오?

키릴로프 (들어오는 사람을 쳐다도 보지 않은 채) 그래, 여기 있소. 무엇을 원하시오?

아보긴 (기뻐서 의사의 손을 흔들며 꽉 쥔다.) 아, 바로 당신이오? 진짜 반가워요. 진짜! 정말 반갑습니다. 우리는 아는 사이일 거요……. 난 아보긴이라 하오. 여름에 그누체프 집에서 당신을 봤죠. 만나게 돼서 정말 반갑소……. 제발, 나와 함께 가달라는 청을 거절하지 말아주시오……. 내 아내가 지금 위독하오……. 마차도 준비하였소……. (가쁜 숨을 간신히 참으며, 재빨리) 당신을 만나지 못할까봐 두려웠소. 당신에게 오는 동안 너무나도 괴로워 정신이 없었소이다……. 옷을 입고 갑시다, 제발……. 사건은 이렇게 벌어졌다오. 당신도 알고 있는 파프친스키 알렉산드르 세묘노비치가 내게 왔죠……. 우리는 이야기를 나누었소……. 그리고는 앉아서 차를 마셨지요. 그런데 갑자기 아내가 비명을 지르더니 가슴을 움켜쥐고는 그만 의자에 쓰러지는 게 아니겠소.

키릴로프는 듣고 있으면서도 마치 러시아어를 이해하지 못하는 듯 침묵한다.

우리는 그녀를 침대로 옮겼소. 그리고…… 나는 즉시 암모니아수로 그녀를 문질렀소. 물도 뿌렸소……. 그런데도 그녀는 마치 시체처럼 누워만 있었소……. 동맥류는 아닐까 두렵소이다. 갑시다……. 그녀의 아버지도 동맥류로 돌아가셨다오.

키릴로프 (머리를 흔들며 냉담하게, 단어를 하나하나 길게 발음하며) 죄송합니다. 저는 갈 수가 없어요……. 5분 전쯤에 제 아들이 죽었습니다…….

아보긴 (뒷걸음질 치며) 정말이오? 하느님, 내가 얼마나 좋지 않은 때에 왔는지! 기가 막히게 불행한 날이군……. 놀라워! 마치 일부러 그런 것처럼…… 이런 우연의 일치가! (나가야 할지 의사에게 계속 부탁을 하여야 할지, 어쩔 줄 몰라하며 문으로 향한다. 갑자기 의사에게 방향을 홱 돌리고는 그의 손을 쥐고 열정적으로) 들어보시오, 나는 지금 당신의 입장을 누구보다 잘 이해한다고요. 이런 때에 내가 당신의 주의를 끌기 위해 이러고 있는 것도 참, 하느님이 보고 계시니 정말 부끄러운 일이오. 그렇지만 뭐 어쩌겠소? 잘 생각해보시오. 내가 누구에게 가겠소? 이곳에 의사라고는 진정 당신 말고는 아무도 없단 말이오. 제발 갑시다! 나를 위해 부탁하는 게 아니라오. 난 아프지 않단 말이오.

키릴로프는 아보긴에게 등을 돌리더니 몇 초가량 가만히 서 있다가 고개를 떨어뜨린다. 그러고는 천천히 방에서 나간다. 사이. 아보긴은 참을성 없이 복도를 따라 왔다 갔다 한다. 그러더니 의자에 가서 앉는다.
얼마간 시간이 지난 후 키릴로프가 조용히 복도에 등장한다.

아보긴 (가볍게 숨을 내쉬며) 드디어! 그럼 가시죠!

키릴로프는 몸을 떨며 초점 없는 눈으로 아보긴을 바라본다. 무슨 일이 있었는지 기억하려 애를 쓰는 모습이다.

키릴로프 잘 들으세요. 제가 말했던 것처럼 저는 오늘 어디에도 갈 수 없습니다. 이상한 일 다 보겠군!
아보긴 (자신의 목도리에 손을 집어넣으며) 의사 양반, 나도 형편없는 놈은 아니라오. 당신 입장은 잘 이해한다고요! 너무나 잘 이해해요! (애원하는 음성으로) 그러나 정말이지 나는 나 자신을 위해 부탁하는 것이 아니라오. 내 아내가 죽어간다고요! 만약 당신이 그녀의 비명을 들었더라면, 그녀의 얼굴을 보았더라면 지금 내가 왜 이렇게 집요하게 구는지 금방 이해하실 텐데. 오! 이런, 난 당신이 출발하기 위해 옷을 입는 줄 알았소. 의사 선생님! 시간이 없어요! 부탁이니 어서 출발합시다!

키릴로프 (방을 향하며) 전 갈 수가 없습니다!

아보긴 (그의 뒤를 따라 들어가다 소매를 붙잡으며) 당신의 고통을 잘 압니다. 그렇지만 지금 나는 치아를 치료해달라거나, 진단을 해달라거나 하는 그런 부탁을 하는 게 아니란 말이오. 사람의 목숨을 구해달라는 거요! 사람의 목숨이란 건 그 어떤 고통보다도 더 귀중하지 않겠소! 자, 남자로서 성심껏 부탁합니다. 인류애(人類愛)를 실천하러 갑시다!

키릴로프 (흥분하며) 인류애라…… 두 가지로 해석이 가능하겠군요. 그럼 그 인류애를 걸고 부탁하건대, 제발 저를 데려가려고 애쓰지 말아주

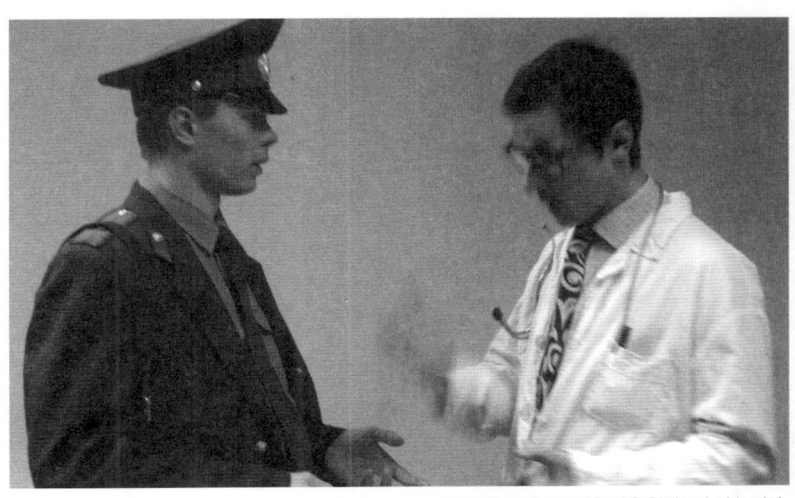

아보긴과 키릴로프 역을 맡은 학생들의 연습 장면.

십시오. 전 간신히 두 발로 서 있는데 당신은 인류애로 저를 놀라게
만드시는군요! 전 지금 결코 어디에도 가지 않을 겁니다. (뒤쪽으로 물
러나 손을 저으며) 무슨 일로도 가지 않을 겁니다. 그럼 아내를 누구에
게 부탁한단 말이오? 안 돼요, 안 돼……. (놀라며) 더 이상 청하지 마
시오! 저를 용서해주십시오! 심지어 이젠 말할 힘도 없다고요…….
미안합니다.

아보긴 (의사의 소매를 붙잡으며) 의사 선생님, 그런 목소리로 나와 말하는
게 무슨 의미가 있습니까! 원한다면 가는 거고, 원하지 않는다면……
제발…… 난 당신의 의지가 아니라, 당신의 감정에 호소하는 거요.
(떨리는 음성으로) 젊은 여인이 죽어갑니다! 당신은 방금 전 아들이 죽
었다고 했죠. 그렇다면 당신 말고 또 누가 나의 두려움을 이해할 수
있겠습니까?

키릴로프 (잠시 사이를 두고, 우울하게) 여기서 먼가요?

아보긴 대략 13, 14베르스타가량 될 겁니다. 난 아주 훌륭한 말을 가지고
있습니다, 의사 선생님. 당신에게 진짜 솔직히 말씀드리는데 한 시간
이면 갔다 왔다 왕복할 수 있다고요. 딱 한 시간이면 됩니다!

키릴로프 (생각에 잠겼다가 한숨을 내쉬며) 좋습니다. 갑시다! (재빨리 나갔다
가 프록코트를 걸치고 돌아온다.)

아보긴은 키릴로프의 망토를 들고 있다가 입는 것을 도와준다.

(망토를 입으며, 애수에 찬 목소리로) 들어보세요, 날 잠깐만 놓아주시
구려. 난 좀 있다가 출발하겠습니다. 먼저 조수를 아내에게 보내야겠

습니다. 그녀는 혼자 있다고요.

야보긴 그러시죠. 난 당신의 드넓은 아량을 높이 치하합니다! 자, **빨리** 달려갑시다……. 제발! 사랑하는 사람을 잃어야만 한다면 결코 그들을 사랑해선 안 돼.

나간다.

장면 2

아보긴의 저택 응접실. 중앙에는 값비싼 천으로 덮은 테이블이 있다. 테이블 위에는 갓을 씌운 램프와 젊은 여인의 사진이 담긴 액자, 종이 놓여 있다. 테이블 옆에는 두 개의 안락의자가 있으며 바닥에 카펫이 깔려 있다. 벽에는 첼로 케이스가 세워져 있다. 키릴로프와 아보긴이 들어온다.

아보긴 (흥분한 채 손을 비비며) 자, 의사 선생님, 저기 앉으시죠. 난…… 먼저 가서 확인해보겠습니다. 만약 무슨 일이 벌어졌다면…… 견디기 힘들 테니까요. 아마 소란이 없는 걸 보아하니 아직까지는 괜찮은 모양입니다. 오, 하느님.

키릴로프는 안락의자에 앉아 우울한 눈빛으로 방을 둘러본다. 무대 뒤쪽에서 비명 소리와 함께 물건이 떨어지는 소리가 들린다. 문틈으로 아보긴이 보인다. 그의 얼굴 표정에는 공포가 가득 담겨 있다. 그는 천천히, 힘겹게 응접실 가운데로 걸어 들어와서는 허리를 굽힌다. 그러고는 신음하며 주먹을 휘두른다. 오른손에는 편지 한 장을 쥐고 있다.

(소리치며) 속였어! 날 속였다고! 아프다고 날 급히 의사에게 보내더니, 방금 전에 광대 같은 파프친스키와 도망가버렸어! 맙소사! (의사에게 다가가) 나갔어요! 날 속였다고요! 뭣 땜에 이런 거짓말을? 맙소사! 이런 제기랄! 뭣 땜에 이런 더럽고 유치한 수작을 부린 거야, 이런 악마 같고 뱀 같은 놀음을! 내가 뭘 어떻게 했다고 나가버린 거냐고?!

(몸을 돌려 응접실 벽을 따라 걷기 시작한다.)

키릴로프 (안락의자에서 일어나 아보긴을 바라본다. 이해되지 않는 표정으로) 실례지만 환자는 어디에 있습니까?

아보긴 (울며 웃으며, 주먹을 휘두르다 흥분하며 소리친다.) 환자라! 환자! 그녀는 환자가 아니라 저주받을 년이라고! 비열한! 저속하기 짝이 없는, 내가 악마라 해도 상상할 수 없을 만큼 혐오스러운 년! 달아나기 위해 나를 내보냈다고. 그 광대 같은 놈과, 그 바보 같고 알폰소* 같은 광대와! 오, 하느님! 차라리 그녀가 죽어버렸다면 더 나았을 거야! 난 정말 참을 수가 없어! 참을 수가 없다고!

키릴로프 (자세를 바로잡으며) 저, 잠시만. 무슨 일입니까? (무슨 일이 벌어졌는지 눈치채고자 좌우를 둘러보며) 전 아들이 죽었어요. 아내는 온종일 슬픔에 잠긴 채 혼자 있다고요. 저 또한 사흘간 잠을 못 자 간신히 두 발로 서 있는 판국에, 이 무슨 일입니까? 이런 저속한 코미디에 장난감 역할이나 하며 놀아나라는 겁니까? 정말, 정말 이해가 가지 않는군요!

아보긴 (의사의 말을 듣지 않고 구겨진 편지를 바닥에 집어던진 후 벌레를 짓밟듯 발로 밟는다.) 난 보지도 못했고, 알지도 못했다고! 그가 매일 우리 집에 왔다는 사실도 눈치채지 못했으니! 그가 사륜마차를 타고 왔는데도 난 알지 못했어! 무슨 사륜마차야, 도대체? 난 몰랐다고! 멍청이!

키릴로프 (중얼거리며) 이해가 안…… 이해가 안 되는군! 도대체 무슨 일이

●알폰소 남자 첩을 상징함. 알렉상드르 뒤마의 작품에 등장하는 인물의 이름에서 유래되었다.

야! 이건 정말 한 인간에 대한 조롱이고, 고통에 대한 조소라고! 이건 있어서는 안 되는 일이야. 살면서 이런 경우는 처음 봐! (자신이 능욕당했다고 이제 막 상황을 판단한 둔한 인간이 놀라움으로 어깨를 움츠리다 무슨 말과 행동을 해야 할지 몰라 양팔을 벌린다. 그러고는 힘이 빠져 안락의자에 주저앉는다.)

아보긴 (울먹이는 목소리로, 키릴로프에게는 전혀 주의를 기울이지 않는다.) 사랑이 식었어. 다른 사람을 사랑해! 신이 당신과 함께 하시길! 그렇지만 왜 나를 속여야 했지? 왜 이런 저속한 배신과 속임수를 쓴 걸까? 왜? 무엇 때문에? 내가 뭘 어떻게 했다고? (키릴로프에게 다가가 양손을 자신의 가슴에 얹고 열을 내며) 잘 들어보시오, 의사 양반. 당신은 당신의 의지와 상관없이 내 불행의 증인이 되어버렸소. 나는 당신에게 이 사실을 감출 수가 없소. 당신에게 맹세하건대, 난 그녀를 사랑했

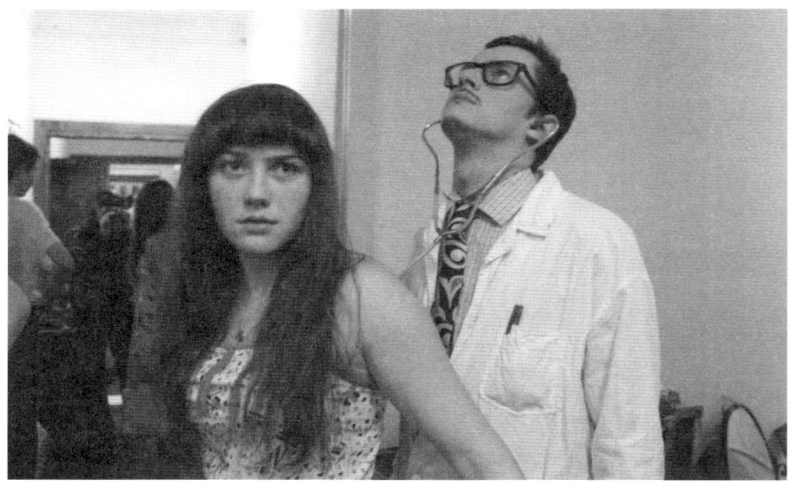

「적들」의 상연을 앞둔 학생들.

소. 노예처럼 경건하게 사랑했소! 그녀를 위해 모든 것을 희생했소. 형제와 싸우고 직업과 음악도 버렸소. 그리고 어머니나 누이라도 용서할 수 없는 일을 저질렀을 때에도 난 그녀를 용서했소. 그래, 이 모든 게 거짓이오? 난 사랑을 바란 것도 아닌데 왜 이런 저속한 속임수를? 사랑하지 않는다면 그냥 솔직하게 그렇다고 할 것이지, 더욱이 내 눈 앞에서 이런 결과가……. (테이블에서 젊은 여인의 사진을 들고 키릴로프의 눈앞에 들이민다.) 자, 말해보시오, 말해보라고요. 이런 얼굴을 보고 거짓말을 잘할 것 같다고 누가 짐작이나 할 수 있겠소?

키릴로프 (벌떡 일어나 눈을 부라리며 단어 하나하나를 명료하게 잘라 말한다.) 왜 이런 말을 전부 내게 하는 거요? 난 듣길 원치 않소! (주먹으로 테이블을 치며 소리친다.) 원하지 않는단 말이오! 나에게는 당신의 그 저속한 비밀이 필요 없단 말이오, 제기랄! 감히 내게 이런 저속함을 쏟아내다니! 아니면 아직 내가 능욕을 덜 당했다고 생각하는 것이오? 내가 발끝까지 능욕당해도 되는 하인인 줄 아시오? 그래요?

아보긴은 경악하며 키릴로프로부터 뒷걸음질 친다.

왜 당신은 나를 이곳으로 데려온 거요? (점점 더 감정이 격해지며) 만약 당신이 유복해서 결혼했고 모든 게 넘치게 남아돌아서 버릇이 없는 거라면 그냥 멜로드라마나 만들 것이지 나는 왜 끼워 넣는 거요? 당신의 통속 소설 같은 일에 내가 관련된 거라도 있는 줄 아쇼? 날 가만 내버려두라고요! 인간의 이상향을 그리든지, 콘트라베이스나 트롬본을 불든지 하라고요! 다만 인격을 욕보이지는 말라는 겁니다!

아보긴 (이해가 가지 않는 듯) 잠시만요, 그게 뭘 의미하는 거요?

키릴로프 말하자면, 인간을 가지고 저속하고 흉한 놀이를 했다는 거요! 난 의사고, 당신은 의사를 무슨 향수 냄새도 나지 않는 공사판의 일꾼이나 자신의 하인처럼 생각한다는 거요. 뭐, 그러시든가요. 하지만 고통스러워하는 사람을 당신이 그렇게 장난감처럼 가지고 놀 권리는 아무도 준 적이 없다는 걸 명심하쇼!

아보긴 (분노를 참으며) 당신 어떻게 나에게 그런 말을 할 수가 있소?

키릴로프 천만에. 당신도 내 고통을 알면서 이곳으로 데리고 와 이런 모욕감을 주지 않았소. (다시 테이블을 주먹으로 치며 소리 지른다.) 도대체 무슨 권리로 타인의 고통에 조소를 퍼붓는 거요?

아보긴 (소리치며) 당신 미쳤군! 이 판국에 그럼 남 생각하게 생겼어! 지금 내가 큰 불행에 빠져 있는데 무슨······.

키릴로프 (경멸스런 웃음으로) 불행이라! 그 단어는 입에 올리지 마시오. 당신과는 어울리지 않으니. 어음을 돈으로 돌려받지 못한 게으름뱅이들도 자신을 불행하다 여기는 법이죠! 쓸모없는 인간들!

아보긴 (큰 소리로 외치듯) 인자하신 양반, 당신 잊고 있군! 이런 말까지 해야 하다니! 아시겠소? (참을성 없이 옆주머니에 손을 넣어 돈다발을 꺼낸 후 지폐 두 장을 골라 테이블 위에 내던진다.) 자, 당신 임금이오! 당신에게 지불했소!

키릴로프 (돈을 바닥에 집어던지며) 당신, 내게 돈을 준다는 게 우습지도 않소! 능멸당한 것은 돈으로 갚을 수 없는 것이오! (숨을 헐떡이며) 그만 집에 돌아가겠소!

아보긴은 테이블에 놓인 종을 들고 날카롭게 흔들어댄다. 사이. 종을 다시 한 번 울린다. 문가에 하인이 등장한다.

아보긴 (그에게 달려들어 주먹을 불끈 쥐며) 너희들 어디에 숨어 있었던 거야! 악마가 잡아갔었나, 이런 제길! 넌 지금 어디 있다 오는 거야? 저리 꺼져. 그리고 가서 말하라고. 이 나리에게는 사륜마차를 내주고 내게는 용수철이 달린 더 좋은 사륜마차를 매어놓으라고!

키릴로프가 나가고 하인이 그의 뒤를 따른다.

거기 서!

하인이 멈춰 선다.

내일은 단 한 명의 배신자도 우리 집에 남아 있지 않을 거야! 모두 꺼져! 새 사람을 고용할 테니까! 비열한 놈들! (종을 있는 힘껏 바닥에 내던진다.)

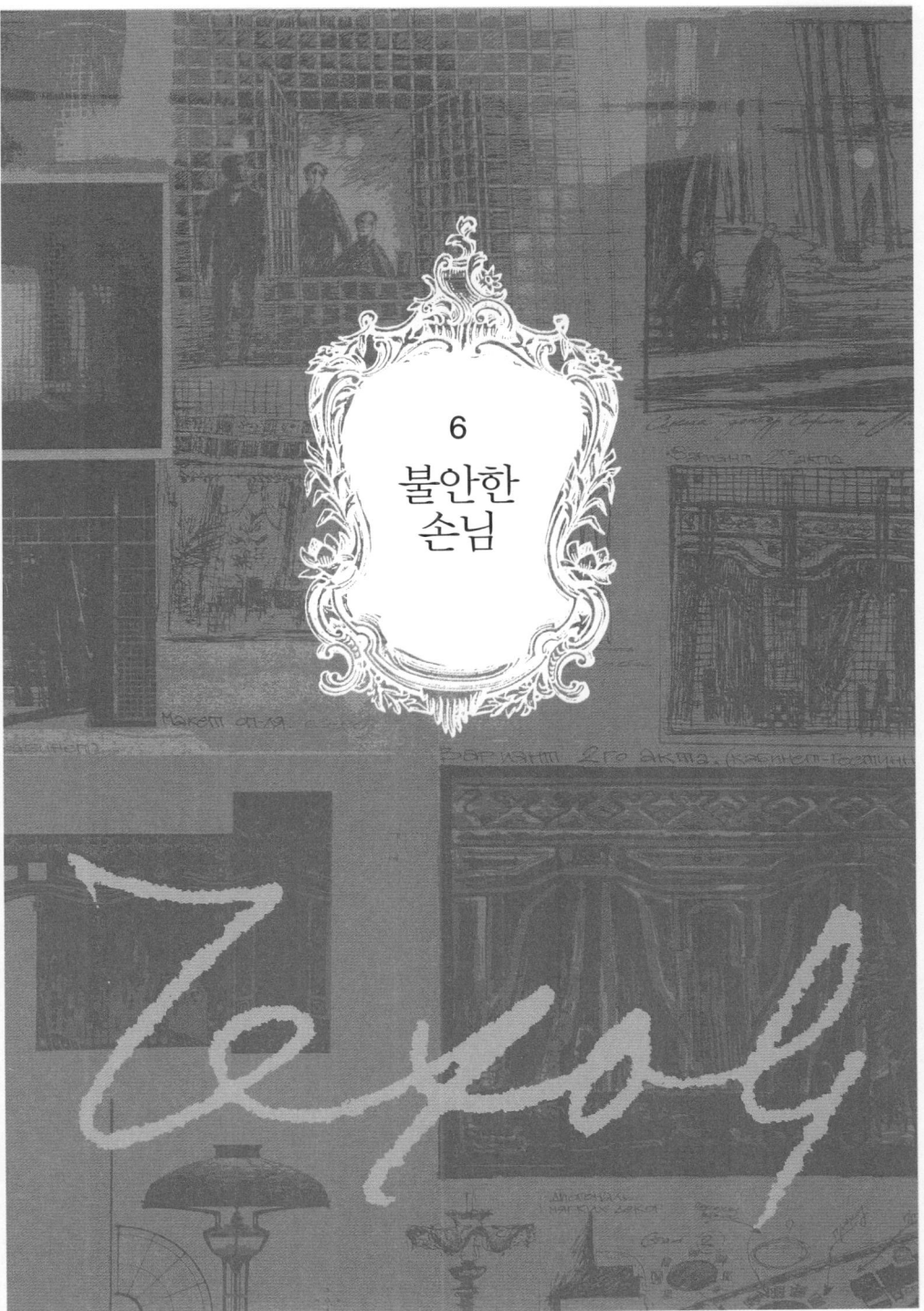

6
불안한
손님

산림 보호원의 농가. 왼쪽으로는 유리창을 대신해 종이를 바른 창문이 하나 있으며, 그 옆에는 긴 의자가 있다. 긴 의자 앞에 탁자가 놓여 있고 그 위에는 병에 꽂아놓은 양초가 타고 있다. 다른 편에는 등받이가 없는 의자가 있다. 중앙에는 커다란 빗장이 있는 문이 있으며, 오른쪽으로는 침대가 딸린 벽난로*가 있다. 왼쪽 구석에는 성상이 걸려 있다. 바람이 거세게 불고 있으며, 잎사귀들이 떨어지며 종이 창문을 두드린다.

아르촘(산림 보호원) (마치 놀란 듯이 눈도 깜빡이지 않고 사냥꾼을 바라보며) 내 자네에게 똑똑히 말함세, 정교도여. 난 늑대도, 고미*도, 어떠한 짐승들도 두려워 않네만, 인간은 두려워하지. 자네는 짐승으로부터 총이나 다른 무기로 구원받을 수 있을지 몰라도, 악한 인간으로부터는 어

- **벽난로** 러시아에서는 통상 '페치카' 라는 벽난로를 사용하는데 그 위에 침대를 겸한 넓은 자리가 있다.
- **고미** 러시아어로 곰은 '메드베지' 이나 아르촘은 '베드메지' 라고 실수하고 있다.

떠한 구원도 받을 수 없다고.

사냥꾼 (담배를 말아 피우며) 알고 있어요! 짐승에게는 총을 쏠 수 있지만, 도둑에게 총을 쐈다간 그 즉시 책임을 물어 시베리아로 가게 될 거라고요.

아르춈 (천천히 짚신을 꼰다.) 이봐 친구, 난 벌써 30년 넘게 산림 보호원으로 일하고 있다고. 내가 악한 인간들에게서 얼마나 많은 고통을 받았으며, 얼마나 많은 이들이 우리 집을 다녀갔는지는 말로 다 못 해. 숲속의 농가와 통행로가 그 악마들을 데리고 왔지. 모자도 벗지 않고 이마에 성호도 긋지 않고 들이닥쳐선 '이봐, 빵 내놓으라고!' 라고 하는 악한들이 있지. 그래서 내가 '당신에게 줄 빵을 어디서 구한단 말인가? 무슨 권리로 그러는 거야? 내가 뭐 만날 찾아오는 술주정뱅이와 식객들을 먹여 살리는 백만장자라도 되어 보여?' 라고 하면, 그들은 통상 악의에 가득 찬 눈으로…… 자신에게든 악마에게든 성호를 긋는 건 아예 없고…… 망설임도 없이 불쑥 들어와서는 '빵 내놓으라고!' 라며 귀가 울리도록 소리치지. 그렇게 빵을 주고 나면 그들과도, 우상과도 다툴 일은 없어지지! 다른 사람들은 어깨가 넓은 당당한 체격과 자네 장화만큼이나 큰 주먹을 자랑하지만 나는 보다시피 이런 왜소한 체격을 소유하고 있단 말이지. 아마 손가락 하나로도 나에게 타박상을 입힐 수 있을 걸세……. 맞아, 그런데 빵을 주면 그들은 곧장 배불리 먹어치우고선 농가를 휘저으며 망가뜨려버리지. 절대 고마워하는 법도 없다네. 맞아, 돈을 뜯어내려고 요구하는 놈들도 간혹 있지. '자 말해, 어디에 돈이 있어?' 라면서 말이야. 돈이 어디에 있겠냐고, 도대체……. 어떻게 내가 돈을 모아놓을 수 있겠어?

사냥꾼 (비웃으며) 숲지기에게 돈이 없다니. 매달 봉급은 나올 테고, 차와 나무도 몰래몰래 팔 텐데.

아르촘 (놀란 표정으로 사냥꾼을 흘겨보며) 아직 젊은 사람이 내게 그런 말을 하다니! 지금 한 말들은 하느님 앞에서 다 책임져야 할 거야. (경멸하는 눈빛으로) 그래, 자네는 어디에서 왔나?

사냥꾼 난 뱌조프카에서 왔소. 네페드 촌장의 아들이지.

아르촘 (안정을 찾으며) 총을 지나치게 즐기는군……. 나도 젊었을 때는 이런 장난질을 좋아했지. 떼엑. (하품을 하며) 오, 우리에게 이런 준엄한 죄악이. 이건 재앙이라고! 선한 인간들은 드물고 이렇게 악한과 치한들만 득실대니!

사냥꾼 당신 아무래도 나를 두려워하는 것 같군요.

아르촘 자, 보라고! 왜 내가 자네를 두려워해야 하지! 난 보았고…… 알고 있다고. 자네는 그놈들처럼 쳐들어오지 않았고 성호도 그었고 주께 고개 숙여 경배도 드렸지. 아마도 자네에겐 작은 빵이나마 줄 수 있겠구먼. 난 혼자 사는 홀아비라 난로도 피우지 않아, 찻주전자도 팔아버렸다네. 가난해서 고기나 뭐 다른 것들은 아무것도 가지고 있지 않지. 그래도 빵 쪼가리는 베풀 수 있네.

창문 너머로 개가 짖는다. 아르촘은 몸을 떨며 의문에 찬 눈초리로 사냥꾼을 바라본다. 사냥꾼은 문으로 다가가 문을 열고는 현관 밖을 바라본다.

사냥꾼 이런 악마 같은 놈! 플레르카, 엎드려! 전투라도 벌일 테야! (자신의 자리로 돌아오며) 내 개가 당신 고양이를 쫓아다니는군요. 정말 말라

빠진 고양이로군요. 털가죽밖에 남아 있지 않으니.

아르촘 늙었어, 죽을 때가 다 되었지……. 자, 그럼 말해보시게. 뱌조프카에서 왔다고?

사냥꾼 당신, 고양이에게 먹이를 주지 않는군요. 다 보여요. 비록 고양이일 뿐이지만 그래도 생명체라고요……. 숨을 쉰다고요. 가엾게 여겨야지!

아르촘 (사냥꾼의 말이 마치 들리지 않는 듯) 자네가 온 뱌조프카는 정말 순수하지 못한 곳이지. 1년에 두 번이나 교회가 약탈당하지……. 아직도 그런 저주스러운 놈들이 있나? 아마도 그들은 사람뿐만 아니라 신이라 해도 무서워하지 않을 거야! 하느님의 선의를 도둑질하는 놈들! 그런데도 이런 일로 교수형당하는 놈들은 얼마 되지 않는다고. 예전에는 나리님들이 이런 악당 같은 놈들을 모조리 다 사형에 처했는데.

사냥꾼 채찍으로 후려치든 엄벌을 내리든 어떻게 처벌한다 해도 해답은 나오지가 않소. 어떤 방법으로도 악한 사람에게서 악을 제거할 수는 없거든.

아르촘 (숨을 몰아쉬며) 불쌍히 여기시어 구원하소서! 하느님이시여! 우리를 모든 적들로부터 구하옵시고 악으로부터 보호하시옵소서! 지난주 볼로브이 자이미쉬라는 곳에서 풀 베던 농부 한 명이 가슴까지 풀어내린 어떤 이의 머리채를 잡고는……. 그 사람을, 그 사람을 죽도록 때렸소.

창밖에서 요란한 바람 소리를 가르며 들려오는 비명 소리.

사냥꾼 (몸을 떨며 귀를 기울인다.) 잠깐. 누군가 소리친 것 같은데…….

두 사람은 긴장감에 휩싸여 어두운 창에서 눈을 떼지 않은 채 가만히 귀를 기울인다. 바람이 지붕을 타고 윙윙 울며 종이로 된 창문을 두드린다. 곧이어서 외치는 소리가 또렷이 들린다. "살려줘!"

(창백해진 얼굴로 일어서며) 호랑이도 제 말 하면 온다더니! 누군가 강도를 만난 모양이야!

아르촘 (역시나 일어나며 속삭인다.) 신이여 보살펴주소서!

사냥꾼 (창문으로 다가가 중얼거린다.) 밤도, 밤도, 이런 밤이라니! 지척을 분간할 수가 없군. 딱 약탈이 일어날 시간대야.

다시 갈라지는 비명 소리. "살려줘!"

들었소? 다시 소리쳤소!

아르촘 (놀란 눈으로 성상을 바라보며 긴 의자에 앉는다. 울먹이는 목소리로) 정교도여! 문을 잠가! 그리고 불을 꺼야 해!

사냥꾼 왜 그래야 한단 말이오?

아르촘 무슨 일이 일어날지 모른단 말이야. 이리로 올 수도 있다고. 오, 이런 재앙이 우리에게 내리다니!

사냥꾼 (흥분한 채) 우린 나가봐야 하오. 그런데 당신은 자물쇠를 걸어 잠그고 있으니! 문을 열고 밖을 한번 내다보라고! 갈 거요? (어깨에 총을 메고 털모자를 눌러쓴다.) 옷 입으시오 어서, 총도 들고! (소리친다.) 도대체 거기 앉아서 뭐하자는 거요? 정말 가지 않을 거요?

아르촘 (자리에서 움직이지 않으며) 어딜 가자고?

사냥꾼 도와주러 가야지!

아르촘 (온몸을 떨며) 어딜 가자는 거야! 신께서 그와 함께 하시길!

사냥꾼 (격앙되어) 왜 안 가려는 거요?

아르촘 난 무서운 얘기를 나눈 후에는 어둠 속에서 한 걸음도 걸을 수 없다고. (손을 내저으며) 신의 가호가 있길! 저기 저 숲에서 내가 보지 못한 게 뭐가 있겠나?

사냥꾼 뭘 두려워하는 거요? 당신에게는 총도 있지 않소? 자, 갑시다! 선의를 베풀자고요! 혼자서는 두렵지만 둘이라니 힘이 절로 나지 않소!

다시 외치는 소리가 들린다.

들었소? 봐, 또 소리를 지르잖소! 일어나라고!

아르촘 (신음하며) 이봐, 자네 나를 어떻게 보는 거야! 내가 자기 무덤을 파러 나갈 만큼 바보로 보이나?

사냥꾼 (단호하게) 그래, 가지 않겠다고? (악의에 차) 난 지금 갈 거냐고 물었어!

아르촘 피곤하게 하는군. 젠장! 가려면 혼자 가!

사냥꾼 (격노하여) 이런…… 빌어먹을 놈 같으니라고! (재빨리 뛰어 나가며 문을 그대로 활짝 열어놓는다.)

윙윙거리는 바람 소리가 들린다.

아르촘 (문에 빗장을 걸며) 성스러운…… 성스러운…… 성스러운…… 신께서 이런 날씨를 내리셨군요. (성상으로 다가가 성호를 긋고 나지막하게 기도문을 암송한다. 촛불을 끄고 가죽옷을 들고는 벽난로로 다가가 머리끝까지 덮어쓴다. 잠시 후 머리를 내밀고는 무언가에 귀를 기울이다 다시 뒤집어쓴다. 얼마간 누워 있다가 가죽옷을 밀어젖히고 침대에 앉으며) 귀신에 홀린 것 같군! 놀라서 이가 부딪칠 지경이야!

세게 문 두드리는 소리.

게 누구요?

문밖에서 사냥꾼의 목소리가 들린다. "나야! 어서 문 열라고!" 아르촘은 벽난로에서 기어 내려가 양초에 불을 밝힌다. 그러고는 문으로 다가가 조심스럽게 자물쇠를 벗긴다. 비에 홀딱 젖은 사냥꾼이 들어온다.

아르촘 (조용히) 도대체 무슨 일인가?
사냥꾼 (숨이 차오르는 것을 누르며) 할멈이 마차를 타고 가고 있었는데 길을 잃은 모양이야. 가장 깊은 숲속에 나가떨어져 있더라고.
아르촘 (기쁨에 차) 이런 바보 같으니라고! 사람을 놀라게 만들다니. 그래, 그래서 자네가 할멈을 길까지 데려다 주고 온 건가?
사냥꾼 (얼굴을 돌린 채) 난 당신 같은 파렴치한 인간에게는 대답하고 싶지 않다고. (젖은 털모자를 긴 의자에 집어던진다. 구석에 총을 세워두며) 이제부터 난 당신을 이렇게 이해하도록 하지. 당신은 비열한 최하급의 인간이라고. 더욱이 파수꾼이라고 월급까지 받아먹고 있으면서, 이런 파렴치한 놈이 다 있나……

숲지기는 죄책감을 느끼는 듯 느릿느릿한 발걸음으로 난로에 다가간다. 그러고는 신음소리를 내며 가죽옷을 머리끝까지 뒤집어쓰고 눕는다.

(벤치에 앉는다. 침을 뱉으며) 참 희한한 인간이군……. 그래, 할멈이 죽을 뻔하지 않았는가? 누가 그녀를 보호하겠냐고? 더욱이 늙은이에다가, 세례를 받은…… 신성한 존재란 말이야.

숲지기는 신음하며 다른 편으로 돌아눕는다. 사냥꾼은 벤치에 누워 잠을 청하려고 하나 잠들지 못한다.

아마도 우리가 할멈을 죽게 내버려두었더라도 당신은 큰 고통을 느끼지 못했겠지? 이런 빌어먹을, 당신이 그런 인간인지 정말 알지 못했군……

아르촘은 가죽옷을 뒤집어쓴 채 몸을 뒤척인다.

(분개하며) 아, 만약에 할멈이 아니고 당신이었다면, 당신은 살려달라고 소리치지 않았겠어? 이 빌어먹을 놈아, 당신이 소리쳤는데 아무도 구하러 오지 않으면 당신은 좋겠냐고? 그 비열함으로 나를 가슴 아프게 만들다니, 빌어먹을 놈, 뒈져버려라!

아르촘은 신음하며 괴로워한다.

(아르촘에게 다가가 그의 가죽옷을 잡아채며) 아마도 당신은 돈이 많을 거야. 그래서 사람을 두려워하는 거겠지! 가난한 사람들은 아무것도 두려운 게 없거든…….

아르촘 (가죽옷을 움켜쥐고는 벽난로에 딸린 침대에 앉는다. 쉰 목소리로) 이 모든 말에 대해 하느님 앞에서 책임져야 할 거야, 자네! 난 돈이 없다고!

사냥꾼 그래, 알았어! 비열한 인간들에겐 언제나 돈이 있기 마련이지. 무엇 때문에 당신은 사람을 두려워하는 건데? 그렇겠지! 그 때문이겠지! 악의에 차 당신을 강탈할까봐 그러는 거야!

아르촘은 난로에서 떨어져 성상 아래 의자에 앉는다. 그는 사냥꾼에게서 눈을 떼지 않는다.

(사납게) 자 어디 보라고. 내가 강탈해갈 테니. 당신은 거짓말을 좀 더 배워야겠어! 말해, 어디다 돈을 숨겼는지!

아르촘은 앉아서 눈만 깜빡인다.

뭘 그리 망설이는 거야? 어디에 돈을 숨겼어? 당신, 혀가 없는 거야? 왜 말을 못해? 왜 침묵하고 있냐고? 부엉이같이 눈을 휘둥그레 뜨고서는! (총을 쥔다.) 뭐? 그래, 돈을 내놔, 안 그러면 총으로 쏴버릴 테니까!

아르촘 (울상으로) 자네 왜 이렇게 귀찮게 내게 들러붙는 거야? 도대체 무엇 때문에? 하느님께서 다 보고 계셔! 이 모든 말들에 대해 하느님 앞에서 책임져야 할 거야, 자네! 자네는 나에게 돈을 요구할 어떠한 권리도 가지고 있지 않다고!

사냥꾼은 얼굴을 찌푸리며 어깨에 총을 둘러메고는 화난 듯 털모자를 푹 눌러쓰고 문가로 향한다.

사냥꾼 (손을 내저으며) 에…… 에…… 당신 같은 인간과 마주하고 있다니! 더는 볼 수가 없군! 역시나 난 당신 같은 인간 집에서는 잘 수 없어! (문을 연다.) 에이, 플레르카! (나간다.)

아르촘은 문가로 다가가 자물쇠로 문을 잠그고, 안도의 한숨을 내쉬며 성호를 긋는다.

아르촘 성스러운…… 성스러운…… 성스러운…….

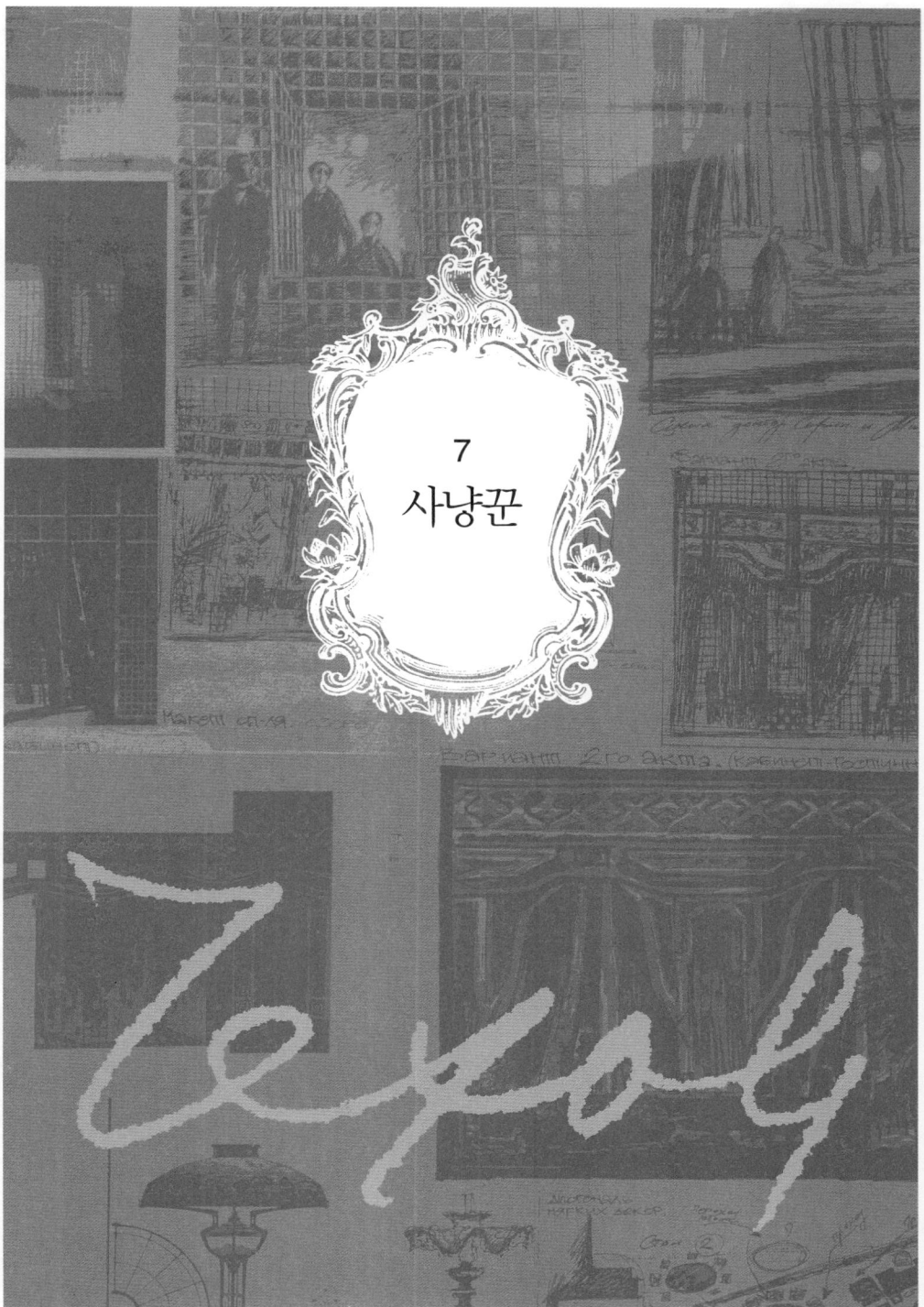

7
사냥꾼

- **예고르 블라스이치** 사냥꾼. 40세. 키가 크고 머리 색이 옅다. 붉은색 셔츠와 낡은 바지를 입고 있으며 큰 장화를 신고 있다. 단정히 다듬은 머리에 경마 기수의 것 같은 챙이 곧게 달린 흰색의 모자를 용맹스럽게 쓰고 있다. 어깨에 사냥감 주머니를 걸치고 있으며, 그 속에는 사냥한 멧닭들이 들어 있다.
- **펠라게야** 창백한 얼굴을 한 예고르의 아내. 30세. 시골풍의 치마에 짧은 상의를 걸치고 있으며 셔츠는 바지 밖으로 꺼내 입었다. 머리에는 손수건을 두르고 있다.

배경은 들판이다. 무대 중앙에는 크지 않은 언덕이 있으며, 오른쪽에는 나무 그루터기가 있다. 무덥고 답답한 정오. 펠라게야가 우유 항아리를 들고 서 있다. 우유를 마시고는 입을 훔친다. 항아리를 바닥에 세워두고 땅에서 낫을 집으려다 예고르 블라스이치가 오는 것을 본다. 예기치 않은 그의 등장에 그녀는 무대 구석으로 숨어 들어간다. 예고르 블라스이치는 펠라게야를 발견하지 못한 채, 공이를 젖힌 쌍발 엽총을 손에 쥐고 무대 앞 열을 따라 거닌다.

펠라게야(사냥꾼의 아내) (조용히) 예고르 블라스이치!

예고르 블라스이치(사냥꾼) (주위를 둘러보다 펠라게야를 발견한다. 멈춰 서서 눈썹을 찡그린다.) 아, 당신이었군, 펠라게야! (천천히 사냥감 주머니를 내려놓고 엽총을 땅에 세워둔다.) 음……! 어떻게 여기까지 온 거야?

펠라게야 (부끄럽게 미소 지으며) 우리 마을 아낙네들이 여기로 와서 일을 해유, 지랑 함께 일하지유……. 노동자들하고유, 예고르 블라스이치.

예고르 블라스이치 (그녀로부터 등을 돌리며) 그렇군…….

펠라게야 (다가가서 그와 얼굴을 마주하려고 노력한다.) 오랫동안 당신을 못 봤잖아유. 예고르 블라스이치…… 부활절 주간에 당신이 우리 농가로 방문했을 때 이후로 처믄이네유……. 부활절에 잠시 들르셨을 적엔, 정말이지……. 취한 모습으로…… 잔소리하고 때려 부수고는 가 버리셨지유……. (애교를 쿠리며) 진작부터 기다리고 기다렸구먼유……. 당신을 기다리다 그만 눈이 아플 지경이라고유……. 아휴, 예고르 블라스이치, 예고르 블라스이치! 한 번만이라도 들르시지!

예고르 블라스이치 (모자를 벗고 손으로 이마를 훔친다.) 내가 뭐 해야 할 거라도 있나?

펠라게야 그거야, 당연히, 아무것도 하실 필요는 없지유, 그렇지유……. 그래도 집안일은 집안일이니깐……. 당신이 이런저런 것들을 좀 봐주셔야지유……. 당신은 주인 양반이시잖아유. (예고르 블라스이치가 가버리지 않는 것에 행복해하며 웃는다.) 방금 멧닭을 잡으셨나봐유! 예고르 블라스이치! 앉아서 쉬서유, 좀…….

예고르 블라스이치 (주위를 둘러보고는 냉정하게) 앉으라고? 그러지……. (언덕에 앉는다.)

펠라게야는 사랑스러운 눈으로 그를 쳐다보며 계속 서 있다.

(그녀를 마주 바라보다가) 왜 그렇게 서 있어? 당신도 앉으라고!

펠라게야 (그루터기에 앉는다. 미소 띤 입을 손으로 가린다.)

사이.

(조용히) 한 번이라도 들러주시지 그랬어유…….

예고르 블라스이치 (한숨 쉬며) 뭣 땜에? (주머니에서 담배쌈지를 꺼내 종이로 담배를 말아 피운다.) 그럴 필요가 없잖아. 한두 시간 들러 농담으로 당신을 혼란스럽게 하는 걸로 족하다고. 시골에 눌러 사는 건 내 영혼이 참아내지 못해. 당신도 알지 않는가, 나란 놈에겐 광기가 있다는 걸. 내겐 침대도 있고, 좋은 차도 있고, 재미있는 이야깃거리도 있지만…… 당신이 사는 시골에는 그저 가난과 그을음뿐이지 않는가. 난 그런 곳에서는 단 하루도 살지 못한다고. 누군가 만약 반드시 당신과 시골에서 살라고 명령한다면 난 농가에 불을 지르든지 아니면 자살하든지 할 거야. 어렸을 적부터 내 속에 이런 치기 어린 장난질이 밀고 들어와 앉아서 이젠 아무것도 할 수 없게 되었지.

펠라게야 요즘은 어디서 지내세유?

예고르 블라스이치 (성냥을 꺼내 담배에 불을 붙인다.) 나리네 댁에서. 드미트리 이바노비치 씨 댁에 묵고 있어. 사냥꾼들과 일하며 말이야. 그의 식탁에 야생동물을 잡아다 올리면 만족해하며 나를 붙잡아두지.

펠라게야 (비난하며) 당신 일엔 질서가 없어유, 예고르 블라스이치. 사람들에게 장난질과도 같은 짓을 당신은 마치 수공 일처럼 여기지유. 진정한 일처럼 느끼는…….

예고르 블라스이치 (언덕에 기대어 눕고는 망상에 잠긴 듯 하늘을 바라본다.) 당신은 이해하지 못해, 어리석은 여자야. 당신은 이제까지도 이해하지 못했고, 앞으로 백 년이 지나도 이해하지 못할 거야, 내가 어떤 인간

인지……. (천천히 입에서 연기를 뿜어내며, 사라지는 연기를 물끄러미 바라본다.) 당신 눈에는 내가 광기 서린 방탕한 놈 같아 보이겠지. 그렇지만 난 이 마을에서 가장 훌륭한 사수란 말이지. (자랑스럽게) 사람들도 이걸 잘 안다고. 심지어 잡지에도 실렸으니 말이야. 어느 누구도 사냥에 있어서만큼은 나와 견줄 수가 없어……. 그렇지만 난 당신네들 시골 일에는 혐오감을 느끼고 있어. 그건 장난질도 아니고 명예로운 일도 아니야. 아주 어렸을 때부터 말이지, 난 그저 개와 총 말고는 아무것도 알지 못했다고. 알겠어? 돈이 많았을 때는 말을 사고파는 일도 해보고 시장에서 이리저리 뛰어다녀보기도 했지. 하지만 당신, 알겠어? 남정네에겐 이런 사냥꾼이나 말 장수 일이 적합한 거야. 농촌과는 그저 안녕이지. 한번 광기 서린 영혼이 인간에게 들어오게 되면 무엇으로도 그것을 떼어낼 수가 없는 거야. 그러니 여편네야, 당신은 이해가 되지 않겠지만 이해하도록 해야 해. 그래야 한다고.

펠라게야 (눈물을 삼키며) 지는 다 이해한다고유, 예고르 블라스이치!

예고르 블라스이치 (그녀를 훑어보며) 당신은 이해하지 못하고 있어, 지금도 울려고 드니 말이야.

펠라게야 (얼굴을 돌리며 눈물을 참으려고 애쓴다.) 지는 울지 않아유……. 죄악이에유, 예고르 블라스이치! 돈이 있다 한들 사는 게 행복하진 않잖아유. 이미 12년이 지났시유, 우리가 결혼한 게……. 근데…… 근데…… 우리 사이엔 단 한 번도 사랑이란 게 없었지유……. 지는 울지 않아유.

예고르 블라스이치 (투덜거리며) 사랑이라…… 어떠한 사랑도 불가능해. 오직 하나, 명칭만 있지. 우리는 남편과 아내라는 것. 이것 말고 또 뭐가 있겠나? 난 당신에게 그저 짐승 같은 놈일 따름이고, 당신은 나에게 그저 여편네일 따름이야. 이해할 수 없는……. 뭐 우리가 부부라고? 난 제멋대로 구는 다혈질에 방탕한 놈이고, 당신은 일꾼이자 짚신 장수고, 진창에서 살며 등 한번 쭉 펴고 눕지도 못하지.

펠라게야 (흐느껴 울며) 그래유, 그래도 우린 결혼한 거라고유, 예고르 블라스이치!

예고르 블라스이치 (날카롭게 펠라게야 쪽을 바라보며 소리친다.) 의지 없는 결혼이야……. 잊은 건 아니겠지? 세르게이 파블르이치 백작에게 감사하라고……. 그리고 자신에게도. (벌떡 일어나며) 백작은 내가 자기보다 총을 더 잘 쏜다는 데 질투를 느껴 나를 한 달 내내 포도주에 절어 살게 만들었지. 취한 녀석에겐 결혼뿐만 아니라 다른 종교에 현혹되어 자기 종교를 바꾸는 것도 가능하니까. 난 백작의 보복 때문에 술 취한 채 너랑 결혼한 거라고……. 사냥꾼이 가축지기와 말이지! (펠라게야를 모욕하며) 당신은 내가 취해 있는데도 왜 결혼한 거야? 농노인 주제에 복종하지 않으면 안 되었겠지! 그래, 물론 가축지기에게는 사냥꾼이랑 결혼하는 게 행복일 테지, 그러나 의논은 했어야 해. 지금 보라고, 이렇게 괴로워하며 우는 자신을. 백작에게는 조소당하고 당신은 울기만 하잖아……. 벽에 부딪혀버린 거라고……. (다시 언덕에 앉는다.)

침묵이 이어진다. 펠라게야는 손수건으로 눈물을 훔친다. 예고르 블라스이치는 손으로 머리를 단정히 하며 점차 안정을 찾는다.

(펠라게야를 쳐다보지 않은 채) 요새는 뭐해 먹고살아?

펠라게야 (머리에 손수건을 고쳐 매며 옷매무새를 단정히 한다. 순종적으로) 인자는 일하러 가야 하는구먼유. 겨울에는 보육원에서 아이를 데리고 와서 젖을 물릴 거예유. 그럼 한 달에 1루블 반을 준대유.

예고르 블라스이치 떽……

사이.

펠라게야 (수줍어하며) 사람들이 말하기를, 당신이 아쿨리나에게 새 농가를 지어주었다대유. 아마도 그녀가 진정으로 당신에게……

예고르 블라스이치 (기지개를 켜며) 행복이란 건 이미 당신에게 있는 거야, 운명인 거야! (땅에서 모자를 집어들어 먼지를 털어내고는 머리에 쓴다.) 참아내라고, 고아 양반. 그럼, 이제 떠나야겠어, 수다를 너무 떨었군……. (일어서서 총을 들고는 어깨에 걸쳐 멘다.) 저녁까지는 볼토보 지역에 도착해야 돼.

펠라게야 (천천히 일어나 조용히 말한다.) 언제 다시 마을에 돌아오실 건가유?

예고르 블라스이치 결코. 취하지 않은 상태라면 나는 결코 오지 않을 거야. 그렇지만 취한 상태라도 당신에게 덕 될 건 없을 거야. 취중이면 난 적의를 품게 될 테니……. 안녕! (천천히 떠나간다.)

펠라게야 (움직임 없이 서서 가만히) 안녕, 예고르 블라스이치…….

예고르 블라스이치는 펠라게야한테서 등을 돌린다. 그녀는 수줍어하며 그에게 다가가 애원하는 눈빛으로 쳐다본다.

예고르 블라스이치 (바지 주머니에 손을 찔러 넣어 누더기처럼 너덜해진 루블 한 장을 꺼내곤 어색해하며 그녀의 손에 건네준다.) 자, 받아. (재빨리 떠나 간다.)

펠라게야 (그의 발걸음 하나하나에 시선을 쏟으며 기계적으로 지폐를 구겨 쥔 다.) 안녕, 예고르 블라스이치! (떠나가는 예고르 블라스이치에게서 눈을 떼지 않은 채, 그의 모자를 단 한 번이라도 더 보기 위해 언덕을 오른다. 속 삭이며) 안녕, 예고르 블라스이치!

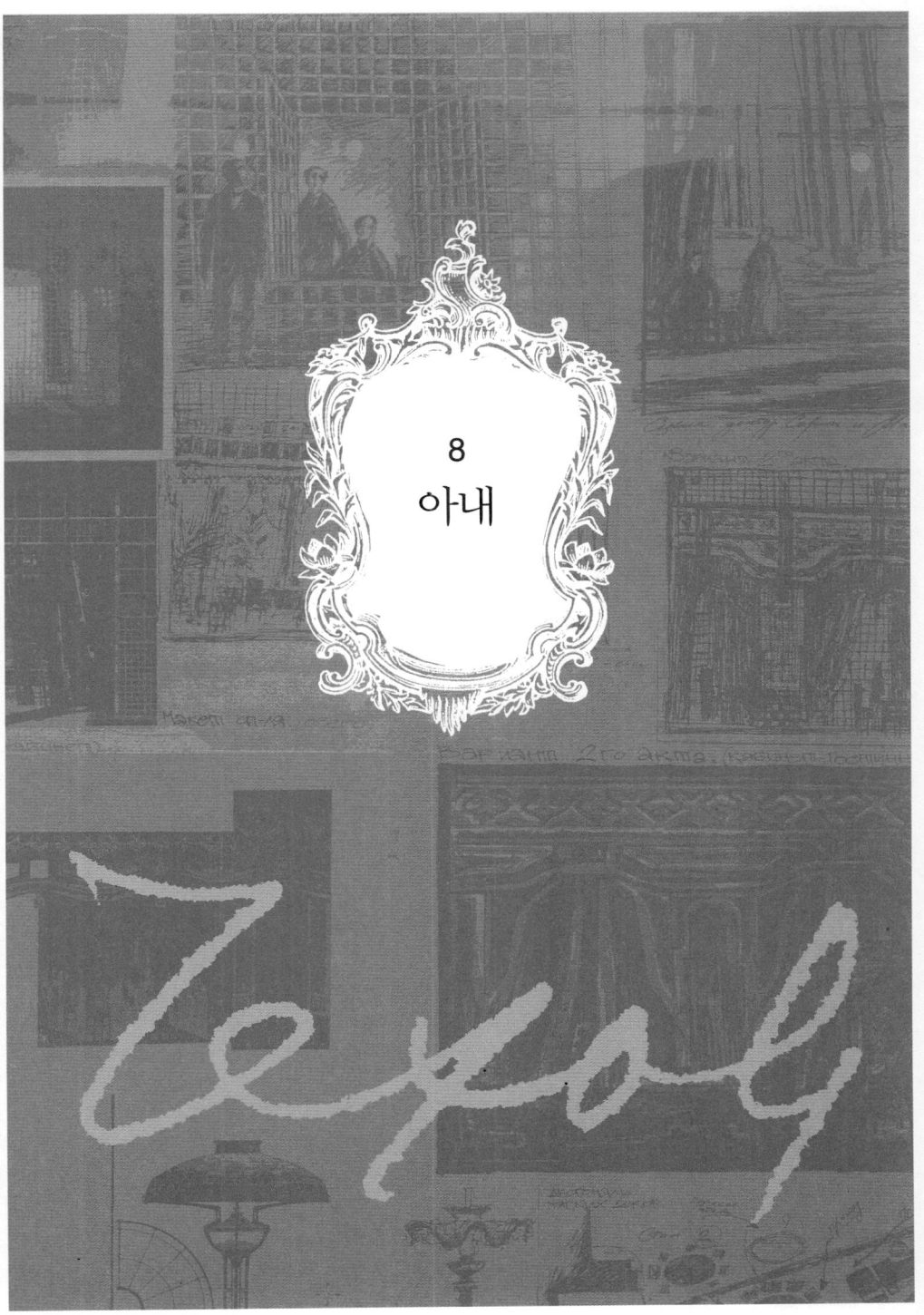

8
아내

- **니콜라이 예브그라프이치** 의사. 40세.
- **올가 드미트리예브나** 젊고 호기심 많은 니콜라이의 아내. 27세.
- **하녀**

의사의 집무실. 중앙에는 다른 방으로 향하는 문이 있다. 오른쪽에는 책상이 있고 그 뒤에는 안락의자와 책장이 있다. 책상 아래에는 종이를 담는 바구니가 있다. 책상 앞에는 의자가 있고, 왼쪽에는 두 개의 안락의자가 딸린 원탁이 있다. 니콜라이 예브그라프이치가 책상 앞에 앉아 서류들을 살펴보고 있고, 하녀는 바구니를 뒤지고 있다.

니콜라이 예브그라프이치(의사) (소리치며) 전보가 어디에 있어? 어디다 버린 거요?

하녀가 바구니에서 전보 몇 개를 꺼낸 후 그에게 준다.

하녀 여기 있습니다, 나리.
니콜라이 예브그라프이치 아니야, 이건 아니야. 이건 환자들에게서 온 거라고요. 찾아봐요. 카잔에 있는 형에게서 어제 날짜로 온 전보가 있을 거요. 올가 드미트리예브나의 방을 살펴봐요.

하녀는 나가고, 그는 책상에 앉아 찾기를 계속한다.

내 책상은 치우지 말라고 부탁했건만. 이렇게 치우고 나면 도대체 아무것도 찾을 수가 없다고.

하녀가 들어와 전보를 책상에 놓고 나간다.

(전보를 들여다본다.) 뭐야 이건? 장모님 이름으로 온 전보 아냐? 올가 드미트리예브나에게 전하고자 한 거로군. 근데 몬테카를로에서? (편지를 읽으려고 노력한다.) 한마디도 못 알아먹겠군. 보아하니 이건 영어로 쓴 것이로군. 서명이……, 서명이 '미셸'……. (생각에 잠긴다.) 미셸이 도대체 누구야? 왜 몬테카를로에서 왔지? 왜 장모님 이름으로? (방을 따라 거닐며 기억하려 애쓴다.) 미셸…… 미셸……. (이마를 치며) 기억났다! (다른 방으로 뛰어나갔다 앨범을 손에 쥐고는 곧장 되돌아온다. '아니야, 아니야.'라고 하며 신경질적으로 책장을 넘긴다. 그러다 갑자기 멈추며) 이 사람이야, 미셸……. 그래, 성이 좀 특이하지. 리스[●]…… 그래, 맞았어, 미하일 이바노비치 리스. (앨범에서 사진을 꺼내어 뒤집은 후 뒷면을 읽는다.) '현재에 대한 기억과 미래에 대한 희망을 담아.'

●리스 러시아어로 쌀(Рис)을 의미.

(다시 전보를 쥔다.) '몬테카를로에서.' 아내가 왜 니스로 가려는지 알겠군. 그녀의 미셸이 몬테카를로에 살고 있으니 말이야! (앨범을 책장에 던져 넣는다.) 영노사전이 어디에 있지! (사전을 꺼낸 다음 책상에 빈 종이를 놓고 번역하기 시작한다.) 드링…… 달링…… (사전을 넘긴다.) 마신다…… 건강을…… 나의…… 소중한…… 랍브…… 라브…… 사랑하는…… 천 번을…… 가냘픈 다리에 키스한다…… 참을 수 없이…… 기다린다…… 도착을……. (허공을 바라보며 잠시 움직이지 않고 있다가 기계적으로 전보를 구기며 중얼거린다.) 가냘픈 다리! 가냘픈 다리! (손으로 머리를 쥐어 싸며) 맙소사, 좋은 시절은 다 가고 지옥에 있는 것 같군! 히스테리와 비난과 거짓, 조야한 위선 말고는 남은 게 없군. (기침을 하며 헐떡인다. 호흡을 가다듬으며 안락의자의 등받이에 기댄다.) 건강하지도 않고, 이제 살날도 얼마 남지 않았는데……. 그녀에게 얘기해야겠어, 사랑하는 사람에게 가라고……. 이혼해주고, 죄는 나 혼자 받아야겠군…….

초인종이 울린다.

그녀군. 그녀와 의논해야겠어.

모피코트와 털모자 차림의 올가 드미트리예브나가 들어와 안락의자에 앉는다.

올가 드미트리예브나(니콜라이의 아내) (힘겹게 숨을 쉬며) 혐오스럽고 뚱뚱한 놈 같으니라고! (발을 구르며) 난 할 수 없어, 할 수 없어, 할 수 없다고!

니콜라이 예브그라프이치 (그녀에게 다가가) 무슨 일이오?

올가 드미트리예브나 (어린 소녀처럼 매우 심각한 모습으로 울먹이며) 금방 대학생인 아자르베코프가 나를 바래다주었는데, 그런데 그만 가방을 잃어버렸지 뭐예요. 거기에 15루블이 들어 있었는데. 엄마에게 빌린 거라고요.

니콜라이 예브그라프이치 어쩔 수 없지! (한숨 쉬며) 잃어버린 건 잃어버린 거고, 뭐 신과 함께 하겠지. 진정하고, 당신과 할 말이 있어.

올가 드미트리예브나 (울음을 멈추지 않고 코를 푼다.) 돈을 등한시 할 만큼 난 백만장자가 아니라고요. 그는 자기가 갚겠다고 하지만 난 안 믿어요. 그는 가난하다고요…….

니콜라이 예브그라프이치 (흥분하여) 아, 내가 25루블을 줄게. 제발 그냥 조용하라고! 다시 말하는데, 당신과 할 말이 있어!

올가 드미트리예브나 (변덕스럽게) 이런 모피코트 차림으로는 심각한 얘기를 나눌 수 없다고요! 정말 이상한 사람 다 보겠네! (나간다.)

의사는 전보를 들고 다시 읽는다.

니콜라이 예브그라프이치 가냘픈 다리…….

올가 드미트리예브나가 돌아온다. 그녀는 레이스가 달린 상의를 입고 있다. 그러고는 안락의자에 앉아 화장을 하기 시작한다.

올가 드미트리예브나 무슨 말이 하고 싶어요?

니콜라이 예브그라프이치 (그녀에게 전보를 보이며) 본의 아니게 이 전보를 보 았어…….

올가 드미트리예브나 (전보를 받아서 읽은 후 어깨를 으쓱인다.) 그런데요? (안 락의자를 흔든다.) 이건 통상적인 신년 축하 인사지 아무것도 아니에 요. 여기에 비밀은 없다고요.

니콜라이 예브그라프이치 (흥분을 참으며 안락의자에 앉는다.) 당신 내가 영어를 모른다고 생각하는 모양인데. 그래, 모르긴 하지만, 그래도 사전은 있거든. 이건 리스로부터 온 전보지. 그는 자신이 사랑하는 이의 건 강을 위해 축배를 들며 당신에게 천 번이나 키스를 한다던걸. (서두르 며) 그래, 그냥 넘어가자고, 넘어가……. 난 정말 당신을 비난하기도 싫고 싸움도 원치 않아. 싸움도 비난도 이미 충분해. 이제 끝내자 고……. 내가 하고 싶은 말은 이거야, 당신은 자유로우니 원하는 대 로 살 수 있다고.

그는 침묵한다. 그녀가 조용히 울기 시작한다.

혐오와 거짓의 불가결함에서 당신을 해방시켜주겠어. 만약 이 젊은 이를 사랑한다면 그래, 사랑하라고. 그에게 가길 원한다면 가. 당신 은 젊고 건강한데, 난 이미 불구자야. 살날도 얼마 남지 않았어. (흥분 하여 더듬으며) 한마디로 말해…… 당신은 나를 이해할 거야.

올가 드미트리예브나 (울며) 난 아무것도 숨기는 게 없어요. 난 리스를 사랑해 요, 그와 도시 외곽으로 드라이브 나가기도 했고요. 그의 집을 방문하 기도 했어요. 난 정말 외국으로 가고 싶어요. (숨을 들이켜며) 그래요,

다시 당신에게 간청할게요. 제발 너그럽게, 패스포트를 돌려주세요!

니콜라이 예브그라프이치 다시 말하지만, 당신은 자유의 몸이야.

올가 드미트리예브나 (남편에게 가까이 앉으며 기대감에 찬 눈으로 남편의 얼굴을 들여다본다. 조용히) 내가 언제쯤 패스포트를 받을 수 있죠?

니콜라이 예브그라프이치 ('결코 받지 못해.' 라고 말하고 싶은 욕망을 억누르며, 열정 없는 목소리로) 받고 싶을 때.

올가 드미트리예브나 딱 한 달만 갔다 올 거예요.

니콜라이 예브그라프이치 당신, 영원히 리스에게 가도 돼. 이혼해주고 죄는 내가 받을게. 그 몫은 내가 치르면 되는 거야. 리스는 당신과 결혼할 수 있을 거야.

올가 드미트리예브나 (생기 있게) 아니, 난 정말로 이혼을 원치 않는다고요. (놀란 얼굴을 하며) 난 당신에게 이혼을 바란 게 아니에요! 패스포트만 주세요, 이게 전부예요.

니콜라이 예브그라프이치 (흥분하기 시작하며) 아니, 당신 왜 이혼하지 않으려는 거야? 참 이상한 여자군. 만약 당신이 정말 그에게 매혹되었고 그도 당신을 사랑한다면, 당신네들 입장에선 결혼 말고 더 좋은 건 없잖아.

올가 드미트리예브나 (남편에게서 떨어져 악의와 복수심에 찬 눈으로 바라보며) 난 정말 당신을 잘 알아요. 내게 싫증이 나서 단지 내게서 도망치고 싶어 이혼하려는 거죠. 고마워요, 하지만 난 당신이 생각하는 것처럼 바보는 아니에요. 이혼을 받아들이지 않겠어요, 난 안 나가요, 안 나가요, 안 나간다고요! (남편이 자신의 말을 가로막을까 두려워하며 재빨리) 첫째, 난 사회적 위치를 잃기가 싫어요. 둘째, 난 벌써 스물일곱

살인데 리스는 스물세 살이에요. 1년 뒤면 그가 내게 싫증을 느껴 나를 버리겠죠. 그리고 세 번째, 알고 싶으시다면, 내 애정이 오래 지속된다고 보장할 수는 없지만…… 그건 당신을 향한 마음 때문이에요! 당신에게서 떨어지지 않을 거라고요.

니콜라이 예브그라프이치 (소리치며 발을 구른다.) 내가 당신을 집에서 쫓아낼 거야! 꺼지라고, 저속하고 추악한 여편네야!

올가 드미트리예브나 (냉정하게) 또 보자고요! (거만하게 고개를 들고 방에서 나간다.)

니콜라이 예브그라프이치 (주먹을 쥔 채 혐오스러움에 얼굴을 찌푸리고, 구석구석을 오가며) 맙소사, 나란 놈은 대체 뭐하는 놈이야, 시골 사제의 아들 같으니라고. 단순하고 조야한 인간 같으니라고. 이 보잘것없고 뇌물이나 받아먹는 저급한 창조물에게 마치 노예처럼 수치스럽게 복종하고 만 건가?

하녀가 들어와 문가에 서 있다.

(하녀에게) 무슨 일이오?

하녀 마님이 좀전에 나리께서 약속하신 25루블을 달라고 하십니다.

니콜라이 예브그라프이치는 머리를 움켜쥔다.

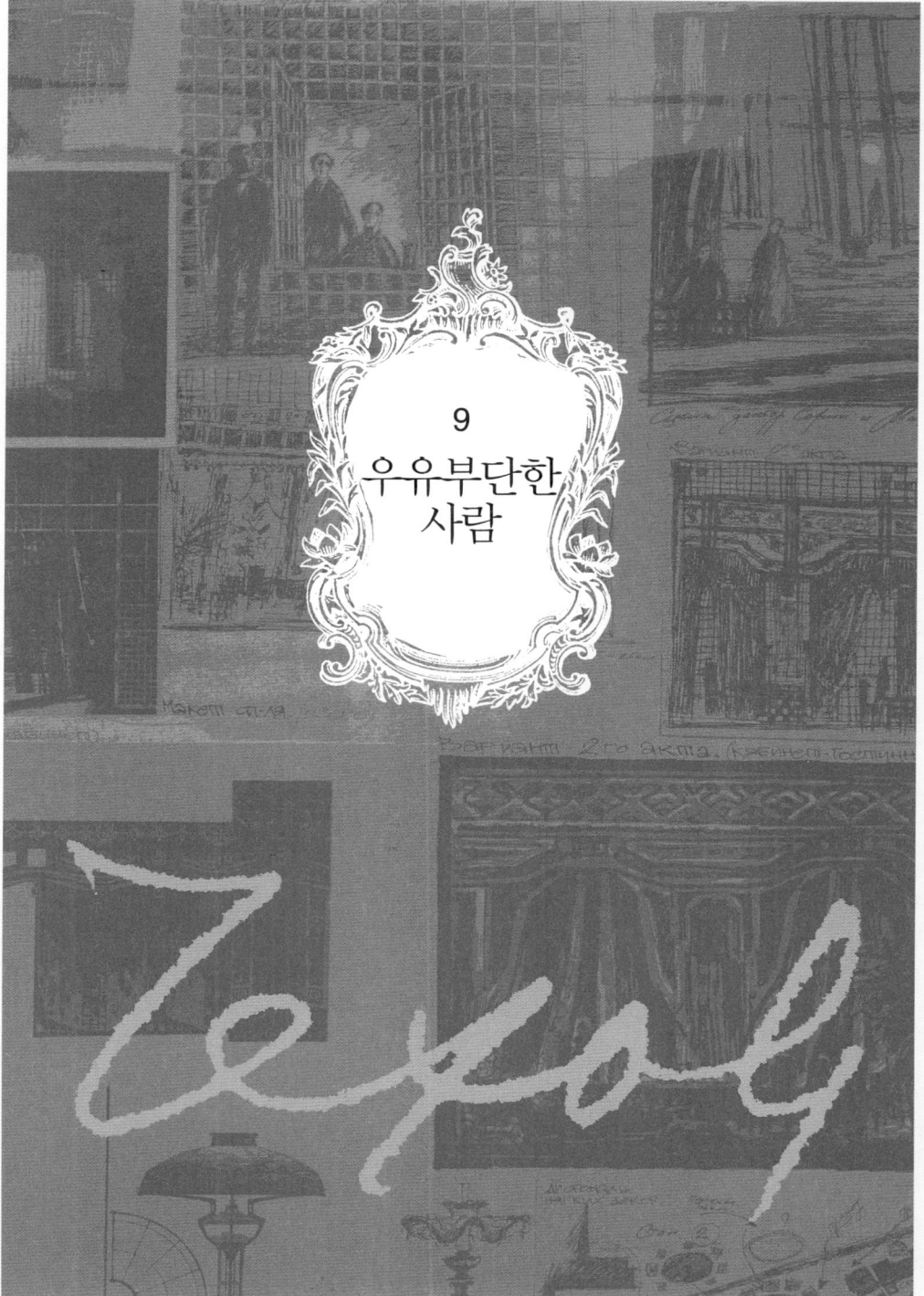

9
우유부단한
사람

- **주인** 완강한 남자. 45세.
- **율리야 바실리예브나** 가정교사.

무대는 집무실이다. 중앙에는 책상이 있고, 그 위에는 영수증들이 놓여 있다. 그 뒤에는 안락의자가 있다. 그 주변에 놓여 있는 몇 개의 의자들. 주인은 책상에 앉아 신문을 읽고 있다가, 이내 신문을 던지고는 일어나서 문 쪽으로 다가간다.

주인 (소리치며) 폴랴, 가정교사에게 내 집무실로 오라고 전해요. (책상에서 봉투를 꺼내어 그 속에 돈을 넣고는 봉투를 책상 서랍 속에 치워둔다.)
율리야 바실리예브나(가정교사) (소심하게 문을 열며) 저 부르셨어요?
주인 예, 예, 어서 오시죠. 앉으세요, 율리야 바실리예브나.

율리야 바실리예브나는 의자 끝에 걸터앉아 궁금한 듯 주인을 쳐다본다.

자, 계산합시다. 아마도 돈이 필요하실 텐데, 달라고 요구하지도 않

고 너무 정중하시군요……. 자…… (안락의자에 앉으며) 우리가 한 달
에 30루블로 계약을 했었죠.

율리야 바실리예브나 (수줍어하며 정정한다.) 저…… 40에…….

주인 아니요, 30씩 하기로 했죠……. (책상에서 수첩을 꺼내, 페이지를 넘기
며 필요한 부분을 찾는다.) 내 수첩에 쓰여 있길…… 나는 항상 선생님
께 30루블씩 지불한 것으로 되어 있네요…….

율리야 바실리예브나는 침묵하며 머리를 떨어뜨린다.

그리고 두 달간 근무하셨으니…….

율리야 바실리예브나 (소심하게) 두 달 반 동안인데요…….

주인 정확히 두 달입니다. (다시 수첩을 본다.) 그렇게 쓰여 있어요. 그래서
선생님께 곧, 60루블을……. (계산서를 옆에 놓는다.) 일요일을 아홉 번
제해야 하고…… 콜랴와 일요일에는 수업을 안 하셨으니까요. 산책
만 하시고…… 그리고 휴일이 세 번…….

율리야 바실리예브나는 얼굴을 붉히며 신경질적으로 옷에 붙은 보풀을 잡아
꼬기 시작한다. 주인은 그녀가 항변하길 기다리며 그녀를 바라본다. 그러나 그
녀는 침묵한다.

휴일이 세 번…… 지우고 나면, 자, 12루블. (계산서에서 지운다.) 그리
고 나흘 동안 콜랴가 아파서 수업이 없었으니…… 바랴와만 수업을
하셨죠. 그리고 사흘간 이가 아프다 하셔서 아내가 점심 이후에는 수

업을 하지 마시라 했으니…… 12루블하고 7루블, 더하면 19루블이네요. 그러면 제하고 남는 돈이…… 음…… (계산에서 깎는다.) 모두 41루블. 맞죠?

율리야 바실리예브나는 낮게 머리를 숙이며, 신경질적으로 손수건을 구긴다. 그리고 나서 코를 푼다.

신년 노브이 고드* 기간 동안에는 차받침과 찻잔을 깨뜨리셨고요. 자, 2루블 까고. (계산에서 제한다. 일어나서 방을 거닌다.) 찻잔은 이보다 더 비싸지만, 유명 제품이거든요, 그래도…… 맙소사! 어디 남아나는 것이 있는 줄 아십니까! 그리고 선생님이 부주의하신 관계로 콜랴가 나무에 기어오르다가 프록코트를 찢어먹었죠……. 10루블 까고. (제한다.) 또 선생님의 부주의로 하인이 바랴의 구두를 훔쳐갔죠. 항상 주의해서 모든 걸 살펴져야 된다고요. 유감스럽지만요. 그래서 인즉, 5루블 까고……. (제한다.) 1월 10일 제게 10루블을 빌려 가셨으니깐…….

율리야 바실리예브나 (절망적으로, 속삭이며) 안 빌렸는데요!

주인 (수첩을 보며) 그렇게 쓰여 있습니다!

율리야 바실리예브나 (눈물을 글썽이며) 네, 알겠습니다……. 좋아요.

주인 (계산서를 보며) 41루블에서 27루블을 제하면…… (제한다.) 14루블이 남는군요…….

●노브이 고드 러시아의 새해맞이 휴일. 통상적으로 12월 31일에서 러시아식 크리스마스인 1월 7일까지 연휴가 계속된다.

율리야 바실리예브나 (떨리는 목소리로) 전 딱 한 번밖에 빌리지 않았어요. 부인께 3루블 빌렸어요……. 더 빌린 적은 결코 없어요…….

주인 예? (수첩을 넘긴다.) 이런, 적어놓지 않았군요! 14루블에서 제하면…… (제한다.) 11루블이 남는군요……. 자, 여기 당신 돈입니다. 선생님, 받으시죠. (돈을 센다.) 셋…… 셋…… 셋…… 하나 그리고 하나…… 받으시구려!

율리야 바실리예브나 (돈을 받아 주머니에 넣는다.) 메르시.

주인 (악의에 차) 뭐가 감사하다는 겁니까?

율리야 바실리예브나 (고개를 들며) 돈을 주셔서…….

주인 (소리치며) 내가 당신 돈을 빼앗았는데 그래도 괜찮다는 거요? 제기랄, 내가 당신 돈을 강탈했다고요! 당신 돈을 훔쳤단 말입니다! 근데 뭐가 고맙다는 거요?

율리야 바실리예브나 다른 곳에서는 다들 한 푼은커녕 정말이지 아무것도 주지 않았거든요…….

주인 한 푼도 주지 않았다고요? 당연하죠. 그렇게 행동하시니까요. 난 그저 농담을 했을 뿐이에요……. 당신에게 100루블 전액을 주겠어요! (돈이 든 봉투를 꺼내 나머지 금액을 계산하며) 자, 여기 봉투 안에 당신을 위해 준비한 금액이 들어 있습니다. (돈을 건넨다.)

율리야 바실리예브나 메르시!

주인 뭐 이렇게 까다로운 사람이 다 있담? 왜 대항하지 않는 거요? 왜 침묵하시냐고요? 정말 세상에 이렇게도 입이 무거운 사람이 다 있나?

●메르시 프랑스어로 감사하다는 표현.

빵을 위한 투쟁은 필요하다, 난 이렇게 생각하오. 그러니…… 만약 당신을 화나게 하면 맞서세요. 그런 사람이 되어야 해요!

율리야 바실리예브나가 쓴웃음을 지으며 일어난다.

너무 심하게 대해서 죄송하군요. 주제넘게 가르치려 했습니다! 그렇지만 이런 우유부단한 사람이 세상에 또 있을까!

율리야 바실리예브나 메르시. (문으로 다가가며) 메르시. (나간다.)

주인 그렇군, 이 세상에는 약한 것이 강한 거로군!

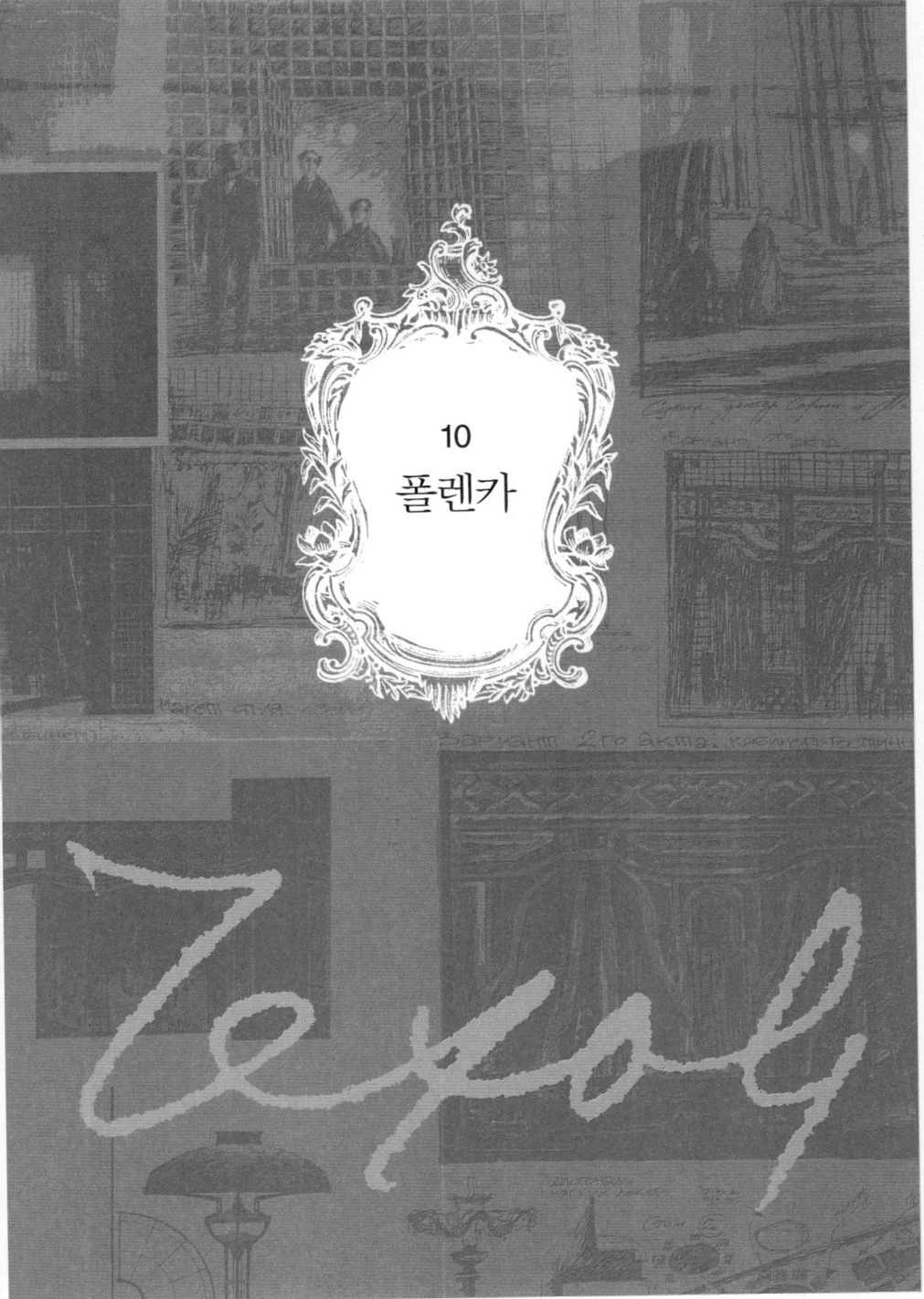

10
폴렌카

- **폴렌카** 작고 마른 금발의 소녀. 장신구 가게 주인의 딸.
- **니콜라이 티모페예비치** 잡화점 점원. 유행을 따른 차림새에 잘 손질한 갈색 머리를 하고 있다.
- **점원** 볼수염을 길렀으며 건장해 보인다.
- **부인** 목소리 톤이 낮고 몸이 뚱뚱하다.

잡화점의 판매대. 판매대 옆에는 의자가 있으며 그 뒤로 상자들이 놓인 선반이 있다. 니콜라이 티모페예비치가 무언가를 쓰며 주판을 튕기고 있다. 건장해 보이는 점원이 들어와 니콜라이 티모페예비치에게 상자를 전한다.

니콜라이 티모페예비치(잡화점 점원) 잠시만요……. (상자를 건네받고는 나간다.)

폴렌카가 들어온다.

점원 무엇을 도와드릴깝쇼, 아가씨?
폴렌카 저는 항상 니콜라이 티모페예비치와 거래해요.

니콜라이 티모페예비치가 들어온다.

니콜라이 티모페예비치 펠라게야 세르게예브나, 영광입니다요! 자, 이리로.

건장한 점원이 나간다.

폴렌카 아, 안녕하세요! 보셨죠, 제가 당신에게 다시 온 것을. 레이스 하나 주세요, 아무거나.

니콜라이 티모페예비치 어디에 쓰실 거죠? 특별한 용도라도?

폴렌카 가슴과 등 장식에 쓰려고요. 한마디로, 전체 한 세트가 필요해요.

니콜라이 티모페예비치 잠시만요. (선반에서 상자 몇 개를 내린 후 열어본다.) 여기 있습니다. 1아르신*에 1루블 되겠습니다.

폴렌카 (골라내며) 오, 그렇게나 비싸요!

니콜라이 티모페예비치 (관대하게 미소 지으며) 인심 좀 쓰시죠, 정말이지 1루블이면 안 비싼 거라고요! 더욱이 이건 여덟 겹으로 된 프랑스제 레이스라고요……. (선반을 보여주며) 보세요, 우리 집에서도 보통의 레이스는 팔지만…… 이런 1아르신에 45코페이카짜리는 좋지 못합니다! 좀 더 쓰십쇼.

폴렌카 (고개를 숙이고 판매대를 보며, 조용히) 그런데, 당신, 니콜라이 티모페예비치, 목요일에는 왜 그렇게 빨리 우리 집에서 떠났어요?

니콜라이 티모페예비치 (조소하듯) 당신이 눈치채셨다니 이상하군요. (상자들을 닫고는 두서없이 대충 진열한다.) 당신은 그때 대학생 분과 즐거워하고 계시더군요……. (조용히) 전 앞으로는 결코 당신께 가지 않겠습니다.

●아르신 미터법으로 바뀌기 이전에 사용된 러시아 고유의 척도 단위. 1아르신은 71.12센티미터.

폴렌카 왜요?

니콜라이 티모페예비치 (쳐다보며) 왜냐고요? 그건 아주 간단합니다. 당신도 아셔야 하고요. 무슨 이유로 제가 괴로워했겠습니까? 익숙치 않은 일 들 때문이죠! 당신 곁에서 그 대학생이 어떻게 연기하고 있느냐를 바라보는 게 저한테 즐거운 일일 거라 생각하시나요? 정말 전 모든 걸 봤고 또 이해한다고요. 초가을부터 그 친구는 당신 뒤를 따라다녔고, 당신은 거의 매일 그와 산책을 하였죠. 또 그가 손님으로 당신을 찾아왔을 때는 마치 천사처럼 그의 곁에 붙어서는 그를 뚫어져라 쳐다보곤 하셨죠. 당신은 그를 사랑하고, 당신에게 그보다 더 훌륭한 사람은 없겠죠. 좋다고요, 더는 할 말이 아무것도 없습니다…….

폴렌카 (당황하여 판매대를 손가락으로 쓰다듬으며) 아, 무슨 말씀이에요, 니콜라이 티모페예비치!

니콜라이 티모페예비치 전 모든 걸 똑똑히 봤고 다 이해한다고요. 무슨 이유로 제가 당신에게 가겠어요? 저도 자존심이 있다고요. 그리고 이젠 전부 다 부질없는 짓이에요. (큰 소리로) 뭐가 필요하다고 하셨습죠?

폴렌카 엄마가 뭔가 많은 걸 말씀하셨는데, 제가 잊고 있었네요. 깃털 장식이 더 필요해요.

니콜라이 티모페예비치 어떤 깃털 장식이요?

폴렌카 좋은 걸로요, 요즘 유행하는 걸로.

니콜라이 티모페예비치 지금 가장 유행하는 게 새 깃털입죠. (상품을 진열하며) 색깔은…… 만약 지금 유행하는 걸 찾으신다면, 음, 헬리오트로프° 색이거나, 혹은 폴리네시아° 토인 색, 즉 황색이 섞인 암홍색이죠. 선택의 폭은 다양합니다요. (목소리를 낮추며) 아, 정말 이 모든 이야기가 어디로 흘러가는지 도무지 알 수 없군요. 당신은 사랑에 **빠졌고**, 우리는 어떻게 끝내야 하죠?

폴렌카 (시선을 떨어뜨리며) 저도 모르겠어요. 술 장식 6아르신 주세요, 1아르신에 40코페이카짜리로요.

니콜라이 티모페예비치 (그녀에게 등을 돌린 채 술 장식의 길이를 재며) 그 사람과 결혼하실 건가요? 그래요, 이 문제에 관해서는 당신 의사에 맡겨야겠네요. 하지만 대학생에게는 결혼이 금지되어 있죠. 아마도 이 다음에는 당신에게 순진한 모습으로 찾아가서 끝내자고 할 거예요. 이런! 정말이지 그들 학생들은 우리를 사람으로 취급하지 않죠……. 그렇죠! (큰 소리로) 깃털 장식은 어떤 걸로 하시겠습니까요?

폴렌카 (의자에 앉아 한숨을 쉰다.) 아니에요, 깃털 장식은 사지 않겠어요! 엄마가 직접 고르시는 게 낫겠어요. 저는 실수할 것 같아요.

니콜라이 티모페예비치 (조용히) 그는 당신 뒤를 따라다니며 사랑의 유희를 즐기다가, 그 뒤의 일은 뻔하죠……. 의사나 변호사가 되면 이렇게 기억하겠죠. '에이, 언젠가 내게 금발의 소녀가 한 명 있었지! 그녀는 지금 어디 있을까?' 아마도 벌써 학생들 앞에서 자랑하고 있을지도 모르죠. 자신에게 눈독 들이는 유행처럼 잠깐 만나는 여자가 있다고.

폴렌카 그리고 단추 몇 개만 좀 주세요. 중앙에 고리가 있는 코코아 색으로요……. 더 단단히 여며야겠어요.

니콜라이 티모페예비치 (단추들을 싸서 담고 주판을 튕긴다.) 40짜리 6아르신, 그러니까 2루블 40하고, 단추가 1루블 20, 모두 3루블 60입니다요.

●헬리오트로프 지칫과의 여러해살이풀. 여름과 가을에 노란색을 띤 자주색 또는 흰색의 꽃이 핀다.
●폴리네시아 태평양 중남부에 펼쳐져 있는 작은 섬들의 총칭.

(낮은 목소리로) 저는 정말 이해하지 못하겠어요. 당신 정말 판단 못하시겠어요? 왜 이리로…… 산책을 나오시는 거죠?

폴렌카 (단추가 든 상자에 몸을 기울이며 속삭인다.) 저도 진짜 모르겠어요…… 니콜라이 티모페예비치, 저 자신도 모르겠다고요. 정말, 어떻게 해야 할지.

건장한 점원과 뚱뚱한 부인이 들어온다.

점원 어서 옵쇼, 부인, 가게에 오신 걸 환영합니다. 좋은 원단의 여성복이 세 종류가 있습니다. 매끈한 것과 명주로 된 것, 유리구슬이 달린 것, 어떤 걸로 하시겠습니까?

부인 (변덕스럽게) 그럼, 봉합 부분이 없는 걸로 골라주시고요, 천은 솜이

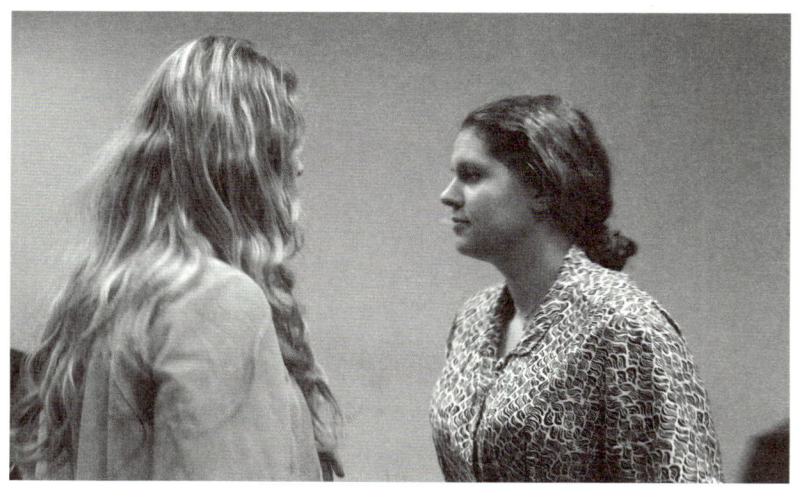

「폴렌카」를 시연하고 있는 배우들.

든 누비천으로 주세요.

모두 나간다.

니콜라이 티모페예비치 (폴렌카에게 몸을 기울이며 과하게 미소 짓는다.) 자, 여러 종류가 있으니 골라보십쇼. 신께서 당신과 함께 하시길. 정말 얼굴이 많이 변했어요. 이렇게 창백하고 병약해 보이다니. 그는 당신을 버릴 거라고요, 펠라게야 세르게예브나! 언젠가 사랑도 없이 결혼하는 날엔 가난한 그는 당신 돈만 밝힐 거라고요. 지참금으로 적당한 세간을 꾸린 다음에는 당신을 부끄럽게 여길 거라고요. 친구들이나 손님들이 찾아오면 당신을 숨겨버릴 거예요. 왜냐하면 당신은 교육받지 못했으니까요. 그러고는 이렇게 말하겠죠. '이 뚱뚱한 여편네야. 당신이 과연 박사나 변호사들 사회에서 버틸 수나 있겠어? 그들에게 당신은 유행품 같은 여자이자 무식한 존재일 뿐이라고!'

건장한 점원이 들어온다.

점원 니콜라이 티모페예비치! 부인께서 레이스 달린 리본을 3아르신 주문하시고자 하는군요. 우리 가게에 있나요?

니콜라이 티모페예비치 (미소 지으며) 그럼요! 있고말고요. 레이스 달린 리본도, 공단으로 된 아타만 천도 그리고 물결무늬 공단도 있지요. (상자를 건네준다.)

건장한 점원이 나간다.

폴렌카 (눈물을 흘리며) 다행히 잊어버리지 않았네요. 올랴가 코르셋을 하나 부탁했는데.

니콜라이 티모페예비치 (조용히) 당신 눈에…… 눈물이 고였군요! 왜 그러시죠? 제가 당신을 가려드리겠습니다. 이것 참 난처하군요……. (판매대 아래에서 코르셋을 꺼내어 폴렌카를 가려준다. 그리고는 큰 소리로) 아가씨에게 어떤 코르셋을 부탁하였나요? (속삭이듯) 눈물 좀 닦으시라고요!

폴렌카 (흐느끼며) 제게…… 제게 48센티미터짜리를 부탁했어요! 이중 안감으로 된 것을 주시기 바랍니다……. 진짜 고래수염으로 만든 걸로요……. 당신에게 할 말이 있어요. 니콜라이 티모페예비치, 조만간 방문해주세요.

니콜라이 티모페예비치 어떤 말씀을요? 뭐에 대해서요? 전 아무런 할 말이 없습니다.

폴렌카 당신 한 사람만이 정말…… 저를 사랑해주시는군요. 당신 말고는 아무와도 말하지 않겠어요.

니콜라이 티모페예비치 (큰 소리로) 갈대도 아니고 뼈도 아닌, 진짜 고래수염으로 만든 겁니다요. (조용히) 무엇에 대해 우리가 할 말이 남았나요? 아무것도 할 말이 없다고요. (물끄러미 바라보며) 오늘도 그 친구와 산책을 나가실 건가요?

폴렌카 네……. 나갈…… 나갈 거예요.

니콜라이 티모페예비치 그러면서 무슨 말씀을 하시겠다는 건가요? 대화로는 안 되겠군요. 진짜 그를 사랑하시나요?

폴렌카 네······.

니콜라이 티모페예비치 도대체 어떤 대화를 하시고 싶은 건가요? 그냥 눈물이나 닦으시죠. 자, 됐어요. 전 더 바라는 게 없다고요.

뚱뚱한 부인이 들어온다. 그녀 뒤로 건장한 점원이 따라 들어온다.

점원 아름다운 합성섬유는 대님으로는 적당하지 않습니다요. 의학용으로 지혈하는 데나 쓸모 있죠.

니콜라이 티모페예비치 (폴렌카를 가리며 그녀와 자신의 흥분된 모습을 감추려고 애쓴다. 얼굴을 찌푸린 채 억지 미소를 지으며 큰 소리로) 두 종류의 레이스가 있습죠, 마님! 종이로 된 것도 있고 비단으로 된 것도 있고! 동양에서 온 것도 있고 영국산도 있고, 발렌시아산도 있고, 체코산도 있고······ 이게 종이로 된 것입니다요. 그리고 로코코산과 명주실로 짠 것, 캄보디아산이 있고, 이것들은 실크 제품이죠······. (조용히) 제발 눈물 좀 닦으시라고요! 저들이 이리로 온다고요.

폴렌카가 눈물을 닦는다.

(큰 소리로) 에스파냐산도 있고, 로코코산도 있고, 명주실로 짠 것도 있고, 캄보디아산도 있고······ 가스실로 만든 양말과 종이로 만든, 비단으로 만든······.

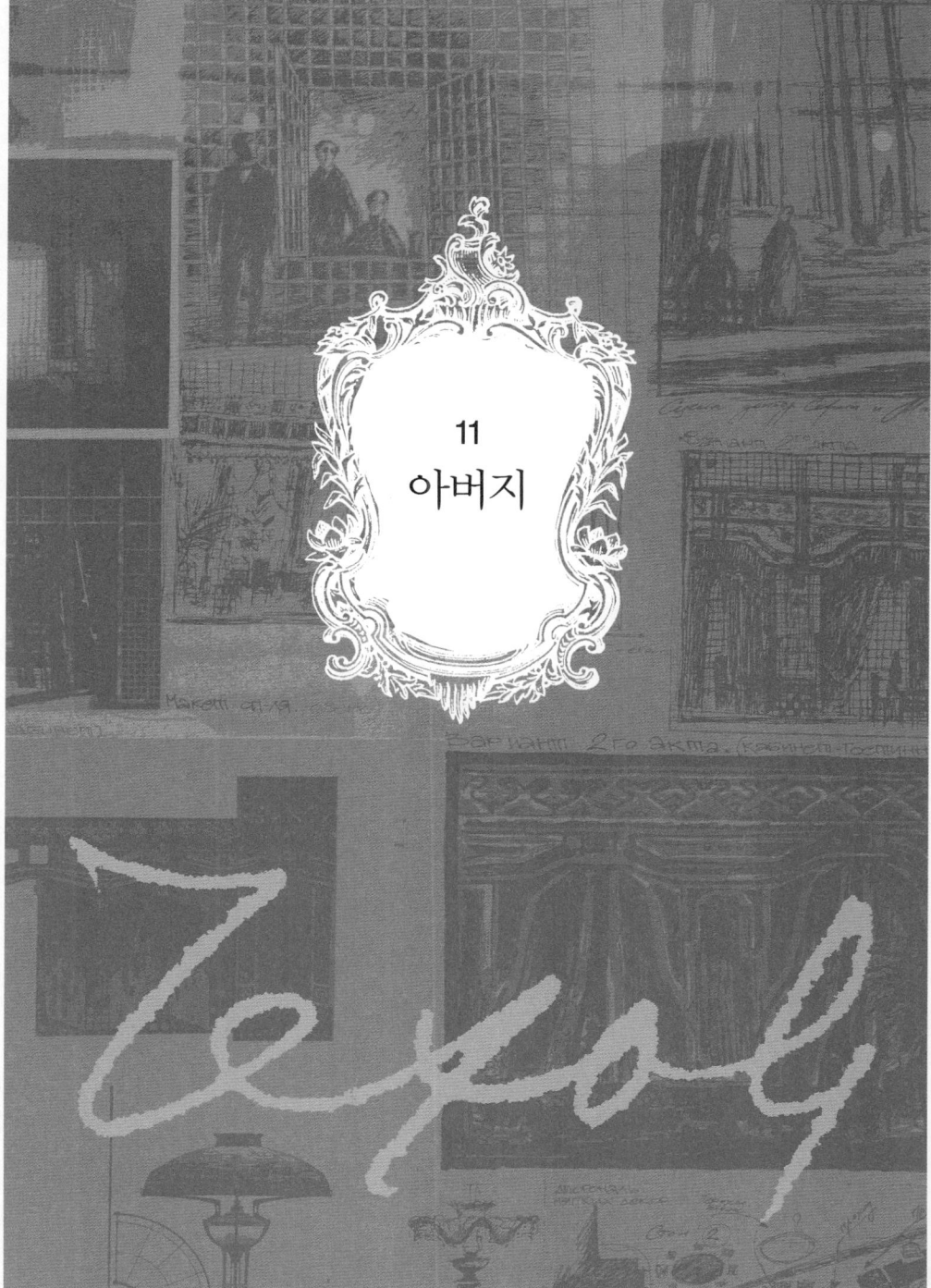

11
아버지

- **아버지** 뚱뚱하고 둥글둥글한 사람.
- **어머니** 네덜란드산 정어리처럼 깡마른 사람.
- **아들** 중학생. 15세.
- **이반 표도르이치** 수학 선생님. 30세.

무대 중앙에는 소파가 놓여 있다. 아버지는 그 위에 누워 신문으로 얼굴을 덮은 채 자고 있다. 소파의 왼쪽에는 안락의자가 놓여 있다. 어머니가 들어온다.

어머니 (아버지의 얼굴에서 신문을 치우며) 애기 아빠! (그의 어깨를 흔든다.) 애기 아빠!

아버지가 잠에서 깨어나 눈을 비빈다. 그러고는 흐리멍덩한 눈으로 아내를 쳐다본다.

아버지 음…… 아암…….
어머니 내가 집에 돌아왔어요. 여보, 키스해줘요. (소파에 앉는다.) 입술 좀 닦아요, 키스하고 싶단 말이에요.

아버지는 눈을 깜빡이며 소매로 입술을 닦는다.

아버지 무슨 일이오?

어머니 (남편에게 입을 맞추며) 보세요, 여보! 우리 아들을 도대체 어떻게 해
야 하죠?

아버지 뭘 말이오?

어머니 아, 당신 아직도 몰라요? (손뼉을 마주치며) 맙소사! 당신도 다른 아
버지들처럼 정말 무심하군요. 끔찍해요! 애기 아빠, 남편 노릇이 정
하기 싫다면, 아빠 역할이라도 제대로 해야 할 것 아니에요!

아버지 (불만에 차 등을 돌리며) 또 시작이군! 벌써 천 번도 더 들었다고! (참
을성 없이 행동한다.)

어머니 (사납게) 당신네 남자들은 다 그렇죠. 진실은 듣고 싶어 하지 않죠.

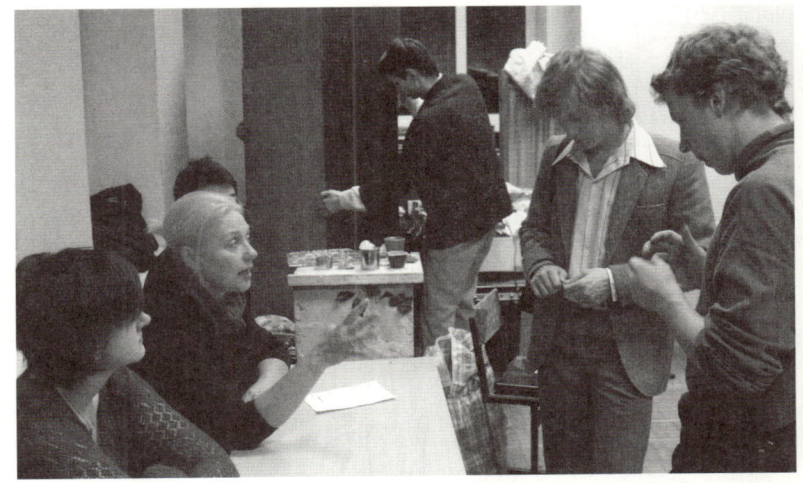

「아버지」를 준비 중인 학생들에게 조언을 아끼지 않는 에튀드 담당 교수.

아버지 당신 여기에 진실 타령을 하러 온 거야, 아니면 우리 아들 녀석에 대해 얘기하러 온 거야?

어머니 알았어요, 알았다고요. 그만할게요……. 애기 아빠, 우리 아들이 학교에서 또 성적을 엉망으로 받아 왔어요.

아버지 그런데?

어머니 '그런데'라뇨? 기어이 시험에 통과하지 못했다니까요! 4학년에 진급을 못하게 됐단 말이에요!

아버지 (무심하게) 진급 못하면 그만이지 뭐. 내버려둬. 큰 재앙도 아니구먼 뭐. 집에서 공부하게 되는 것만 아니면 그리 놀랄 것도 없지.

어머니 걔가 벌써 열다섯 살이라고요, 열다섯! 그 나이에 아직 3학년이라는 게 말이나 돼요? 보시라고요, 이 쓸모없는 수학에서 다시 2점을 받아 왔어요. 도대체 이게 뭐예요?

아버지 (음울하게) 회초리 좀 맞아야겠네. 그래야 쓰겠네.

어머니 (남편의 입술에 새끼손가락을 갖다대며 애교 넘치게 눈썹을 찌푸린다.) 아니에요, 애기 아빠. 체벌에 대해서는 말하지 말아주세요……. 우리 아들은 죄가 없다고요. 다 음모인 거예요. 우리 아들은 그저 그 어리석은 수학 문제를 몰라서가 아니라, 차분히 풀어나갈 만큼 신중하지 못해서일 뿐이라고요. 우리 아이는 모든 걸 다 알고 있어요. 이 점은 내가 제일 잘 알죠!

아버지 (화를 내며) 그냥 아는 척할 뿐이야, 그놈은! 보라고. 관심이 가는 부분만 계속 공부하잖아……

어머니 (소파에서 일어나며) 맙소사, 정말이지 매정한 양반 같으니! (힘없이 안락의자에 앉는다.) 아니에요, 당신은 진정으로 아들을 사랑하지 않아요! 우리 아들은 진짜 훌륭하고 똑똑하고 예쁘고……. (신경질적으로) 이건 음모예요, 음모에 빠진 거라고요! 아니야, 그 아이가 2년 연속 유급을 당해선 안 돼. 내가 그렇게 놔두지 않을 거라고!

아버지 (차분히) 그래, 그 쓸모없는 놈이 엉망으로 공부했다 치자. 당신은 뭐하는 여편네야! (허리를 숙여 바닥에서 신문을 집어든다.) 그래, 하느님이 함께 하신다면 몰라도 내가 뭘 할 수 있겠어…….

어머니 여보! 내가 당신을 귀찮게 한다는 거 알고 있어요. 그래도 좀 참아요. 애기 아빠, 당신이 수학 선생님한테 한번 가봐요. 난 안 갈 거예요, 난 안 갈 거라고요! 가서 우리 아들한테 좋은 점수 좀 달라고 말 좀 해봐요. 제발 당신이 가서 말 좀 해주세요, 우리 아들은 수학을 참 잘한다고요. 그저 몸이 약해서 모두 만족스럽지는 못할 뿐이라고 말해주세요. (일어나서 남편에게 다가간다.) 당신이 선생님을 좀 졸라봐요. 사내 녀석이 다 커서 3학년에 남아 있는다는 게 어디 말이나 되겠어요? 힘 좀 한번 써봐요, 여보! 생각해봐요, 소피아 니콜라예브나가 우리 아들 녀석에게도 파리스*와 닮은 구석이 있다는 걸 발견할 수 있을 거라고요!

아버지 (소파에 놓인 베개를 바로잡으며) 그건 내게 매우 영광스런 일이지만, 난 가지 않겠어. 빈둥거릴 시간이 어디 있어.

어머니 (언성을 높이며) 안 돼요. 당신, 어서 가요!

아버지 (소파에 드러누우며) 안 가. 확실히 말했어. (신문을 펼치며) 그래, 신과 함께 떠나시길……. 사랑하는…… 나는 해야 할 일이 좀 있어

●파리스 고대 그리스 신화에 나오는 트로이의 영웅.

서…….

어머니 (준엄하게) 가요!

아버지 안 가!

어머니 (소리치며) 가라니깐요! 만약에 당신이 안 가면, 만약에 당신이 정말 하나밖에 없는 아들을 위해 가지 않는다면……. (소리를 지르며 때리려고 손을 들어 올린다.)

아버지 (벌떡 일어나 잠옷을 벗는다.) 그 바보 놈을 불러!

어머니 (무대 측면으로 다가가 상냥한 목소리로) 사랑하는 아들아, 이리로 오렴.

중학생 아들이 들어온다. 그는 들어오자마자 울기 시작한다. 어머니가 아버지의 프록코트를 집어들면, 등장인물은 모두 무대 전면으로 나간다. 그들 뒤로 막이 내린다. 새 무대가 설치된다.

아버지 넌 뭣 땜에 우냐? 안 그칠 거야?

아들 시험을…… 시험을 망쳤어요. 2점을 받았어요.

어머니 (손수건으로 눈물을 훔치며) 그만 울어라, 제발. (아들을 안으며) 오, 내 사랑하는 아들아. 예쁜 녀석. (아버지에게 주의를 돌리며) 요새 학교에서 공부한다는 게 얼마나 어려운 일인데요. 라틴어를 번역하라는 숙제가 어디 장난인 줄 아세요.

아버지 (어머니에게 관심을 두지 않으며, 아들에게) 두고 봐, 내 가서 그냥……. 이 못난 녀석아! 어서 그치지 못해!

아들 (울음을 멈추고 코를 닦는다.) 난 선생님보다 수학을 더 잘 안다고

요……. 난 죄가 없어요. 5점은 부자에 아첨 잘하는 녀석들에게만 준
단 말이에요.

어머니 (사랑스럽게) 오냐, 오냐, 내 새끼. 이렇게도 똑똑한 녀석이 태어났
는데.

아버지 (아내에게) 뭐? 당신은 이 정도로 내가 만족할 것 같아? 이놈이 내
게 얼마나 소중한지 당신이 알기나 해? (아들에게) 아, 이놈아, 네 녀
석이 내게 어떤 존재인지 알기나 하냐고?

아들이 다시 울기 시작한다.

울지 마! 그래, 이리 와서 네 아비에게 입 한번 맞춰보려무나.

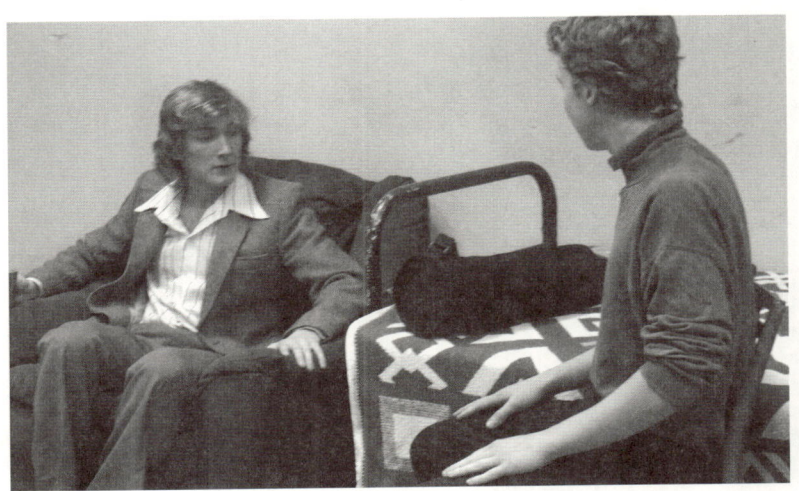

「아버지」의 상연을 위해 연습하고 있는 학생들.

어머니가 아버지에게 프록코트를 건넨다.

그래, 알았다고. 하나밖에 없는 자식 놈을 위해 마지막으로 한 번 부탁하러 가는 거야. 만약에 돈으로 선생들을 설득하지 못한다면, 그건 그분들이 훌륭한 거지!

어머니와 아들은 나간다. 새로운 무대가 열린다.

무대 중앙에서 약간 왼쪽에 업무용 책상이 놓여 있다. 그 뒤에는 안락의자가, 그 앞에는 의자가 놓여 있다. 무대 오른쪽에는 소파가 놓여 있다. 선생님은 책상에 앉아 학생들의 공책을 놓고 교정하고 있다.

아버지 (발을 굴려 소리를 내며) 안녕하십니까! (미소 짓는다.) 이거 죄송합니다. 제가 아마도…… 선생님 하시는 일에 방해가 된 것 같군요. 잘 이해합니다. 건강하시죠? 한 말씀 드리자면…… 질린*이…… 아시는 바와 같이 뭐, 딱히 특별한 건 아니고…… 역시 노련한 군인이죠. 하하하! 아, 심려치 마십시오!

선생님은 잠시 친절하게 미소를 지은 후 책상을 응시한다. 아버지는 다리를 꼬고 앉는다.

●**질린** 톨스토이의 단편 「카프카즈의 포로」에 등장하는 주인공.

아버지 (금시계를 꺼내어 선생님 쪽에서 잘 보이도록 한 후 선생님을 바라본다.) 드릴 말씀이 좀 있어서 찾아왔습니다……. 음…… 선생님께…… 정말 죄송합니다. 전 학자들처럼 표현을 잘 못해서요……. 형씨, 아시겠지만 모든 건 정말 간단합니다. 하하하! 선생님은 대학에서 공부하셨지요?

이반 표도르이치(수학 교사) 예. 대학에 다녔습니다.

아버지 그렇지! 바로 그거죠. (손수건을 꺼내 이마를 닦는다.) 아, 오늘은 정말 따뜻하군요. 저, 선생님. 제 아들에게 2점을 주셨더군요. 음…… 네…… 맞아요, 이건 아무것도 아니라고요. 아시겠지만…… 누군가는 그 점수에도 만족을 하겠지만…… 그렇지만, 아시겠습니까? 이건 정말 불쾌한 일이라고요. 정말 제 아들이 그렇게도 수학을 못합니까?

이반 표도르이치 어떻게 설명을 드려야 할지? 못하는 정도가 아니라 연습도 하지 않습니다. 정말 잘 못합니다.

아버지 그 아인 왜 그럴까요?

이반 표도르이치 (놀라며) 왜라니요? 잘 알지도 못하면서 연습도 안 하니깐 그렇죠.

아버지 좀 봐주시죠, 선생! 제 아들은 정말 열심히 한다고요. 제가 직접 그 아이랑 함께 공부하는걸요. 그 아인 밤에 앉아서……. 네, 젊음이란 정말 그렇죠. 누군들 젊었던 적이 없었겠습니까? 제가 무례하게 군 건 아닌지?

이반 표도르이치 (상냥하게) 아니, 무슨 말씀을요. 항상 아버님들께 감사드립니다. 더욱이 아버님들은 저희를 잘 찾아오지 않으시거든요. 그건 아버님이 저희를 얼마나 신뢰하는지 보여주는 것이죠. 뭐니 뭐니 해도 제일 중요한 건 바로 신뢰가 아니겠습니까.

아버지 물론…… 제일 중요한 건……. 그래, 딴 이야기는 하지 맙시다. 그러니까, 제 아들을 4학년에 진급시키지 않으실 거라는 건가요?

이반 표도르이치 네, 그 아이는 수학에서만 2점을 받은 게 아닙니다.

아버지 다른 과목들은 다 상관없죠? 그렇지만 수학은? 헤헤헤. 고쳐주실 거죠?

이반 표도르이치 (미소 지으며) 불가능합니다!

아버지 그래요, 뭐…… 중요한 건 아니지요……. 선생님 지금 제게 무슨 말씀을 하시는 겁니까? 마치 제가 뭐가 가능하고 뭐가 불가능한지 모른다고 생각하시는 것 같은데. 가능합니다, 선생님!

이반 표도르이치 불가능합니다! 2점 받은 다른 학생들이 뭐라고 하겠습니까! 점수를 고친다는 건 불공정합니다. 에이, 에이, 할 수 없습니다.

아버지 (한쪽 눈을 찡긋하며) 하실 수 있습니다, 선생님! 우리, 얘기를 오래 끌지 맙시다. 이런 이야기는 세 시간씩 떠들어댈 그런 거리가 아닙니다. 그냥 제게 말씀하십시오. 선생님은 스스로에 대해, 또 학자로서 자신에 대해 공정하다 생각하십니까? (암시적으로) 저는 당신의 공정성이란 게 뭔지 진정 잘 압니다, 헤헤헤! 말 돌리지 말고 우리 그냥 터놓고 얘기합시다. 당신은 다 계획이 있어서 2점을 주신 것 아닙니까? 도대체 어디에 공정성이 있다는 겁니까?

이반 표도르이치 (놀라며) 계획이라뇨?

아버지 계획이 있으신 거죠! 선생님은 손님을 기다리고 계신 거죠, 헤헤헤. 그렇죠? 그런 거죠. 네, 저도 동의합니다. 보시다시피 전 그런 업무를 잘 이해한다고요. 원래 하던 대로 행동하신다 하더라도 말입니다……. 그렇지만 아시겠습니까, 오랜 관습이 무엇보다 유용하다는 사실을……. 부자일수록 행복한 법이죠.

아버지는 킁킁 콧김을 세게 불어대며 주머니에서 돈을 꺼내어 25루블을 세어 선생님의 손앞에 내민다.

받으시지요!

이반 표도르이치 (얼굴이 붉어지며 몸을 웅크리더니 소파에서 벌떡 일어나 물러선다.) 당신 뭡니까? 뭐하시는 거냐고요?

아버지 당황하지 마십시오. 이해합니다. (일어나며) 받지 않는다는 사람은 다 받게 되어 있습니다. 지금 받지 않겠다는 겁니까? 안 됩니다, 이봐요! 안 받으시면 안 돼요. 아, 아직 익숙하지 않으신 게로군요? (선생님에게 다가가며) 자!

이반 표도르이치 (아버지에게서 손을 멀리하며) 아닙니다, 제발…….

아버지 적습니까? 그렇지만 더는 드릴 수가 없습니다. 받지 않으시겠습니까?

이반 표도르이치 안 돼요. 이건 있을 수 없는 일입니다.

아버지 (25루블을 도로 넣으며) 명령이시라면…… 그렇지만 2점은 고쳐주셔야겠습니다. 제가 그냥 드리는 부탁이 아니라, 애 엄마가…… 울고 있다고요. 아시겠습니까? 심장도 좋지 않고 다른 데도 아프고 그렇습니다.

이반 표도르이치 (강건하게) 전적으로 어머님 심경은 잘 이해합니다만, 할 수 없습니다.

아버지 (곤란해하며 의자에 앉는다.) 만약 아들이 4학년에 진급하지 못한다면 무슨 일이 일어날지 알기나 하십니까? (다시 퍼붓기 시작한다.) 안 됩니다. 아들을 진급시키십시오!

이반 표도르이치 (인내심을 잃고) 그러고 싶습니다. 그런데 안 된다고요. (담뱃갑을 잡아 벌려보더니) 담배 좀 주시겠습니까?

아버지 (담배를 골라잡아 말며) 그랑 메르시.● 태우시는 데 방해하지 않겠습니다. (생기 넘치게) 선생님은 관등이 어떻게 되십니까?

이반 표도르이치 네, 9등관●입니다. 게다가 8학년을 담당하고 있죠.

아버지 이런…… 남자는 남편 아니면 관등으로 판단할 수 있다고들 하죠…….

선생님이 미소 짓는다.

그럼, 우리 타협합시다. 단숨에 해치웁시다. 네? 됐지요?

이반 표도르이치 (구슬프게) 죽이신다 해도 할 수 없습니다, 할 수 없다고요!

아버지 그렇다면 당신, 나에게 수학 시험을 보게 하시오!

선생님은 잠시 몸을 웅크리더니 손을 흔든다.

박애주의자에 선량하시다는 거 다 압니다. 그리고 인간적인 영혼을

● 그랑 메르시 프랑스어로 '아주 감사합니다.'라는 의미. 제정 러시아에서는 식자층 사이에 프랑스어를 사용하는 것이 교양 있는 행위로 간주되곤 하였다.
● 9등관 혁명 전 러시아의 관등은 1등관에서 9등관까지 나누어져 있었다. 다시 말해, 9등관은 가장 낮은 말단직을 의미한다.

가지셨다는 것도요. 그러니 부탁드립니다. 사랑스런 양반, 키스를 허락하시겠소? (선생님의 손등에 키스하려 한다.)

이반 표도르이치 (키스를 뿌리치더니 표정이 밝아진다.) 제 동료들이 모두 3점으로 고치면, 그럼 저도 아드님의 성적을 고쳐드리겠습니다.

아버지 (기뻐하며) 진심이십니까?

이반 표도르이치 그럼요, 다른 선생님들이 다 고쳐주면요.

아버지 그런 건 일도 아닙니다! 정말 호탕하시군요! (웃으며) 제가 가서 선생님께서 벌써 다 고쳐주었다고 말하겠습니다. 그 정도야 누워서 식은 죽 먹기죠. 자, 저를 위해 샴페인을 터뜨려주십시오! 그럼 언제 그분들을 찾아가면 되겠습니까?

이반 표도르이치 지금이라도.

아버지 네, 물론 우리는 이제 서로 아는 사이라고 해야겠죠? 언제 시간 나실 때 한번 들르실 거죠?

이반 표도르이치 기꺼이. 건강하세요!

아버지 (선생님의 손을 붙잡고 흔들며) 오르부아!● 헤헤헤…… 오, 젊은 양반, 젊은 양반! 안녕히 계세요! 동료 선생님들께 안부를 전해줄까요? 네, 전하겠습니다. 당신 부인께도 존경한다는 인사를 전해주시기 바랍니다. 진짜 우리 집에 한번 들러주십시오!

아버지는 다리를 끌듯 걸어가 모자를 쓴 후 사라진다. 선생님은 고개를 숙인 채 힘없이 안락의자에 앉는다.

●오르부아 프랑스식 작별 인사.

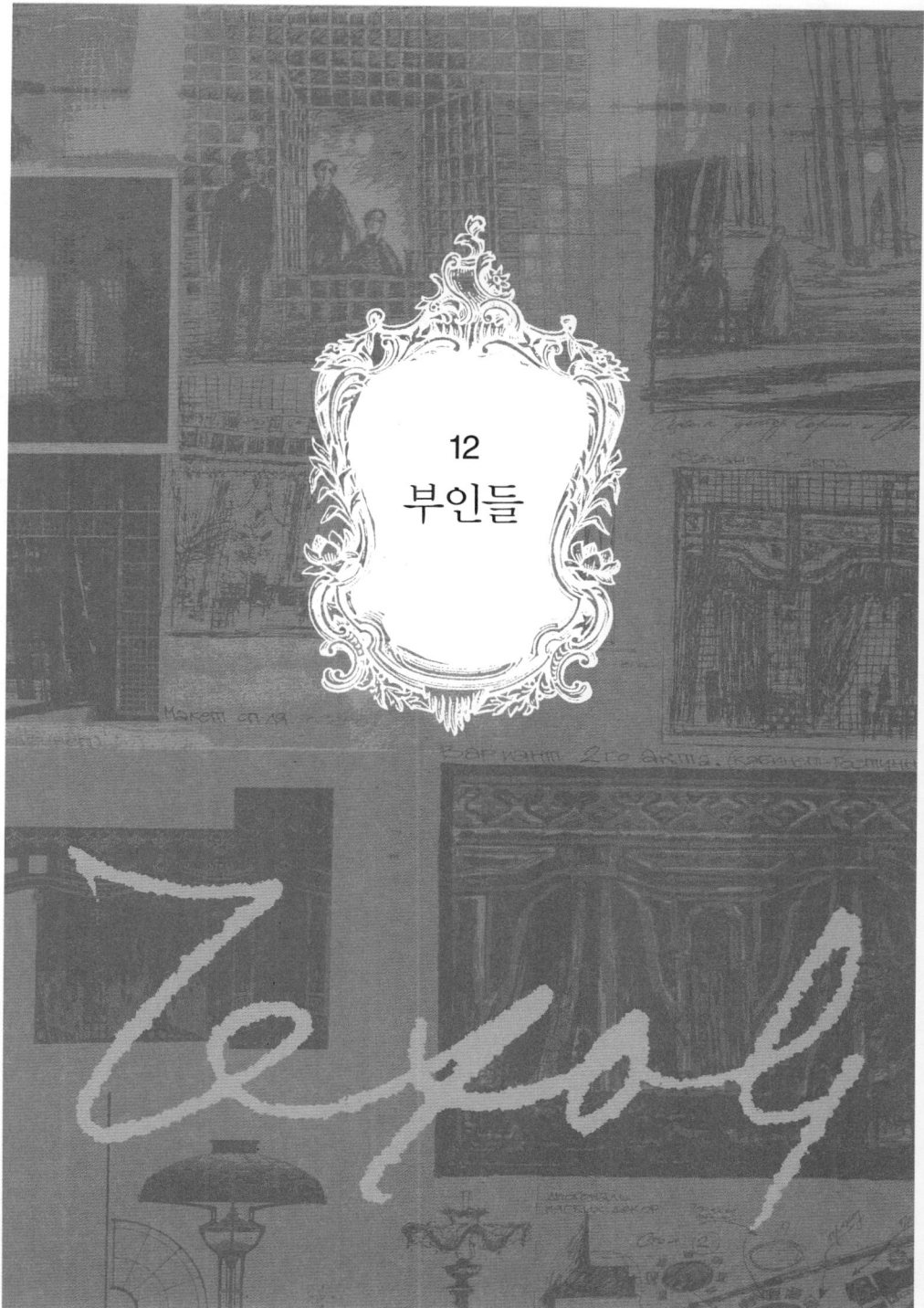

12
부인들

- **표도르 페트로비치** 인민학교의 관리, 사오십 대의 완강한 성격.
- **나스타샤 이바노브나** 표도르의 아내, 중년의 명랑한 성격.
- **브레멘스키** 교사.
- **폴주힌** 새 신사복을 입고 면도한, 경마 기수와 같은 얼굴을 한 젊은이.
- **부인** 세무감독국 관리의 아내.
- **하녀**

무대는 칸막이가 있어 두 부분으로 나누어져 있다. 객석에서 봤을 때 왼쪽 무대는 오른쪽보다 작은 공간을 차지하고 있으며 표도르 페트로비치의 집무실로 꾸며져 있다. 구석에는 책상이 있고 그 뒤에는 안락의자가 있다. 책상 옆에는 의자가 놓여 있다. 오른쪽은 표도르 페트로비치의 아파트 방이다. 식탁보를 씌운 원탁이 있고, 그 둘레에 세 개의 의자가 놓여 있다. 곁에는 소파가 있다. 막이 열리면 표도르 페트로비치가 집무실 책상에 앉아 있고, 맞은편에는 브레멘스키가 의자에 앉아 있다.

표도르 페트로비치(인민학교 관리) (하고 있던 얘기를 계속하며) 아니요. 브레멘스키 씨, 퇴직은 불가피합니다. 당신은 그런 목소리로 교직에 계속 있어서는 안 돼요. 어쩌다 목소리가 그 모양으로 망가졌습니까?

브레멘스키(교사) (카랑카랑한 목소리로) 차가운 맥주를 단숨에 들이켰습죠…….

표도르 페트로비치 이런 애석할 때가! 14년간 근무해온 사람에게 갑자기 이런 불행이! 이런 사소한 일로 직업을 잃어버리리라고 누가 상상이나 했을까. 그래, 당신은 이제 무슨 일을 할 생각이시오?

교사는 침묵한 채 고개를 떨어뜨린다.

당신 가족은?

브레멘스키 (카랑카랑하게) 아내와 두 딸이 있습죠, 각하…….

표도르 페트로비치 (책상에서 일어나 흥분한 채로 방의 이쪽에서 저쪽으로 서성인다.) 당신에게 어떻게 해줘야 할지 도저히 모르겠군요. 교사로는 근무할 수 없고 연금을 받기까지는 아직 기간이 많이 남았고, 사방에 깔린 운명의 장난에 당신을 내버려두자니 정말 마음이 편치 않군요. 당신은 우리 집 식구나 다름없소. 14년간이나 일을 해왔잖소. 다시 말해, 우리 임무는 당신을 돕는 거요……. 그런데 어떻게 도울 수 있겠소? 내 입장을 좀 생각해보시오. 당신을 위해 어떻게 해줘야겠소?

침묵이 흐른다. 표도르 페트로비치는 서성이며 생각에 잠긴다. 슬픔으로 침울한 브레멘스키는 의자 끝머리에 앉아 역시 생각 중이다. 갑자기 표도르 페트로비치가 환희에 차올라 손가락을 튕긴다.

놀라워. 왜 진작 이 생각을 못했지, 내가! (재빨리) 한번 들어보시오, 내가 어떤 제안을 하는지……. 다음 주 우리 기숙사의 서기 한 명이 퇴직을 합니다. 당신이 원하면, 그곳에서 일을 하시오. 그 자리를 꿰

차란 말이오!

브레멘스키 (감사의 미소를 띠며 일어선다.) 감사합니다! 감사합니다! 각하가 아니었으면 저는 망했을 겁니다…….

표도르 페트로비치 훌륭하오! 오늘 바로 청원서를 쓰시오.

브레멘스키 (카랑카랑하게) 감사합니다. (고개를 숙이며) 감사합니다! (나간다.)

표도르 페트로비치 (기지개를 켜며 자신에게) 넌 정말 공정하게 양심에 따라 처리했어. 진짜 양심적이고 훌륭한 사람처럼 말이지. 브레멘스키에게 공석을 추천한 건 정말 잘한 일이야. (만족감에 손을 비비며 나간다.)

조명이 꺼진다. 잠시 후 조명이 다시 켜지고 오른편 무대의 원탁에 표도르 페트로비치와 나스타샤 이바노브나가 앉아 있다. 그들은 차를 마시고 있다.

나스타샤 이바노브나(표도르의 아내) (남편에게 찻잔을 건네며) 아 참. 하마터면 잊을 뻔했네요. 어제 니나 세르게예브나가 와서 젊은이 한 명을 부탁했어요. 그녀 말로는 우리 기숙사에 공석이 하나 있다던데요.

표도르 페트로비치 (우울하게) 그래. 그런데 그 자린 벌써 다른 사람에게 약속되어 있어. 당신 내 원칙을 알고 있어? 나는 결코 청탁받지 않는다!

나스타샤 이바노브나 나도 알아요. 그런데 니나 세르게예브나를 위해서는 예외도 있어야지요. 그녀는 우리를 마치 친형제처럼 생각하고 있어요. 그런데도 우리는 아직까지 그녀를 위해 해준 게 아무것도 없다고요. (정당한 이유를 들려고 하며) 엄두도 내지 마요, 페쨔. 거절하라고요! 당신의 변덕으로 나와 그녀를 모욕하지 말란 말이에요.

표도르 페트로비치 (생각에 잠긴 채) 그녀가 누구를 추천한 거야?

나스타샤 이바노브나 (만족에 차) 폴주힌을 추천했어요.

표도르 페트로비치 폴주힌? (기억을 더듬으며) 아, 그 새해에 차츠키 집의 모임에서 게임을 같이 했던? 그 사람이 젠틀맨이라고? 천만의 말씀! (테이블에서 일어나 소파로 가서 앉는다.)

나스타샤 이바노브나 왜 그러시는 거죠?

표도르 페트로비치 (담배를 피우며) 여보, 당신이 이해해. 젊은 놈이 벌써부터 자기가 직접 처리하지 않고 부인네들을 통해 이러잖아. 그놈은 쓰레기 같은 놈이야.

하녀가 들어온다. 그녀의 손에는 신문과 몇 통의 편지가 들려 있다. 그녀는 그것들을 표도르 페트로비치에게 건네준다. 그러고는 쟁반에 찻잔 세트를 옮겨 담아 나간다.

왜 그놈은 내게 직접 오지 않는 거야? 천만에! 신이 나를 보호하시는 한 안 되지!

나스타샤 이바노브나 (화를 내며) 당신 지금 얼마나 어리석은지 알아요? 이게 얼마나 멍청한 짓이냐고요, 페쨔? 앞으로는 당신에게 아무것도 부탁하지 않을 거예요. 아무것도요! (손수건으로 눈물을 닦으며 나간다.)

표도르 페트로비치 (손을 내젓다가 편지를 읽기 시작한다.) 시장 부인이 보낸 편지군. (편지 봉투를 열고 읽는다.) '친애하는 표도르 페트로비치! 당신께선 제가 온정이 넘치고 모범적인 사람이라 하셨죠. 이제 그 말씀을 증명할 때가 되었습니다. 지금 서기 자리를 부탁하고자 폴주힌이라는 청년이 갈 거예요. 제가 아주 잘 아는 청년이랍니다. 가슴이 매우 따뜻한 청년이지요. 직접 만나 확인해보시지요……' (편지를 구기고는) 안 돼. 신께서 함께 하시길!

하녀가 들어온다.

하녀 주인님. 폴주힌 씨가 왔습니다. (나간다.)

폴주힌이 들어온다.

폴주힌 죄송합니다, 각하. 정말 잠시만 있다 가도록 하겠습니다.
표도르 페트로비치 (냉담하게) 안녕하시오! 앉으시죠. 자, 여기.

폴주힌이 의자에 앉는다.

도대체 어떤 부분에 관심이 있는 거요?
폴주힌 각하께서 계시는 곳에 서기직이 비었다는 소식을 전해 들었습니다. 저는 그 자리를 얻고자 합니다만!
표도르 페트로비치 (무미건조하게) 업무에 관한 것이라면 난 이곳이 아니라 집무실에서 손님을 받소.
폴주힌 죄송합니다, 각하. 지인들이 모두 하나같이 이곳으로 가보라고 해서.
표도르 페트로비치 음!…… (코끝이 올라간 폴주힌의 장화를 경멸스럽게 바라보며) 내가 아는 한, 부친께서도 아직 정정하시고, 당신도 내게 이런 자리를 부탁할 정도는 아닌 걸로 알고 있는데⋯⋯. 이런 하찮은 직업을 원하다니요!

폴주힌 저는 직업 자체보다도 국가에서 일한다는 데⋯⋯.

표도르 페트로비치 흠⋯⋯ 내 생각에 당신은 한 달 뒤면 지겹다며 뛰쳐나갈 거요. 더욱이 이 자리를 맡기로 한 후보자가 이미 있으니⋯⋯. 무엇보다 중요한 것은 그들에게 이 자리란 평생 직업이 될 거란 거요. 그런 가난한 자들이 있다는⋯⋯

폴주힌 (말을 막으며) 아닙니다, 절대 싫증 내지 않을 겁니다, 각하. 솔직히 말씀드려, 열심히 노력할 겁니다!

표도르 페트로비치 (격노하며) 들어보시오! (경멸스런 미소를 지으며) 당신은 왜 내게 직접 오지 않은 거요? 부인들을 통해 일을 불편하게 만들 필요가 뭐가 있었소?

폴주힌 (부끄러워하며) 전 그게 각하를 불쾌하게 만들진 몰랐습니다. 그러나 만약 각하, 각하께서 추천서에 의미를 두시지 않으시겠다면, 저는 주지사께서 서명하신⋯⋯ (아첨하듯) 증명서를 보여드릴 수도 있습니다. (주머니에서 종이를 꺼내 표도르 페트로비치에게 건넨다.)

표도르 페트로비치 (증명서를 읽으며) 그저 경탄할 수밖에 없군요. 알아듣겠습니다. (한숨을 쉬며) 내일 청원서를 주시오⋯⋯. 달리 할 것이⋯⋯.

폴주힌 (일어서며) 감사합니다! 정말, 정말 감사합니다! (고개 숙이며) 그럼 실례하겠습니다! (나간다.)

표도르 페트로비치 (방을 오가며 중얼거린다.) 엉터리 같은 놈! 분명 주지사님은 어떤 귀찮은 부인한테 벗어나려고 읽어보지도 않고 그냥 서명하셨을 거야. 원하던 바를 성취했군, 빌어먹을 놈. 속 빈 강정 같은 놈!

여인네 비위나 맞추는 녀석! 망할 놈! (문이 쾅하고 닫히자마자 다시 열린다.)

방 안으로 한 부인이 들어온다.

부인(세무감독국 관리의 아내) (들어오며) 안녕하세요, 대부님. 저예요, 저라고요! 부끄러워하지 않아도 되죠? 어머, 격식도 안 갖추시고!

표도르 페트로비치 (손에 키스를 하며) 그래요, 매우 반가워요, 매우 반가워요. 자비를 베푸시기를! 그래, 여기로 앉으시지요.

두 사람은 소파에 앉는다.

부인 (아양을 떨며 미소 짓는다.) 딱 5분만 붙잡아둘게요. 너무 괴로워하지 마세요. 자, 제 얘길 잘 들어보세요…….

표도르 페트로비치 도대체 제가 무슨 도움이 될지?

부인 네, 사람들이 말하길, 대부님께 빈자리가 하나 있다고 해서……. 아마 내일이나 오늘쯤 폴주힌이라는 청년이 찾아올 거예요…….

표도르 페트로비치는 그녀에게서 떨어져 흐리멍덩하고 망연자실한 채로 그녀를 바라본다. 그러고는 격식을 차리고자 미소를 짓는다. 조명이 꺼진다. 다시 조명이 켜지고, 표도르 페트로비치가 무대 왼쪽의 집무실에 앉아 서류를 검토하고 있다. 조용히 브레멘스키가 들어와 청원서를 책상 위에 놓는다.

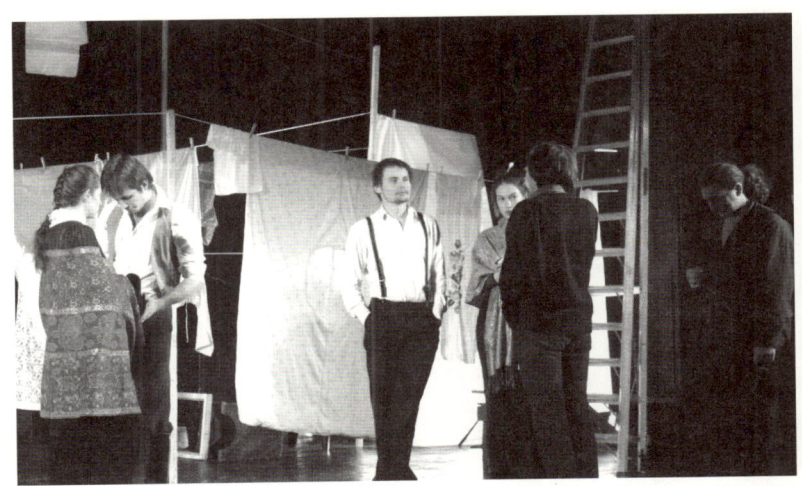

「부인들」의 상연을 앞두고 연출가와 논의 중인 배우들.

표도르 페트로비치 (혼란에 빠져) 아, 이런. 당신 아시겠소? 음······ (양팔을 벌리며) 뭐 어쩌겠어? 저기······ 미안하게 됐습니다, 브레멘스키 씨. 이거······ 참······. (갑자기 주먹으로 책상을 치고는 벌떡 일어나 화를 내며 소리친다.) 내겐 당신을 위한 자리가 없소! 없어요, 없다고요! 날 좀 내버려두시오! 괴롭히지 말란 말이오! 내게서 떠나시오. 다 끝이오. 딴 데 가서 부탁해보시오! (집무실에서 재빨리 나간다.)

브레멘스키는 망연자실하여 얼어붙은 듯 서 있다.

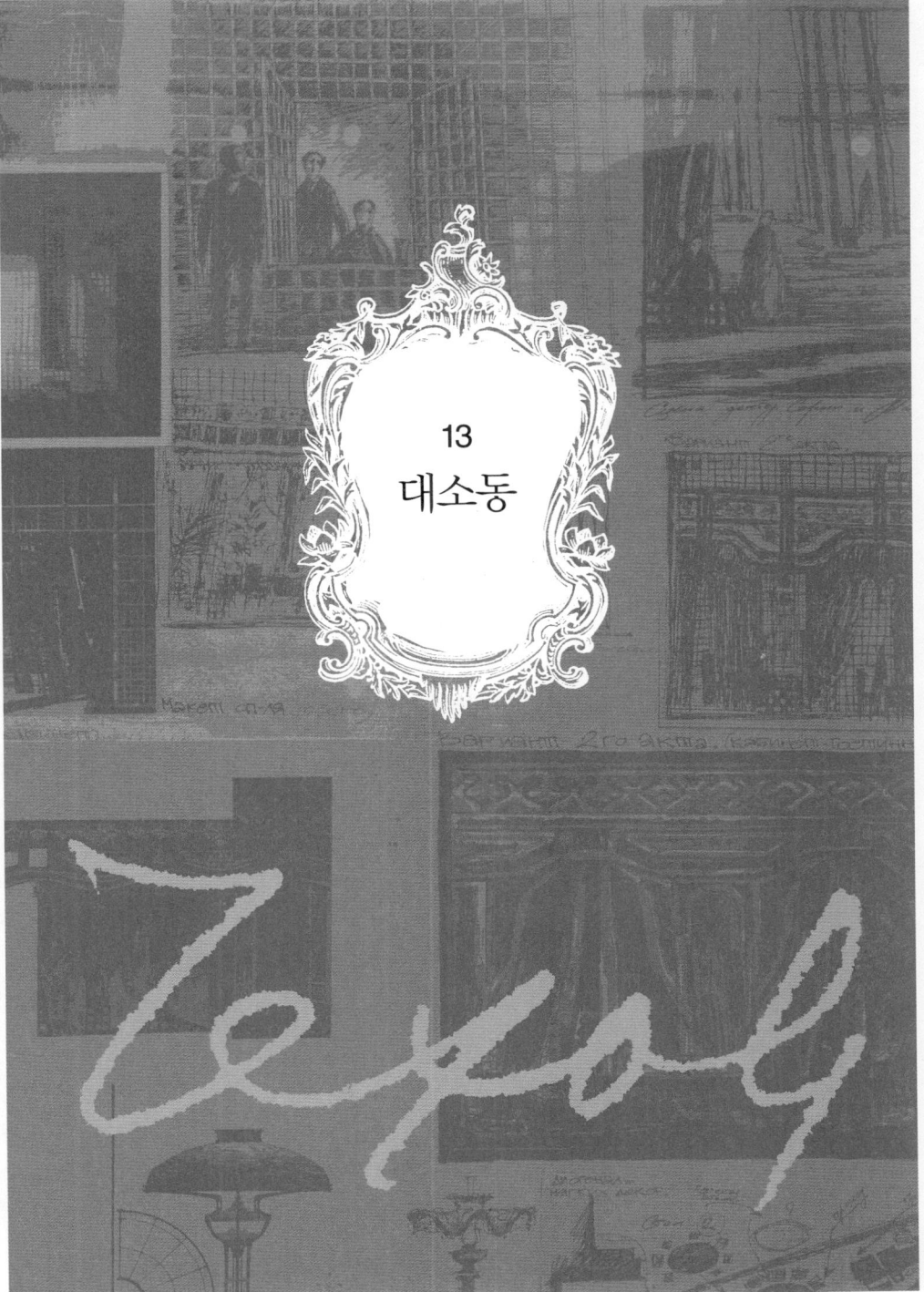

13
대소동

- **페도시야 바실리예브나 쿠슈키나** 여주인. 짙고 검은 털이 난 얼굴에 하녀 같이 어깨가 넓고 힘이 센 부인.
- **니콜라이 세르게예비치 쿠슈킨** 페도시야의 남편. 얼굴의 피부가 늘어져 있으며, 머리털이 많이 빠진 작은 체구의 남자.
- **마셴카 파블레츠카야** 갓 대학 과정을 끝마친 듯한 젊은 가정교사.
- **리자** 하녀.

무대는 가정교사의 방이다. 중앙에는 문이 있다. 오른쪽에는 침대가 있고 그 옆에는 책장이 있다. 왼쪽에는 책상과 서랍장이 있고, 상자들이 뚜껑이 열린 채 놓여 있다. 무대 가운데에 빨래통이 열려 있다. 곳곳이 난잡하다. 무대에는 페도시야 바실리예브나와 니콜라이 세르게예비치가 있다.

니콜라이 세르게예비치(페도시야의 남편) (흥분하여) 이러지 마, 페냐. 이럴 필요 없다고. 왜 물건을 뒤지는 거야? 가정교사 거를. 자, 흥분을 가라앉히라고, 이러지 않아도 당신 충분히 신경이 날카로워. 브로치에 대해선 잊으라니까! 2천 루블보단 건강이 더 소중해!

페도시야 바실리예브나 (성급하게 서랍장을 뒤지며) 그깟 2천 루블이 아까운 게 아니에요! (히스테리를 부리며 소리친다.) 안 아까워요, 아무것도 아깝지 않다고요. 단지 내 걸 훔쳤다는 게, 그게 배은망덕하다는 거예요! 내가 베푼 선의에 이렇게 답하다니……. 우리 집에 도둑이 있다는 걸, 참을 수가 없어요.

니콜라이 세르게예비치 신이 아실 거야! 뭐가 옳은지……. 때가 좋지 않아…….

페도시야 바실리예브나 난 그 여자가 브로치를 가져갔다고 말하지는 않겠어요. 그렇지만 정말 당신이 그녀를 보증할 수 있어요? 솔직히 말해, 난 이 가난한 학자를 믿지 못하겠어요. (업무용 가방을 집어들어 책상 위에 헝겊 조각과 실 등 내용물을 쏟아붓는다.)

니콜라이 세르게예비치 (그녀를 막으려 노력하며) 옳은 말이야, 페냐, 그러나 때가 좋지 않다고. 미안하다고, 페냐. 당신 또한 수색할 수 있는 어떠한 권리도 가지고 있진 않잖아.

페도시야 바실리예브나 (그를 밀어젖히며) 난 당신네 법을 몰라요. 단지 내 브로치가 없어졌다는 것 말고는 아무것도 몰라요. 그게 다예요. 난 브로치를 찾을 거예요! 니콜라이 세르게예비치, 당신은 내 일에 간섭하지 말라구요!

니콜라이 세르게예비치 난 정말 도무지……. 그래도…….

마셴카가 들어온다.

(손으로 얼굴을 가리며) 오, 이런 끔찍한 일이! 이런 얼간이 같은! 바보 같은, 야만인 같은! 불쾌해! (방 밖으로 뛰쳐나간다.)

페도시야 바실리예브나 (책상 옆에 서서 작업용 가방에 털실 꾸러미와 천 조각들, 종이들을 다시 집어넣는다. 약간 당황하며 중얼거린다.) 파르돈,* 내가…… 본의 아니게 당신 방을 엉망으로 만들었군요……. 소매에 걸

려서 그만……. (어깨를 떨며 나간다.)

마셴카 (놀란 눈으로 방 안을 둘러본다.) 내 가방에서 페도시야 바실리예브
나가 무엇을 찾았지? 왜 서랍장들을 **빼놓고** 휴지통을 열어놓은 거
야? 그래, 검사라도 한 건가? 그런데 뭐를, 왜? 무슨 일인 거야? (의자
에 앉는다.)

하녀가 울면서 방으로 들어온다.

리자, 당신은 아세요……. 왜 내 방을 뒤졌는지?

리자 마님의 2천 루블짜리 브로치가 없어졌다나봐요…….

마셴카 네, 근데 왜 내 물건을 뒤져요?

리자 아가씨, 모두를 검색했대요……. 그런데요, 아가씨, 난, 신 앞에 맹
세하건대…… 브로치는 가져가지 않았어요……. 정말이지 화장대 근
처에도 가지 않았다고요. 난 경찰에게도 이렇게 말할 거예요.

마셴카 (의혹에 차) 그렇지만…… 왜 내 방을 뒤진 거죠?

리자 말하자면 누군가 마님의 브로치를 훔쳤다는 거죠……. 마님이 직접
모두를 검사하고 다니세요. 심지어 문지기인 미하일도 직접 검사하
셨다고요. 치욕스런 일이에요! 주인님은 그저 바라보시면서 닭처럼
머리만 흔들고 다닐 뿐이죠. 그래도 아가씨는 걱정하실 필요 없어요.
아가씨 방에선 아무것도 발견된 게 없으니까요. 브로치를 가져간 게
아니라면 아무 걱정 하실 필요가 없다고요.

● 파르돈 가벼운 실수 등을 했을 때 쓰는 '미안하다'는 뜻의 영어.

마셴카 (분노하여 숨을 몰아쉬며) 그래도 이건 정말 리자, 저속하고…… 치욕스러워요! 이런 무례하고 저속한 일이 또 어디 있어요! 도대체 마님은 무슨 권리로 나를 의심하고 내 짐을 뒤진 거죠?

리자 (한숨을 쉬며) 남들과 함께 사는 거잖아요. 아가씨는 물론 귀하신 분이지만, 그렇지만…… 마치 하인처럼……. 부모님과 사는 건 아니니까요. (나간다.)

마셴카 (침대로 가서 울음을 터뜨린다.) 하느님, 도대체 어떻게 해야 하나요? 그들이 내게 정말 도둑 혐의를 씌운다면, 난 감옥에 들어가 벌거벗겨져서 수색을 당하고, 호송되어 쥐와 함께 생활하게 될 거예요. 아아, 정말로 두려워요! 맙소사, 또다시 일자리를 잃고 아무것도 없는 부모님께 가야 하다니. 도대체 어떻게 해야 한담? 아니야, 난 더 이상 저 냉담하고 오만하고 어리석은 여자를 볼 수가 없어! 떠날 거야. 어서 빨리 떠나야지! 한시도 이곳에 남아 있고 싶지가 않아. (재빨리 짐을 상자에다 담기 시작한다.)

니콜라이 세르게예비치의 목소리가 문밖에서 들린다. "들어가도 돼요? 들어가도 되나요?"

네, 들어오세요.

니콜라이 세르게예비치가 들어온다.

니콜라이 세르게예비치 (상자를 가리키며) 이건 뭔가요?

마셴카 짐 정리를 하고 있습니다. 죄송합니다, 니콜라이 세르게예비치. 저는 더 이상 이 집에 남아 있을 수가 없습니다. 저는 이번 일로 너무나도 무참히 모욕당했습니다.

니콜라이 세르게예비치 네, 잘 이해합니다. 그렇지만 이건 무익한 일입니다. 이럴 필요가 있습니까? 예, 수색은 하였습니다만……. 그 때문에 당신이 이렇게까지 할 필요는……? 당신에게는 아무 일도 없을 겁니다.

마셴카는 침묵한 채 계속 짐을 싼다.

(아양을 떨며) 저도 물론 잘 이해합니다. 그러나 관대해질 필요가 있습니다. 알겠지만 아내는 신경이 매우 날카롭고 무분별한 여자입니다. 엄격하게 판단해선 안 된다고요. 만약 당신이 모욕을 받았다면 제가 대신 사과할 수 있는 문제 아닙니까. 정말 죄송합니다.

마셴카는 아무런 대답 없이 상자 쪽으로 고개를 숙인다.

침묵하시는군요? 이걸로는 부족하다는 건가요? 이번 일은 제가 아내를 대신해 사과하겠습니다. 아내의 이름으로 사과합니다……. 그녀가 분별없는 행동을 했습니다. 시인합니다. 귀족으로서…… (방을 따라 거닐다 한숨을 쉰다.) 여기 심장 아래가 많이 쑤시는군요. 말하자면, 당신이 제 양심을 괴롭히고 있다는 겁니다.

마셴카 (그의 얼굴을 똑바로 쳐다보며 눈물을 글썽인다.) 저도 알아요, 니콜라이 세르게예비치. 당신은 죄가 없다는 사실을. 왜 당신이 괴로워해야 하죠?

니콜라이 세르게예비치 그러게 말입니다……. 그러니까 당신이…… 떠나지 않았으면 합니다. 부탁드립니다.

마셴카는 부정적으로 머리를 흔든다.

(책상 옆에 서서 손가락으로 책상을 두드리며) 무엇 때문에 제가 당신 앞에 무릎을 꿇어야 하는 거죠? 무엇 때문에요? 당신은 상처받은 자존심 때문에 떠나려는 거겠죠. 그렇지만 저 또한 자존심이 있습니다. 그점을 알아야지요. 아니면 제가 진심으로 참회하며 당신에게 고백하지 않았다고 말하길 원합니까? 그걸 원합니까? 제가, 심지어 죽음 앞에선 제 영혼이 솔직하지 못하다고 당신에게 시인하기를 원합니까?

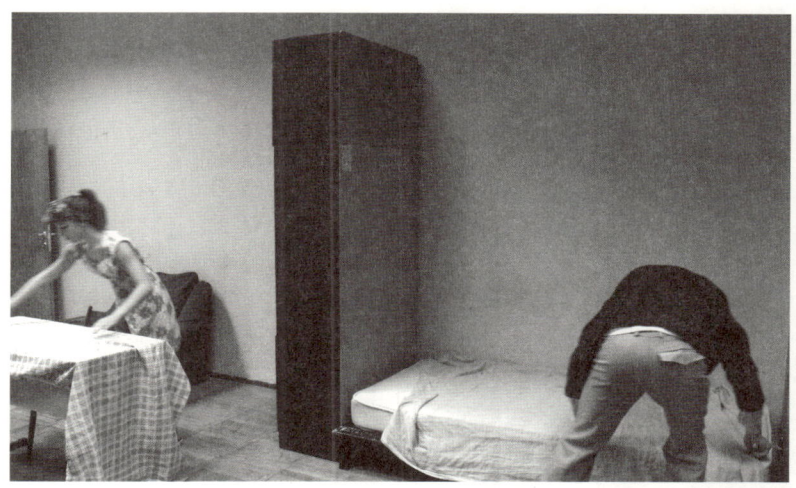

「대소동」의 상연을 위해 간이 무대를 준비 중인 학생들.

마셴카는 침묵한다.

(재빨리) 제가 아내의 브로치를 훔쳤습니다! 이제 만족합니까? 만족하냐고요? 네, 제가 가져갔습니다. 제가 그랬다고요. 물론 이러는 건, 단지 당신의 너그러운 마음만을 바라기 때문입니다. 그 이상은 아무것도 없습니다. 아무런 의미도, 아무런 다른 뜻도 없습니다.

마셴카는 무심코 만족해하는 듯하더니 놀란 눈으로 그를 바라본다. 그러고는 다시 심각하게 짐을 상자에 주워담는다.

놀라실 필요가 전혀 없어요. 이건 일상적인 일이라고요! 저는 돈이 필요한데 아내는 돈을 주지 않죠. 이 집은 우리 아버지께서 장만하신 거라고요, 마리야 안드레예브나! 이 집은 당연히 제 것이고 그 브로치도 우리 어머니가 주신 거라고요. 그런데 그녀가 가져가서는 모든 것이 자기 것인 양 행세하죠. 저를 그녀와 비교해선 안 됩니다, 동의하죠? 진정으로 당신에게 부탁하건대, 죄송합니다. 그러니 여기 남아주세요. 그럴 거죠?

마셴카 (단호하게) 아니요! (혐오에 찬 눈으로) 저를 내버려두세요, 니콜라이 세르게예비치. 제발 부탁입니다…….

니콜라이 세르게예비치 (의자에 앉아 한숨을 쉬며) 네, 알겠습니다. 정 그렇다면! 저는 아직도 누군가를 모욕하고 경멸할 수 있는 사람을 사랑합니다. 그렇게 고백하겠습니다. 백 년을 여기에 앉아 당신의 화난 얼굴을 바라볼 수도 있습니다. 그런데도 떠나겠다고요? 네, 이해합니다……. 달리 말해 그렇게 해야만 하…… 네, 물론이죠……. 당신에 겐 좋은 일이겠지만, 저로선…… 후…… 이곳 지하실과도 같은 제 집 에서 한 발도 나갈 수가 없군요! 우리 영지의 어디라도 지나가다 보면 여기저기 비열한 여인네들이 앉아 있죠……. 관리인들, 농학자들, 악 마가 그들을 데려와 이곳에다 가득 채워놓았죠. 물고기도 잡지 않고, 풀도 베지 않고, 벌목도 하지 않는 그들을.

페도시야 바실리예브나의 목소리가 들린다. "니콜라이 세르게예비치! 리자! 가 정교사를 불러요!"

(재빨리 일어나 문으로 향하며) 이곳에 머물지 않겠습니까? 아, 당신이 남는다면 밤에 당신에게 가겠습니다. 우리 협상하자고요. 알겠죠? 당 신이 떠나면 집에 인간 얼굴을 한 사람이라고는 남아 있지 않게 됩니 다. 이건 정말 최악이죠!

마셴카는 부정적으로 머리를 흔들고, 니콜라이 세르게예비치는 손을 내저으며 나간다. 마셴카는 옷을 입고 상자를 닫는다. 그러고는 그의 뒤를 따라 나간다.

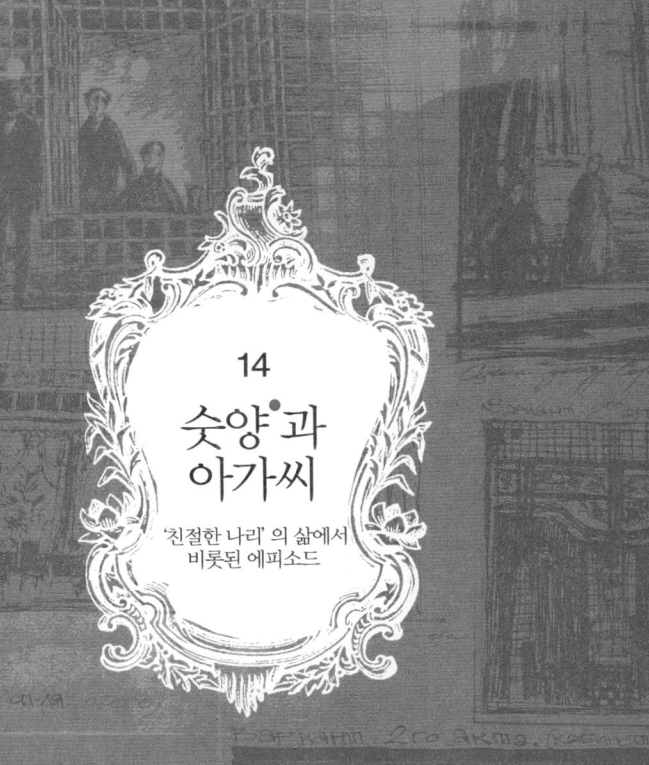

14

숫양*과
아가씨

'친절한 나라'의 삶에서
비롯된 에피소드

Zeyol

● 숫양 완고한 사람, 혹은 둔하고 멍청한 사람을 뜻하기도 함.

응접실. 중앙에는 원탁이 있고 그 주변에는 두 개의 안락의자가 있다. 왼쪽에는 소파가 있으며, 오른쪽에는 책장이 있다. 책장에는 서양 바둑판이 놓여 있다. 실내복 차림의 친절한 나리가 들어온다. 그는 점심을 먹고 오침에 들었다가 방금 깨어나, 뭘 해야 할지 몰라하고 있다.

친절한 나리 (기지개를 켜며 하품한다.) 지루해! (시계를 본다.) 극장에 가긴 이른 시간이고, 썰매 타기도 귀찮군. (방을 따라 거닌다.) 뭘 한담? 뭘 하며 기분 전환을 하지? 바둑이나 둘까? 참…… (바둑판을 가져와 바둑을 들여다본다.) 오른손과 왼손이 파트너가 되어야겠군. (오른손으로 둔다.) 자네는 이렇게 갔으니…… 음, 음. 잠깐, 친구……. (왼손으로 둔다.) 아 나는 이렇게! 좋았어……. 자, 보자고. (오른손으로 말을 이동하며) 그렇게 두셨으니…… 이렇게……. (왼손으로) 그렇다면, 나는 여기에! 이해해, 이해해……. 자네는 이렇게, 나는 요렇게! (왼손으로 둔

후, 잠시 살펴보다 오른손으로 둔다.) 뒤엉켰군! (말들을 정리하려고 애쓰며) 이기거나, 이기지 못하거나 결론은 마찬가지군. 제길. 지독하게도 재미없네! (모든 말들을 한꺼번에 뒤섞어버린다.)

예고르가 들어온다.

예고르 어떤 아가씨가 찾아왔습니다! 나리를 찾습니다!

친절한 나리 (놀라며) 아가씨가? 음…… 대체 누구지? 별 상관없지만, 그래도 실례를 한 번……. (실내복을 벗는다.)

예고르는 그에게 프록코트를 건넨 후 바둑판을 치우고 나간다. 친절한 나리는 빗을 꺼내 머리를 빗는다. 금발의 젊고 훌륭한 아가씨가 들어온다.

팔체바 (인사를 하고 떨리는 음성으로 말하기 시작한다.) 죄송합니다……. 저, 아시겠어요……, 저는 나리를…… 나리를 여섯 시나 되어야 만날 수 있으리라 생각했어요. 저는…… 저는…… 팔체바 마리야 예피모브나라고 해요, 7등 문관의 딸이죠…….

친절한 나리 (손을 내밀자 팔체바가 얌전하게 손을 잡는다.) 반갑습니다. 앉으시죠. 어떻게 도와드릴까요? 앉으세요, 사양하지 마시고요!

팔체바 (난처해하며 앉는다. 떨리는 손으로 단추를 만지며) 제가 온 건…… 제가 온 건…… 나리께 고향으로 돌아갈 무료승차권을 부탁하려고요. 제가 듣기로는, 나리가 주실 수 있다고 해서요……. 저는 가고 싶은데, 기차표가…… 부자가 아니라서……. 저는 페테르부르크에서 쿠르스크까지 가야 해요…….

친절한 나리 (호기심에 차) 음…… 그렇다면…… 근데 뭣 땜에 쿠르스크까지 가시는 거죠? 이곳이 뭔가 마음에 안 들기라도?

팔체바 아니요, 이곳은 좋아요. 하지만, 아실는지……. 부모님이 그곳에 계세요. 저는 부모님께 가야 해요. 오랫동안 가지 못했거든요. 편지에 엄마가 편찮으시다고…….

친절한 나리 (친절하게) 음…… 여기서 일하세요, 아니면 공부하세요?

팔체바 (상냥하게) 저는…… 가정교사 자격증이 있어요. 점심 전에는 사립 기숙사에서 25루블을 받고 일해요. 점심 먹고는 저녁때까지 이 집 저 집을 다니며 수업을 하죠.

친절한 나리 예…… 일을 하시는군요……. 그래요, 당신의 봉급이 많다고 하면 안 되겠군요……. 그렇게 말해선 안 되죠……. 당신에게 무료승차권을 주지 않으면 비인간적이겠군요…… 음……. 부모님께 가신다, 말하자면. (돌발적으로 활기를 띠며) 그런데 아마 쿠르스크가 아니라 아무르치크까지 가는 표밖에 없을걸요? 음? 아무라슈카? 헤헤헤…… 약혼자는요?

팔체바는 당황하며 고개를 떨어뜨린다.

얼굴이 빨개지셨군요? 뭐 그러세요! 시집가시면 되죠. 그럴 때가 되었어요……. 남자는 어떤 사람이에요?

팔체바 (조용히) 공무원이에요…….

친절한 나리 (만족스러운 미소를 짓는다.) 잘되었군요. 쿠르스크로 가세요…….

다들 말하길, 쿠르스크는 백 베르스타 떨어진 곳에서부터 벌써 국물 냄새가 나고 바퀴벌레가 이곳저곳 기어 다닌다던데…… 헤헤헤…… 아마 쿠르스크에서는 지겹겠죠? 아, 모자 벗으시죠. (일어선다.)

팔체바가 어색한 움직임으로 모자를 벗는다.

예, 그렇다마다요. 사양하지 마세요! (모자를 받아 선반에 놓는다. 소리치며) 예고르, 차 좀 가져와! 아마도 지루할 거예요. 그…… 음…… 그 쿠르스크에선.

팔체바 아니에요, 왜 그러세요! (밝아진 표정으로) 그곳에서도 공연을 하고, 콘서트가 있고, 춤과 벌금놀이와 저녁 정찬이 있다고요……. 우리 오빠는 관리고, 아저씨는 선생님이에요…….

예고르가 차를 가져온다. 아가씨는 얌전하게 찻잔에 손을 뻗지만, 예고르는 친절한 나리에게 잔을 건넨다. 팔체바에게는 컵을 건넨다. 그녀는 소리 없이 차를 마시기 시작한다.

친절한 나리 (차를 후루룩 마시며) 당신 약혼자는 잘해주는가요?

팔체바 남자에게 중요한 건 아름다움이 아니라 지혜랍니다. 그이는 벌써 서른인데 관등도 높지 않고 돈도 없어요. 하지만 그 대신 매우 똑똑하죠……. 모두가 그를 존경해요……. 왜냐고요? 왜냐하면 그이는 처신을 잘하고, 방탕하지도 않고, 또 나쁜 이들과는 상종도 않기 때문이죠……. 아침부터 밤까지 일하면…… 어떻게든 살 수 있겠죠.

친절한 나리 (가볍게 웃으며) 매우 기쁘군요. 나도 전적으로 당신 약혼자 편
입니다. (장난기 어린 눈빛으로) 어떻게 그와 만나셨소?

팔체바가 부끄러워하며 고개를 숙인다.

(미소 지으며) 부끄러워하지 마세요! 이야기해주세요!

팔체바 그가 제게 와서는…… 우리는 정원에서 볼링을 쳤죠……. 재미있
는 이야기도 해줬어요. 우린 둘 다 기쁨에 넘쳐 있었어요……. 그 뒤
에 그는 극장에서 청혼했죠. 아래쪽 옷걸이 옆에서. (자랑스럽게) 여기
페테르부르크로 온 이후에도 많은 청혼을 받았지요, 제가 모두 거절
했지만…….

친절한 나리 (치켜세우며) 대단해요, 대단해요!

팔체바 까맣게 잊고 있었네요……. 여기 아버지에게서 온 편지……. (편지
를 건넨다.)

친절한 나리 (무관심하게 편지를 읽으며) 나쁘지 않은 필체를 가지셨군요. 당
신 아버지는…… 멋을 부린 글씨체로군요! 헤헤…… (편지를 돌려주며
시계를 본다.) 그런데, 저는 이만…… 공연이 벌써 시작되어서…….
안녕히 가세요, 마리야 예피모브나!

팔체바 (고개를 들며) 제가 희망을 가져도 될까요?

친절한 나리 (놀라며) 예?

팔체바 나리께서 무료승차권을 주신다고 해서…….

친절한 나리 (화내며) 승차권이요? 음…… 내겐 표가 없습니다! 아마도 실수
를 하신 것 같군요, 아가씨…… 헤, 헤, 헤…… 잘못 오셨어요…….

솔직히 말씀드리자면, 우리 옆집에 역무원이 살죠. 나는 은행에서 근무한답니다! 안녕히 가세요, 마리야 예피모브나! 매우 반가웠습니다……. 정말 반가웠습니다……. (소리친다.) 예고르!

예고르가 들어온다.

마차를 준비하고 우리 이웃 역무원이 어디에 사는지 아가씨에게 가르쳐드려! (나간다.)

팔체바는 모자를 들고 망연자실한 채 예고르를 쳐다본다.

예고르 우리 앞집에 살던 나리는 지금 없습니다요. 그분은 방금 모스크바로 떠나신걸요.

팔체바는 손으로 얼굴을 가리고 조용히 울기 시작한다.

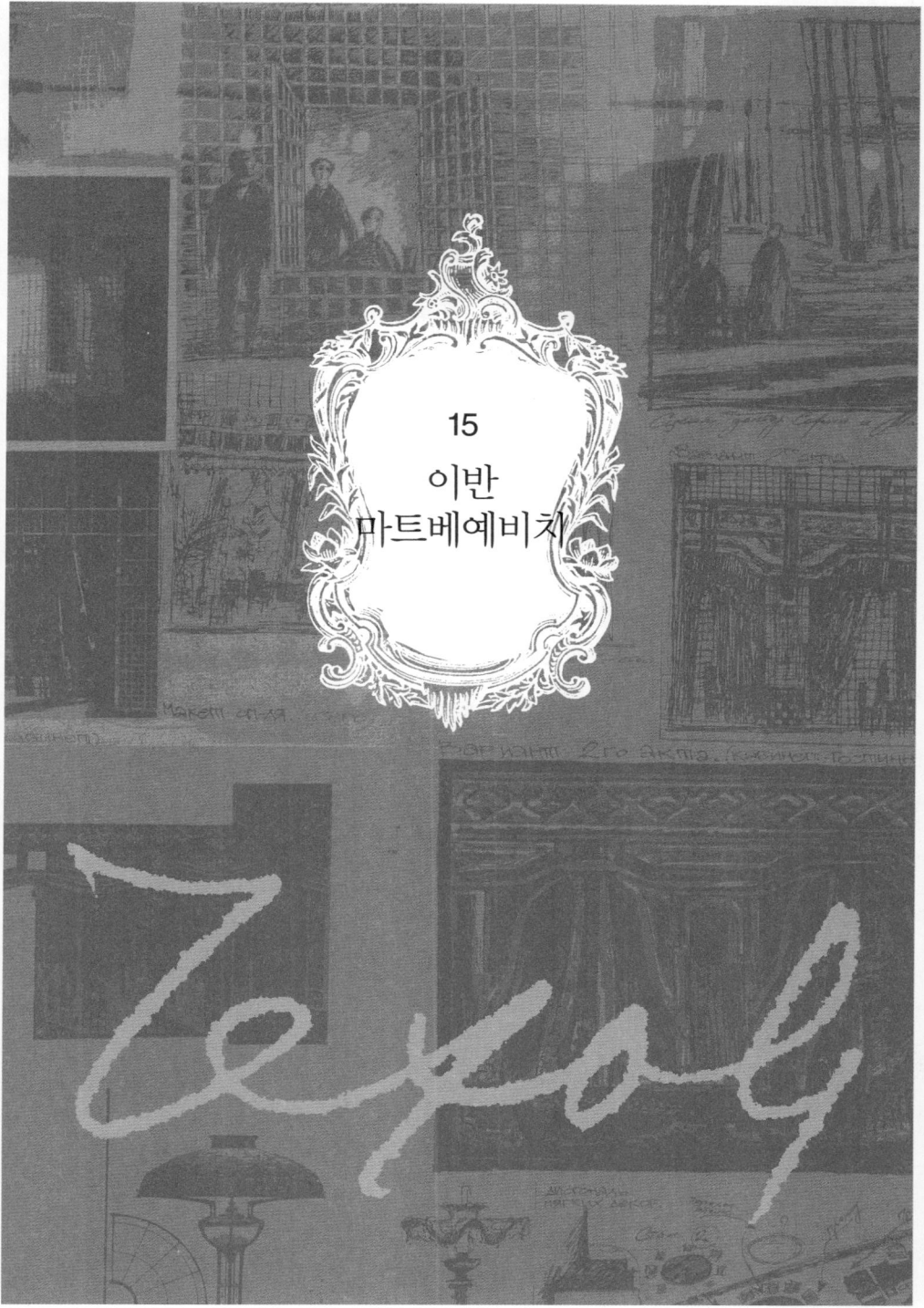

15

이반
마트베예비치

- **학자** 회색 턱수염과 콧수염이 난 노인. 60세. 실내복을 입고 있다.
- **이반 마트베예비치** 18세의 젊은이. 낡은 회색의 평범한 재킷과 구겨진 바지를 입었으며, 오래 신어서 틀어진 신발을 신었다.
- **하녀**

학자의 집무실. 오른쪽 구석에는 커다란 책상이 있으며, 그 뒤에 의자가 있다. 옆에는 안락의자가 있다. 왼쪽에는 다른 방으로 이어지는 문이 있다. 학자는 시계를 쳐다보며 방을 따라 왔다 갔다 하고 있다.

학자 (흥분하여) 이거 정말 불쾌하군! 이건 타인의 노동에 대한 극도의 무시라고. 두고 봐, 너, 오기만 하라고……. (문으로 다가가 격한 목소리로 소리친다.) 이봐, 카쨔, 표트르 다닐르이치를 보거든 이렇게 전해. 멀쩡한 사람들은 그러지 않는다고! 이건 추태야! 서기를 추천해놓고 정작 그가 어떤 사람인지는 모르고 있다고! 너무나도 치밀하다던 젊은이는 매일 두 시간, 세 시간씩 늦으니. 정말 이게 서기야? 내게 두 시간, 세 시간은 다른 사람의 2년, 3년보다 더 값지다고! 그가 오면 개처럼 욕해버릴 거야. 돈도 안 주고 쫓아버릴 거라고! 그런 사람들과는 격식을 차릴 필요가 없지.

아내의 음성이 들린다. "당신 매일매일 그렇게 얘기하는데, 그래도 그는 항상 오던데요, 뭘."

오늘은 결심했다고. 그 사람 때문에 충분히 손해를 봤어. 미안하긴 한데, 오늘은 아작을 낼 거야, 마부도 말이지!

벨이 울린다. 사이. 이반 마트베예비치가 등장한다. 낡고 커다란 목도리를 목에 두르고 머뭇거리며 문가에 서 있다.

이반 마트베예비치 (당황한 듯 웃으며) 아, 안녕하십니까, 목은 어떠십니까?

학자 (뒤로 물러서며 팔짱을 낀다. 분노에 찬 목소리로) 이반 마트베이치. 이반 마트베이치! (서기에게 다가가 그의 어깨를 쥐고 약하게 흔들기 시작한다.) 당신 나랑 뭐하자는 거요? (절망적으로) 정말 당신은 진저리 나고 추악한 사람이오. 대체 나랑 뭐하자는 건지! 나를 비웃는 거요, 조롱하는 거요? 예?

이반 마트베예비치 (놀라며) 왜…… 왜 이러세요?

학자 (손을 마주치며) 아직도 몰라서 묻는 거요? 내게 시간이 얼마나 소중한지 알고나 늦는 거요! 벌써 두 시간이나 늦었잖소!

이반 마트베예비치 (머뭇거리며 목도리를 풀면서 중얼거린다.) 전 정말 지금 집에서 오는 길이 아니에요. 아주머니 명명일에 갔다 왔어요. 여기서 6 베르스타가량 떨어진 곳에 사시는데…… 제가 만약 집에서 바로 왔다면 얘기는 달라졌겠지만요.

학자 그럼 생각해보시오, 이반 마트베이치. 당신 행동이 정당하긴 한 거요? 일은 해야 할 게 아니요, 똑바로 해야 한다고요. 근데 당신은 아주머니 명명일이라며 싸돌아다니기나 하고! (이반 마트베예비치에게 다가가 목도리 푸는 것을 도와준다.) 아이고, 이 망측스러운 목도리나 빨리 푸시오! 정말, 도저히 못 참겠군! 정말 아낙네같이……. 자, 이리 오시오! 빨리, 제발!

이반 마트베예비치는 더럽고 구겨진 손수건에 코를 풀고, 책상에 다가가 앉는다.

앉아요, 앉아. (참을성 없이 손을 비빈다.) 바로 해야 하는 작업인데 늦다니, 알기나 하시오. 본의 아니게 꾸짖었군요. 자, 쓰시오……. 어느 부분을 남겨뒀죠? (책상에 놓인 종이를 들어 검토한다.)

이반 마트베예비치는 자신의 머리를 쓸어넘기고선 펜을 들고 학자를 바라보며 기다린다. 학자는 종이를 다시 책상에 내려놓고선 손을 허리 뒤로 하고, 집중한 후 구석을 오가며 받아쓰게 한다.

본질은 바로 여기에 있는데…… 쉼표 찍고…… 몇몇, 말하자면 근본적인 형식들은…… 다 썼소? 형식들은 유일하게 최초의 본질에 달려 있는데…… 쉼표 찍고…… 그 속에는 자신의 고유한 표현이 담겨 있는데 그것을 나타내기 위해서는…… 줄 바꾸고…… 당연히 마침표는 해야지……. 더욱이 독립성이란 다음처럼 제시되는데…… 그것은 정치적인 성격뿐만 아니라, 사회적인 특성을 가지고 다음과 같이 발화

된다…… 쉼표하고…….

이반 마트베예비치 (펜을 놓고) 요즘 중등학생들은 예전과 다른 교복을 입지요. 회색빛의…… 제가 다닐 때 교복이 더 좋았죠. 마치 제복과도 같았습죠.

학자 (화를 내며) 아, 알았소, 어서 쓰기나 하시오! 성격하곤……. 다 썼소? (이반 마트베예비치 앞에 놓인 종이를 바라본다. 그러고는 계속하여 받아쓰게 한다.) 선 교육에 관하여서는, 다음의 설비에 연관된…… 정부 기능의, 그러나 민속적인 풍습을 조절하지 않는…… 쉼표하고, 그것들이 개개의 민족성과 구분된다고 말해서는 안 된다……. 마지막 세 단어는 따옴표에 넣고……. 에…… 음…… (책상 옆으로 다가선다.) 그래, 중등학교에 대해 얘기하려던 것이오?

이반 마트베예비치 (놀란 듯) 네, 저는 다른 형태의 교복을 입었다 말씀드렸습니다.

학자 아 네……. 음…… 중등학교 교육을 중단한 진 오래 되었소?

이반 마트베예비치 네, 제가 어제 말씀드리지 않았습니까! 공부를 그만둔 지 벌써 한 3년은 되었을 겁니다. 4학년 때 그만두었지요…….

학자 (쓴 글들을 훑어보며) 왜 학교를 그만두게 된 거요?

이반 마트베예비치 (부끄러워하며 고개를 돌린다.) 집안 사정 때문에 그랬습니다.

학자 (손가락으로 종이를 튕기며) 한 번 더 말하건대, 이반 마트베이치! 당신은 단어를 크게 쓰는 그 나쁜 버릇을 언제쯤 완전히 고칠 거요? 한 문장에 마흔 단어 이하로 쓰면 안 된다고요!

이반 마트베예비치 (당황하여) 선생님은 제가 일부러 그랬다고 생각하시나요? 보십시오, 다른 문장은 모두 마흔 단어 이상 썼습니다……. (단어를 세며) 직접 세어보십시오. 만약 제가 일부러 글씨를 크게 썼다고 생각하신다면 제 봉급을 깎으십시오.

학자 (얼굴을 찡그리며) 아, 문제는 그게 아닙니다! (비난하듯) 당신 정말 품위가 없군요. 이제는 돈 문제까지 거론하고. 가장 중요한 것은 정확도입니다. 이반 마트베이치, 정확도가 가장 우선이라고요! 당신은 반드시 정확성을 익혀야 해요.

하녀가 등장한다. 그녀는 차 두 잔과 건빵 한 접시를 담은 쟁반을 들고 들어온다. 학자는 차를 들고 안락의자에 앉아 마신다. 이반 마트베예비치는 어색해하며 두 손으로 차를 받아서 마시기 시작한다. 차가 너무 뜨거워 입술을 데지 않기 위해 천천히 마신다. 이반 마트베예비치는 건빵을 하나 먹은 다음 연달아 하나를 더 베어 문다. 그러고는 주저하며 학자를 한 번 바라본 다음 세 개째 건빵을 먹으려 한다.

(흥분을 감추려 애쓰며) 자, 빨리 끝내시오……. 시간은 금입니다.

이반 마트베예비치 (계속 씹는다.) 불러주십시오. 단숨에 마시고 쓰도록 하겠습니다. (차를 홀짝홀짝 마시며) 솔직히 말씀드려 배가 매우 고팠습니다.

학자 (연민을 느끼며) 더군다나 걸어 다니니!

이반 마트베예비치 네……. (마지막 남은 차를 끝까지 마시며) 날씨가 참 좋지 않군요! 저희 지방에서는 지금쯤이면 벌써 봄 냄새가 나는데……. 이곳에선 눈이 녹아 여기저기 웅덩이가 져 있더군요.

학자 당신은 남쪽에서 올라온 모양이죠?

이반 마트베예비치 (흥분하며) 돈 지방에서 올라왔습니다. 3월이면 저희 지방은 벌써 완연한 봄이죠. 이곳은 추위 때문에 모두 모피코트를 걸치고 다니지만, 그곳에는 풀이 자라나죠. 곳곳이 건조해서 심지어 타란툴라도 잡을 수 있습니다.

학자 (흥미를 보이며) 타란툴라는 왜 잡는 거죠?

이반 마트베예비치 (숨을 내쉬며) 아무 이유도 없습니다. (학자를 향해 몸을 돌리고 흥분한 채 말을 시작한다.) 거미를 잡는 건 매우 흥미롭습니다. 타르를 한 조각 떼어내어 그물처럼 잡아 늘인 다음 타란툴라의 동굴 앞에 놓아두면 그놈은 타르를 공격하기 시작하죠. 그 저주받을 놈은 화를 내며 다리로 타르를 에워싸고 거미줄로 휘감아버리죠. (열광하며) 저희가 그걸 가지고 무엇을 하는지 아십니까! 그놈을 한 대야 가득 잡아서는 거기다 비호르카를 집어넣어버리죠.

학자 (그의 이야기에 끌려) 비호르카라니 뭘 말하는 거요?

이반 마트베예비치 (그의 무식함에 놀라) 그런 종류의 거미가 있습니다요. 그놈도 타란툴라와 비슷하게 생겼습니다. (자랑스럽게) 만약 싸움을 붙이면 그놈은 타란툴라 백 마리도 더 물어 죽일 수 있을 겁니다······.

학자 음······ 네······. (갑자기 생각난 듯) 그럼 한번 써봅시다. (책상으로 다가가) 우리가 어디서 멈추었죠? (마지막 문장을 읽으며 받아쓰게 한다.) 모든 최상의 재료들을 모아······ 쉼표하고······ 전 인류에 걸쳐 생산된 모든 것들을······ 쉼표하고······ 또 쉼표하고······ 학술적 방법론을 적용하여······ 쉼표하고······ 총체적인 것을 잡아······ 쉼표······ 그들 서로서로를 유사하게 만들고······ 그들의 가치를 설명할 수 있게 해야 한다…… 마침표하고…… 다시 대문자로…… 이것이 바로 전체적인 법칙이 될 것이다…… 마침표. (안락의자에 앉아 생각에 잠긴다.)

이반 마트베예비치는 그가 생각을 떠올릴 때까지 기다리고 있다. 그는 자리에 앉아서 목을 길게 늘이고는 셔츠의 옷깃을 단정히 하려고 노력한다. 넥타이는 엉성하게 매어져 있으며 소매의 단추는 풀어져 있다. 일도 옷매무새처럼 흐트러져 있다.

음…… 에…… 아직도 일자리를 찾지 못한 거요, 이반 마트베이치?

이반 마트베예비치 아닙니다. 그렇죠, 어디서 찾을 수 있겠습니까? 아실는지 모르겠지만, 저는 지원병이 되고 싶었습니다만 아버지께선 제게 약국에서 일하길 권하셨죠.

학자 음…… 만약 대학에서 공부를 하였다면 더 좋았을 거요. 시험은 어렵지만 인내와 끈기가 있으면 극복할 수 있을 테니까. 공부 많이 하시오, 그리고 책을 많이 읽으시오. 책은 좀 읽었겠죠?

이반 마트베예비치 (당황하며) 솔직히 말씀드려, 조금밖에…….

학자 그럼 투르게네프는 읽었소?

이반 마트베예비치 (머리를 숙이며) 아…… 아니요.

학자 (엄하게) 그럼 고골은?

이반 마트베예비치 (기억하려 애쓰며) 고골이요? 음…… 고골, 고골…… 안 읽은 듯합니다.

학자 이반 마트베이치! 당신 정말 양심이 있기나 한 거요? 아니, 아니! 당신은 정말 훌륭합니다. 꽤나 독창적인 사람인데 근데…… 심지어 고골의 작품마저 읽지 않았다니! 제발 읽으시오! 내가 주리다! 책을 주겠소! 반드시 읽으시오! 그러지 않으면 우리는 또다시 다투게 될 거요!

다시 침묵이 이어진다. 이반 마트베예비치는 이 물건에서 저 물건으로 미끄러지듯 시선을 옮긴다.

(턱수염을 꼬며 중얼거린다.) 오늘은 뭔가 잘 풀리지 않는군……. 이반 마트베이치, 당신은 뭔가 잡는 걸 좋아하시오?
이반 마트베예비치 (기뻐하며) 가을에 주로 많이 합니다……. 전 여기에서는 사냥을 하지 않지만 저 아래, 저희 지방에서는 언제나 사냥을 합니다.
학자 음…… (고심하며) 알겠소. 그래도 글은 써야 한단 말이오. (단호하게 일어선다.)

이반 마트베예비치는 재빨리 펜을 들고 잉크를 묻혀 쓸 준비를 한다. 학자는 방을 따라 두어 번 왔다 갔다 한 후 다시 자리에 앉는다.

아니오, 내일 아침까지 연기해두는 것이 좋겠소. 내일 아침에 다시 오시오. 다만 좀 빨리 오시오. 아홉 시 전에는 와야 한단 말이오. 내일은 늦지 않도록 신께서 보살펴주시길 바라오. (시계를 바라본 후 책을 들어 읽기 시작한다.)

이반 마트베예비치는 펜을 놓고 종이를 구겨지지 않도록 펼쳐놓는다. 그리고는 단호하게 일어선다. 그러나 정작 그는 나가고 싶어 하지 않는다.

이반 마트베예비치 (학자의 주의를 끌려고 노력한다.) 그럼 제게 고골의 작품집
  을 주실 겁니까?

학자 (책을 내려놓으며) 줄게요, 주겠소이다. 한데 어디를 가려고 그리 서
  두르시오? 앉으시오, 뭔가를 좀 얘기해주시오……

이반 마트베예비치 (앉아서 함박 미소를 짓는다.) 저희 돈 지방에서는 사람들
  이 꾀꼬리를 잡는데……

이 대사가 진행되는 동안 막이 내린다.

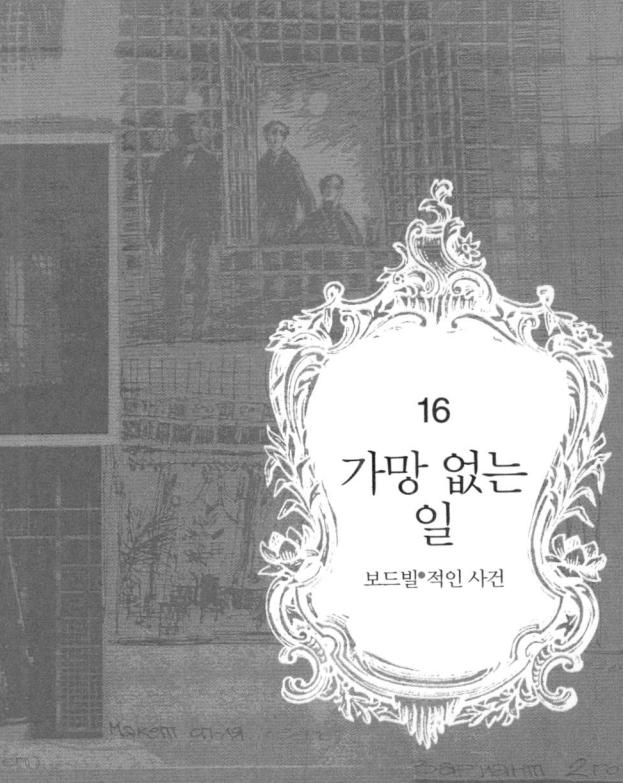

16
가망 없는 일
보드빌•적인 사건

● **보드빌** 춤, 노래 등을 곁들인 경묘하고 풍자적인 통속 희극.

- **바르바라 페트로브나** 젊은 처녀.

- **젊은이**

젊은이 (무대 앞에 등장해 관객들의 주의를 끈다.) 경이로운 저녁이군. 옷도 차려입고 머리도 단정히 하고 향수도 뿌렸으니 이제 돈 주앙처럼 그녀에게 달려가야지. 그녀는 젊고 아름답고, 게다가 지참금을 3만 루블이나 가졌고 나를 사랑하고 있어, 마치 고양이처럼 말이지. 내가 가서 운명을 결정짓고 올 거야. 지주 나리가 되든 실패를 하든. 이 모든 게 오늘 밤에 달려 있어. (사라진다.)

막이 열린다.

무대에는 정원이 펼쳐져 있다. 중앙에는 벤치가 있다. 꾀꼬리의 노랫소리가 들린다. 바르바라 페트로브나는 벤치에 앉아 있다. 그녀는 기계적으로 꽃잎을 뜯고 있다. 젊은이가 등장한다.

바르바라 페트로브나 (벤치에서 재빨리 일어나 밝은 눈빛으로 그를 마중하러 다가간다.) 당신 정말 너무해요! 어떻게 이렇게 늦을 수가 있어요? (손을 내밀자 그가 키스한다.) 당신 아세요, 제가 얼마나 보고 싶어 했는지? 당신 정말!

그들은 벤치로 가 서로 어느 정도 간격을 두고 앉는다. 사이.

(그의 얼굴을 바라보며) 왜 말이 없으세요?

젊은이 네…… 정말 아름다운 밤이네요……. 어머님께선 건강하시죠?

바르바라 페트로브나 네, 건강하세요.

젊은이 음…… 네……. (손으로 머리카락을 쓰다듬으며) 전 말이죠, 바르바라 페트로브나, 당신과 할 말이 좀 있어요……. 말씀드리기 어려워 오자마자 침묵하고 또 침묵하고 하였지만, 이제는 그만하겠습니다! 전 더 이상 말없이 가만히 있을 수가 없습니다. (그녀에게 살짝 다가간다.)

바르바라 페트로브나는 고개를 숙이고 떨리는 손으로 꽃잎을 뜯기 시작한다.

무엇 때문에 침묵해야 하는 거죠? 침묵을 하든 소심해하든 빠르든 늦든 언젠가는 고통이 생기는 겁니다. 당신께선 아마도 기분이 상하셨겠죠……. 저를 이해하지 못하실 거예요…… 네?

바르바라 페트로브나 네, 말씀하세요. 무엇이 당신을 괴롭게 하나요?

젊은이 (생각을 모아 적절한 문장으로 표현해내고자 노력하며) 당신은 물론, 벌써 오래전부터 알고 계셨겠죠. 제가 왜 매일 이곳으로 와서 당신 눈앞에 저의 존재를 각인시켰는지를. 어떻게 모르실 수가 있겠습니까? (머뭇거리는 목소리로) 당신은 아마 벌써 오래전에 제 마음 속에 그런 감정이 있다는 사실을 알고 계셨을 겁니다, 그런…… 바르바라 페트로브나!

바랴는 더욱 고개를 숙인다. 그녀의 손은 떨리고 있다.

바르바라 페트로브나!

바르바라 페트로브나 그런데요?

젊은이 전…… 이런 뭐라고 말해야 하나! 이해하실지 모르겠습니다만…… 당신을 사랑하고 있습니다. 그게 전부입니다. 뭘 더 말해야 하죠? (가까이 다가가며) 미칠 정도로 사랑해요! 전 이렇게나 당신을 사랑한단 말입니다……. 한마디로 말해, 이 세상에 존재하는 모든 소설들을 모아다가 읽어보십시오. 그 안에는 사랑과 저주, 증오에 대한 모든 것들이 들어 있죠. 당신이 받으십시오……. 제 가슴에 지금…… 바르바라 페트로브나! (애원하듯) 바르바라 페트로브나!!! 왜 말씀이 없으신가요?

바르바라 페트로브나 (쳐다보지 않으며) 무슨 말을요?

젊은이 (광적으로) 진정…… 아닌가요?

바르바라 페트로브나 (고개를 들어 올리며 미소 짓는다. 겨우 들릴 정도로) 왜 아니겠어요?

젊은이는 그녀의 손을 강렬하게 붙잡고서 키스를 쏟아부으며, 다른 손도 광적으로 꼭 쥐어 잡는다. 바르바라 페트로브나는 그의 가슴에 머리를 기댄 채, 얼굴을 든다. 그는 그녀의 입술에 입을 맞춘다. 그녀는 당황스러운 듯 몸을 돌려 두 손으로 얼굴을 가린다.

젊은이 (기쁨에 차 벌떡 일어나 벤치에서 멀어진다. 다른 쪽을 향해) 이 얼마나 행복한가! 훌륭한 아내에, 많은 돈에, 좋은 직업까지! 생활에 어려움이 없을 거라고! 자, 그럼 이제 내 원칙들을 과시해볼까. (그녀에게 다가가 엄숙한 톤으로 말하기 시작한다.) 바르바라 페트로브나! 무엇보다 당신을 아내로 맞이하는 것은 저에게 가장 신성한 의무입니다. 그래서 커다란 오해가 발생하는 것을 피하기 위해 당신에게 몇 마디만 하겠습니다. 짧게 얘기하도록 하죠.

바르바라 페트로브나는 고개를 들어 그를 경이로운 눈빛으로 바라본다.

당신 아시나요, 바르바라 페트로브나, 제가 누군지, 도대체 저란 사람이 어떤지? 네, 전 솔직한 사람입니다. 전 일을 좋아하는 사람입니다. 전…… 전 당당합니다! 그뿐 아니라…… 제겐 미래가 있습니다만……. 하지만 지금 전 가난하고 아무것도 가진 게 없습니다.

바르바라 페트로브나 (벤치에서 일어나 그의 손을 잡으며) 전 알고 싶지 않아요. 돈에서 행복이 나오는 건 아니니.

젊은이 (경멸하며) 네……. 누가 정말 돈에 관해 이야기하나요? 전…… (뒷걸음질하며) 저의 가난이 자랑스러워요. 설령 제가 집필 작업으로 고작 몇 코페이카밖에 못 벌지만 그건…… 그건…… 그 몇 천과도 바꿀 수 없습니다.

바르바라 페트로브나 (환희에 차) 이해해요. 그러나……. (설명을 들을 준비를 하며 다시 벤치에 앉는다.)

젊은이 전 가난에 익숙합니다. 제게 가난이란 아무것도 아니죠. 전 일주일 내내 점심도 못 먹는 처지입니다. 그러나 당신은! 당신은! (그녀의 옆에 앉아 손을 잡으며, 상냥하게) 진정 당신은 마부를 부르지 않고서는 한 걸음도 가지 못하죠. 그리고 매일 새로운 옷을 입어야 하고, 원하면 언제라도 가난에 대해서는 모르는 채 돈을 낭비하시죠. 당신에게 싱싱하지 않은 꽃은 이미 커다란 불행이죠. 그럼에도 진정 당신은 저를 위해 지상의 부를 떠나보내실 건가요?

바르바라 페트로브나 (상냥하게 그를 위로하며) 제가 돈이 있잖아요. 전 지참금이 있답니다!

젊은이 (그녀에게서 떨어지며) 공허하군요! 10년을 사는 데 몇 천이 들어가니 아마 몇 년 사는 데는 충분하겠죠! (조심스럽게 손을 들어 올린다.) 그럼 그 이후는요? 가난? 눈물? 사랑하는 당신, 저의 경험을 믿으세요! 안다고요! 뭐라 말해야 하는지 알아요. 가난과 싸우기 위해서는 강력한 의지를 가져야 하고 인간적이지 못한 성격도 필요해요! (다른 쪽을 향하여) 뭔 쓸데없는 소리를 지껄이는 거야! (바르바라 페트로브나에게 격앙되게) 생각해보세요, 바르바라 페트로브나! 어떤 방향으로 결정을 내릴지 생각해보세요! 되돌릴 수 없는 걸음이라고요! 당신에게 의지가 있다면 저에게 오세요, 투쟁할 힘이 없다면 저를 거부하세요! 오! (머리를 움켜쥐며) 아, 그래도 제가 당신을 가난하게 만드는 것이 죽게 내버려두는 것보다는 나을까요……. 글이 매달 저에게 가져다주는 백 루블이란 정말 아무것도 아니죠! 터무니없이 부족할 뿐이

에요! 잘 생각해보세요, 아직 늦지 않았으니! (벌떡 일어나며) 잘 생각
해보세요!

바르바라 페트로브나 (놀라며) 전 지참금이 있다고요!

젊은이 (벤치 옆을 지나며) 하하! 얼마요? 2만, 3만 3천! 하하! 백만? 아 그
다음엔, 이것 외에도, 전 무언가를 횡령하고 싶어지겠죠. 안 되죠! 절
대로! 전 당당하다고요! (그림같이 멋있는 포즈를 취한다.)

바르바라는 생각에 잠긴다.

그럼, 저와 함께 가난하게 사느냐, 아니면 저 없이 부자로 살 것이
냐……. 자, 결정하세요. (다른 쪽을 향하여) 자, 기다려라, 3만 3천 루
블을 벌게 되는 거야! 하늘이 뜨겁게 타오를 거야!

바르바라 페트로브나 (고개를 들고 손을 내밀며) 고마워요! 정말 고마워요! (눈
물을 참으며) 정말 잘하셨어요, 저에게 이렇게 솔직히 말해주시다
니……. 저는 나약한 사람이라…… 전 할 수 없어요……. 전 당신의
짝이 될 수 없을 거예요……. (통곡하기 시작한다.)

젊은이 (당황하며) 울지 마세요, 울지 마세요. 전…… 전 참을 수, 참을 수
있다고요.

바르바라 페트로브나 (슬픔을 억누르며 눈물을 닦는다.) 당신이 옳아요! 제가 당
신에게 시집가면 그건 당신을 속이는 일이에요. 저는 당신의 아내가
될 수 없어요. 전 부자고 연약하고 마차를 타고 다니며 도요새도 먹
고 값비싼 만두도 먹어요. 전 단 한 번도 점심으로 수프나 야채국을
먹은 적이 없어요. 그래서 엄마는 늘 저를 부끄러워하시죠……. 그래

도 전 이런 거 없인 못 살아요! 전 걸어 다닐 수도 없다고요……. 피곤할 거예요……. 그리고 옷도…… 이 모든 옷들도 당신 돈으로 재봉해야 될 거예요……. 안 돼요! 안녕히 계세요! 전 당신에게 부족한 여자예요! 안녕히! (몸을 돌려 무대에서 나간다.)

젊은이 (얼마 동안 움직임 없이 그녀의 뒤를 바라본다.) 돌아오세요! 돌아오라고요! (객석을 향하여) 어떻게 일을 바로잡지? 젠장, 그만 어리석은 말을 해버렸군. (자신의 뒤통수를 때린다.) 3만 3천! 도무지 이해를 못하겠군. 일을 망쳤어. 얼마나 어리석게 일을 망친 거야!

17
재판

- **쿠지마 예고로프** 구멍가게 주인.
- **아내** 쿠지마의 아내.
- **세라피온** 쿠지마의 아들. 도시의 이발사.
- **이바노프** 보조 의사.
- **페오판 마나푸일로프** 수도승.
- **미하일로** 가수. 베이스.
- **포르투나토프** 헌병.

가게 주인의 오두막. 왼쪽에는 커다란 테이블이 있다. 그 위에는 호두 껍데기가 담긴 작은 접시와 큰 접시, 빈 컵, 병들과 남자 모자가 놓여 있다. 오른쪽에는 벤치가 있으며 쿠지마 예고로프와 이바노프, 마나푸일로프, 미하일로, 포르투나토프가 테이블 주위에 앉아 있다. 세라피온은 테이블에서 떨어져 벤치 옆에 서 있다.

세라피온(쿠지마의 아들) (떨리는 손으로 수염을 뽑으며) 여러분께선 모두 제가 거짓말을 한다고 말씀하시지만, 저는 여러분과 오랫동안 이야기할 생각이 없다고요. 다시 말해, 아버지, 19세기는 아무것도 건지지 못할 거예요. 왜냐하면 잘 아시겠지만 이론은 실재 없이는 존재하지 못하니까요.

쿠지마 예고로프(아버지) (엄격하게) 조용히 해! 철학적인 소린 말고 단지 묻는 것에만 대답해. 어디다 내 돈을 숨긴 거야?

세라피온 돈이요? 음…… 아버지는 정말 현명한 분이세요. 그러니 스스로 잘 아시겠죠, 제가 휴일 날 왔고 아버지 돈은 건드리지도 않았다는 것을요. 아버지는 저를 위해 돈을 저축하시는 분이 아니에요……. 그러나 어떤 죄의식도 느끼지 않으시죠.

페오판 마나푸일로프(수도승) (술을 마시곤 안주를 하나 집어먹는다.) 당신, 세라피온 쿠지미치, 솔직하게 말하세요. 우리가 뭣 땜에 당신에게 물어보는지 아쇼? 우리는 당신을 믿기에 교훈을 주려는 거요. 당신 아버지는 당신에게 바라는 게 아무것도 없습니다. 단지 당신이 어떻게 사용하였는지…… 그걸 물어보시려는 거요. 그러니 당신, 솔직하게 말하시오……. 누가 죄를 짓지 않았다는 거요? 당신은 장롱 속에 넣어둔 아버지 돈 25루블을 가져갔소. 그게 당신이 한 짓이 아니란 말이오?

세라피온은 옆으로 침을 뱉고는 침묵한다.

쿠지마 예고로프 (소리친다.) 어서 말해! (주먹으로 테이블을 치며) 말해, 너야 아니야?

세라피온 좋으실 대로…… 보내주세요…….

포르투나토프(헌병) (고쳐 말한다.) 놔주세요!

세라피온 놔주세요, 제가 가져갔어요……. 놔주란 말이에요! 저렇게 쓸데없이 아버지는 제게 소리치시죠! 뭣 땜에 저렇게 테이블을 두드리시는지도 모르겠어요.

쿠지마 예고로프 돈이 필요하면 나가서 벌어! 내게서 훔치지 말고! 넌 내게 하나밖에 없는 아들이 아니라고. 너 같은 녀석이 내겐 일곱이나 있어!

세라피온 아버지께서 말씀하시는 교훈에 대해선 이해합니다. 아버지도 잘 아시겠지만, 늘 제 몸이 약해 걱정이죠. 그래서 직장 생활도 못 하는 거고요. 그런데도 아버지는 빵 한 조각 가지고 저를 비난하시다니요. 아마도 이다음 신 앞에서 다 책임지셔야 될 거예요…….

쿠지마 예고로프 몸이 약하다……. 네 직업은 정말 어려울 게 없어. 그냥 머리 자르고 또 자르면 그뿐이야. 그런데도 넌 그 일에서 달아나려 하니.

세라피온 그게 무슨 직업이기나 한가요? 그건 일이 아니라 그냥 단순 작업일 뿐입니다. 제가 교육을 받지 못했으니 그냥 그 일로 먹고살 뿐이라고요.

페오판 마나푸일로프 당신의 판단은 올바르지 않아요, 세라피온 쿠지미치! 당신의 직업은 성스럽고 지혜로운 일입니다. 그렇기 때문에 당신은 주도에서 근무를 하고 있는 거지요. 당신은 똑똑하고 교양 있는 자들의 머리를 다듬고 면도도 해주죠. 심지어 장군들도 당신의 기술을 아끼고 있어요!

세라피온 장군에 대한 거라면 정말 유익한 이야기들이 많죠. 제가 직접 설명드릴 수 있습니다.

이바노프(의사) (술을 조금 들이켜고는) 우리의 의학적 소견으로 보았을 때, 넌 테레빈유에 불과하지. 그 밖에 아무것도 아냐.

세라피온 (독살스럽게) 우리는 당신의 의학을 잘 안다고요. 당신에게 묻겠소만, 지난 해 시체 대신 술 취한 목수를 해부한 게 누구죠? 그가 마취되기도 전에 당신은 위를 절개했죠. 삼씨기름에 피마자기름을 섞어 쓴 사람이 누구죠?

이바노프 (손을 내저으며) 의학에서는 그것 없이는 절대 안 되죠.

세라피온 '누가 말라니야를 이곳 지상으로 보냈습니까? 당신께선 그녀를 약하게 창조하시어 곧 강하게 만드셨고, 이후에는 다시 약하게 하셨습니다. 그녀는 참을 수가 없었습니다.' 당신은 사람을 치료하는 것이 아니라 죄송하지만, 개를 치료하는 겁니다.

쿠지마 예고로프 '말라니야의 천국으로!' 그녀는 돈을 가져가지 않았어, 그녀에 대해 말하고자 하는 것도 아니고……. 그러니 말해. 네가 가져갔어, 안 가져갔어?

미하일로는 테이블에서 기듯이 걸어나와 성냥에 불을 붙인 후, 예의바르게 헌병의 담뱃대로 가져간다.

포르투나토프 푸풋…… 유황냄새가 코를 찌르는구먼. (세라피온에게 다가가 악의에 찬 눈으로 그를 바라본 후, 날카로운 목소리로) 넌 뭐하는 놈이야? 왜 대답을 않는 거야? 죄가 없다고? 남의 돈을 훔쳤으면서? 닥쳐! 대답해! 말해! 대답하라고!

세라피온 (놀라서) 진짜…….

포르투나토프 조용히 해!

세라피온 만약…… 당신이나 좀 조용히 하라고! (소리친다.) 전 두렵지 않습니다! 여러분은 스스로를 잘도 이해하고 계시는군요! 여러분은 멍청이예요! 그 이상 아무것도 아니라고요! 진짜 아버지께서 저를 처벌하길 원하신다면 전 준비가 되어 있습니다. 그렇게 하시라고요. 찢어 죽이세요! 치시라고요!

포르투나토프 (준엄하게) 입 닥쳐! 말하지 말라고! 넌 도둑놈이야! 알아? 침묵하라고! 어느 안전이라고 감히! 떠들지 말란 말이야!

페오판 마나푸일로프 (위선적으로 탄식하며) 벌을 주는 게 불가피하겠군요. 저들이 당신 자식의 죄를 의도적으로 경감하길 원치 않는다면 쿠지마 예고로프, 당신은 어쩔 수 없이 매질을 하여야 합니다. 그리하여 제가 제안합니다만, 처벌은 어쩔 수 없습니다.

미하일로 (낮은 베이스 음으로 준엄하게) 매를 맞아야 합니다!

쿠지마 예고로프 마지막으로 한 번만 더 묻겠다. 너냐 아니냐?

세라피온 좋으실 대로 하시죠. 잡아 찢으시라고요. 전 준비되었습니다.

쿠지마 예고로프 (테이블에서 일어나며) 저기 엎드려!

세라피온 (조용히) 자, 저를 잡아 찢어보시죠! (재킷을 벗고 성호를 그은 후, 벤치에 엎드린다.)

쿠지마 예고로프는 벨트를 푼다. 다른 등장인물들은 벤치 주위를 둘러싸고 관객들이 세라피온을 보지 못하게 한다. 페오판 마나푸일로프는 구석으로 가 고개를 숙인 채 책장을 넘긴다.

미하일로 (낮은 베이스 음성으로) 하나! 둘! 셋!

때리는 소리가 들린다.

넷! 다섯! 여섯! 일곱! 여덟! 아홉! 열!

쿠지마 예고로프 (손으로 얼굴에 난 땀을 훔쳐내며) 충분해.

포르투나토프 아직입니다요. 더요! 더 필요하다고요! 저놈은 그래야 해요!

페오판 마나푸일로프 (책을 덮으며) 제가 제안 하나 하겠습니다. 어쩔 수 없이 매가 좀 더 필요한 듯합니다.

이바노프 애원이라도 해야지!

쿠지마 예고로프가 다시 허리띠를 치켜든다.

미하일로 열하나! 열둘! 열셋!

풀 먹인 치마를 두른 쿠지마 예고로프의 아내가 들어온다.

아내 쿠지마! 여기 당신 주머니에서 나온 돈은 도대체 뭔가요? 이게 바로

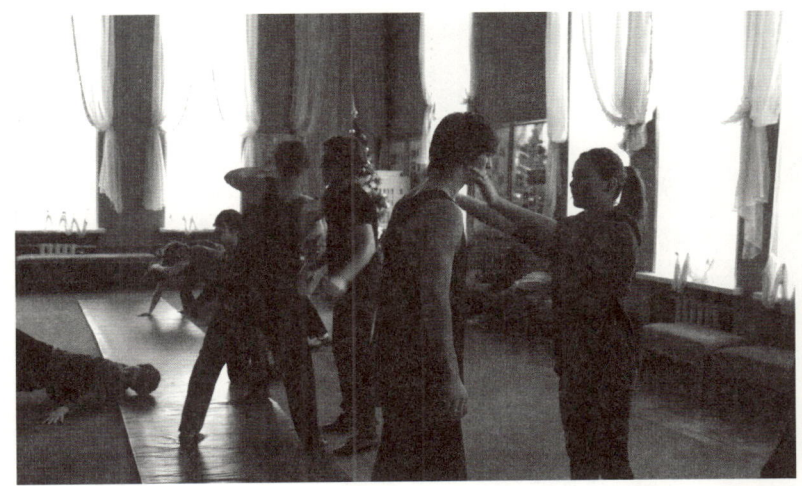

「재판」의 상연을 준비 중인 학생들.

당신이 여태까지 찾던 것 아닌가요? (돈을 건네주고는 나간다.)

쿠지마 예고로프 (당황하여) 여기 있었군……. 일어나, 세라피온! 돈을 찾았어! 어제 돈을 주머니에 넣어두고는 그만 깜박해버렸군.

포르투나토프 (붉게 충혈된 눈으로) 더! 더 때려버려! 저놈을 더 치라고!

모두 (앞을 다투어) 돈을 찾았어! 일어나라고!

세라피온이 일어나 상의를 입는다. 모두가 다시 테이블 옆에 앉는다. 페오판 마나푸일로프는 손수건으로 코를 푼다.

쿠지마 예고로프 (중얼거리며) 미안하다. 너에게 그러려던 게 아니라……. 제기랄, 이렇게 찾게 되다니! 미안하구나.

세라피온 괜찮아요. 처음 있는 일도 아닌데요 뭐. 걱정 마세요. 전 어떤 고통이라도 항상 이겨낼 준비가 되어 있다고요.

쿠지마 예고로프 (잔에 보드카를 따른다.) 자 쭉 들이켜……. 몸을 덥혀줄 거야.

세라피온은 마지막 한 모금까지 들이켠 후 머리를 치켜들고 장군처럼 당당히 오두막에서 걸어 나간다.

이바노프 애원이라도 해야지!

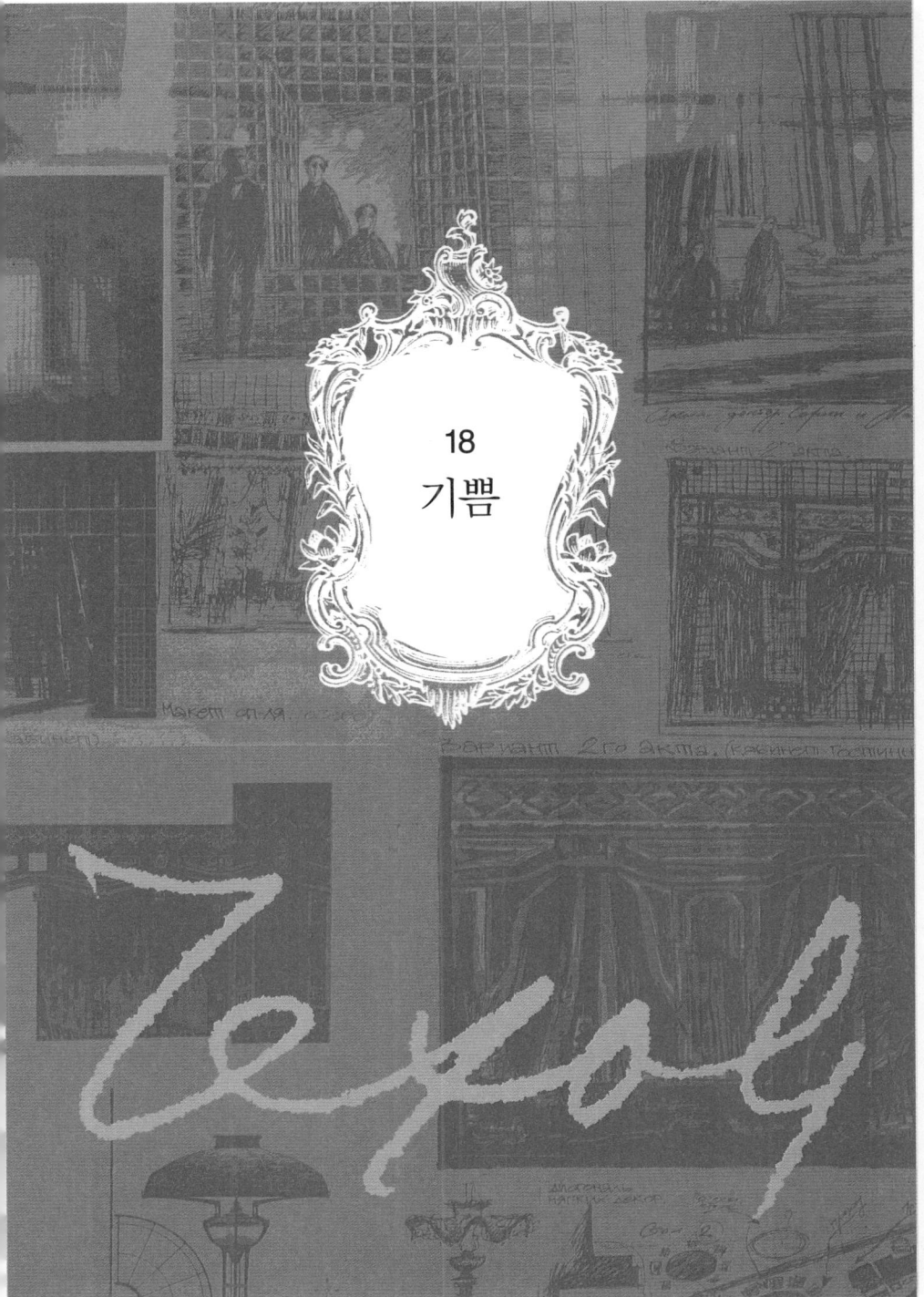

18
기쁨

- **마마샤**[*] 약한 여인.
- **파파샤**[*] 살찐 남자.
- **미쨔 쿨다로프** 젊은이. 14등관.

쿨다로프가(家)의 집이다. 무대 중앙에는 식탁이 있고, 그 주변에 의자들이 있다. 오른쪽에는 커다란 베개가 놓인 침대가 있으며, 그 위쪽 구석에는 성상이 있다. 왼쪽에는 천이 덮인 서랍장이 있으며, 그 위에 거울과 자질구레한 장식품들이 있다. 파파샤는 식탁 옆에 앉아 담배를 말고, 마마샤는 양말을 뜨고 있다.

마마샤 (하품하며) 벌써 열두 시네요! 잡시다!

파파샤 (기지개를 켜며) 마누라, 어제, 하마터면 망루에서 술 취한 군인이 떨어질 뻔했어. 난간에서 균형을 잡고 있는데, 알겠어? 그만 난간이 부서져버렸지 뭐야! 다행스럽게도, 그때 그 사람 부인이 점심을 가져다주려고 망루에 갔다가 그의 소매 자락을 겨우 잡았다더군. 아마 아내가 아니었다면, 그는 그냥 떨어졌을 거야, 고약한 놈…….

●마마샤 어머니(Мать)의 애칭.
●파파샤 아버지(Папа)의 애칭.

마마샤 그래요, 여보, 참 기가 막힌 일이네요…….

파파샤 믿기지 않겠지만, 그래도 사실이야…….

흥분하여 머리칼이 곤두선 미쨔가 방으로 날 듯이 들어와 한쪽 끝에서 다른 쪽 끝까지 잰걸음으로 거닌다.

마마샤 (놀라서) 왜 그러니? 어디서 오는 길이니?

미쨔 (의자에 앉아 행복해하며 웃는다.) 오, 묻지 마세요! 저도 결코 예상치 못한 일이라고요! 이건…… 이건 정말 믿지 못할 일이에요! 제 머리가 왜 이렇게 혼란스러운지 저 자신조차 이해가 안 가는걸요…….

파파샤 (참을성 없이) 그래, 무슨 일이냐?

미쨔 정말 믿을 수 없어요! 아마 믿지 못하실 거예요!

마마샤 (불안해하며) 내 예쁜 아들아! 글쎄, 무슨 일이냐? 얼굴빛이 안 좋구나!

미쨔 기뻐서 그래요, 어머니! 이제 전 러시아가 저를 안다고요! 모두가요! 전에는 단지 부모님만 이 세상에 14등관° 드미트리 쿨다로프가 있다는 것을 알았는데, 이제는 전 러시아가 저에 대해 안다고요! (벌떡 일어나 어머니에게 다가가서 그녀를 포용한다.) 어머니! 오, 맙소사! (방을 따라 거닐다가 다시 의자에 앉는다.)

마마샤 그래 무슨 일이 있었던 거냐? 알아들을 수 있게 말해봐!

미쨔 짐승처럼 사시네요, 신문도 안 읽으시고, 공표에도 관심이 없으시

● 14등관 혁명 전 러시아의 문관 관직은 14등관까지 있었다.

고. 신문에 얼마나 놀라운 사실들이 많이 있는데! 이제는 무슨 일이 일어나면, 모든 게 다 알려져서 숨길 수가 없다고요! 정말 얼마나 기쁜지! 오, 맙소사! 정말이지 신문에는 유명한 사람들 기사만 나오는데, 그런데 기자가 저에 관한 기사를 실었다고요! (큰 소리로 웃는다.)

파파샤 뭐라고? 어디에? (창백해져) 쟤 미친 거 아니야?

마마샤 (성상에 성호를 그으며) 예수님! 우리의 죄를······.

미쨔 (자랑스럽게) 그래요! 저에 관한 기사가 나왔다고요! 지금 저에 대해 전 러시아가 안다고요! 어머니, 오늘 날짜 신문을 꼭 기억해두세요! 앞으로 가끔 읽자고요. 보세요! (주머니에서 신문을 꺼내어 아버지에게 건넨 후 파란색 연필로 표시한 부분을 가리킨다.) 읽으세요!

아버지가 안경을 쓴다.

마마샤 (다시 성상을 바라보며 성호를 긋고 속삭인다.) 성모님······.

파파샤 (읽는다.) 음······ 12월 29일 저녁 11시. 14등관 드미트리 쿨다로프가······

미쨔 (말을 가로막으며) 보셨죠, 보셨죠? 계속하세요!

파파샤 (계속 읽는다.) 14등관 드미트리 쿨다로프가, 술집에서 나와 말라야 브론나야 거리에 위치한 코지힌 씨 저택에서 술에 취한 채······

미쨔 (재빨리) 저는 시몬 페트로비치와 함께 있었죠······. 모든 것이 상세하게 기록되어 있다고요! 계속하세요! 더요! 더 들어보세요!

파파샤 술에 취한 채 미끄러져 그곳에 서 있던 마부의 말 앞에 떨어져······

마마샤 오, 아버지!

파파샤 두르킨 영지에 사는 시골 농부 이반 드로토프의 말에 따르면, 놀란 말이 쿨다로프를 타 넘고 제 2길드에 소속된 모스크바 상인 스테판 로코보이를 태운 마차를 끌고 거리를 질주하다가 근위병들에게 체포되었다. 쿨다로프는 처음에는 실신 상태에 있다가, 경찰서로 넘겨져 의사의 진찰을 받았다. 그의 뒤통수에 가해진 충격은······.

마마샤 (울기 시작한다.) 내 심장이 어떻게 생겼는지 느껴질 정도로 쿵쾅거려!

미쨔 (기뻐하며) 여기 수레에 관해서요, 아버지. 계속하세요! 더 읽으세요!

파파샤 ······그의 뒤통수에 가해진 충격은 경미하지 않은 것으로 밝혀졌다. 발생한 사건에 관해서는 조서가 작성되었다. 피해자에게는 의료 지원이 이루어졌으며······.

마마샤 이런 슬픔이!

미쨔 뒤통수를 찬 물로 적시라고 했어요. 이제 다 읽으셨죠? 네? 보세요! 이제 전 러시아에 기사가 나갔다고요! 이리 주세요! (신문을 받아 쥐고는 접어서 주머니에 넣는다.) 마카로프에게 가서 보여줄 거예요······. 또 이바니츠키에게도 보여줘야 하고, 나탈리아 이바노브나와, 아니심 바실리예비치에게도······. 자, 갑니다. 그럼, 계세요! (휘장이 달린 챙 모자를 쓰고 장엄하게, 그리고 기쁨에 넘쳐 거리로 뛰어 나간다.)

부모님은 얼어붙은 듯, 미동도 없이 그의 뒤를 바라본다.

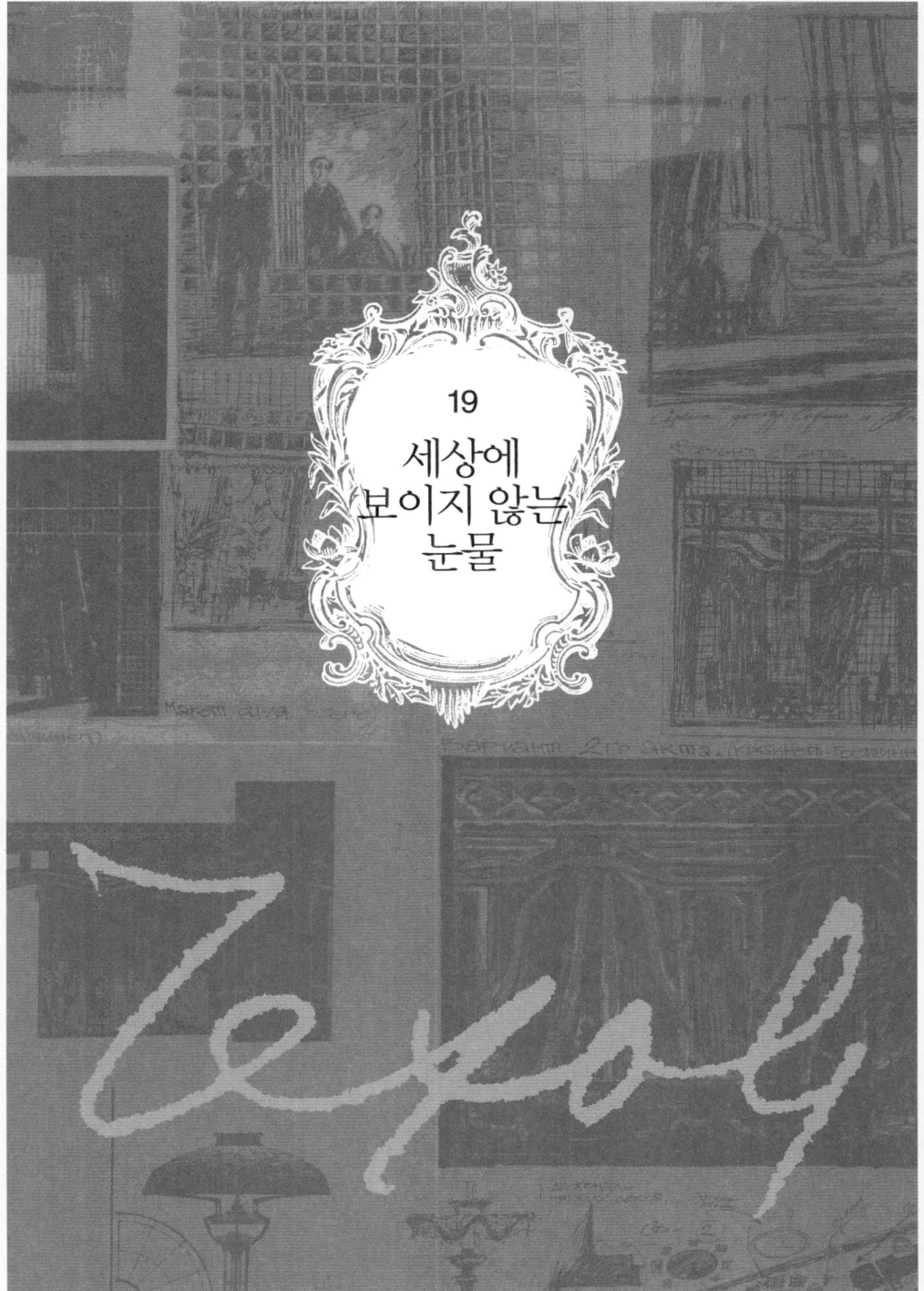

19
세상에
보이지 않는
눈물

- **레브로테소프 표도르 아키므이치** 군대 관리. 대령. 마치 전봇대같이 키가 크고 말랐다.
- **마리야 페트로브나** 레브로테소프의 아내.
- **드보예토치예프 이반 이바노비치** 종교학교 감독관.
- **프루지나 프루진스키** 교정관 보조.
- **당번병**

막이 쳐져 있다. 그 앞으로 클럽에서 돌아온 레브로테소프와 드보예토치예프,
프루지나 프루진스키가 등장한다. 모두가 흥에 겨워 노래를 부른다.

레브로테소프(대령) (멈춰 서며) 자, 여러분. 지금 저녁식사를 하는 것도 퍽이
나 좋을 듯합니다.

드보예토치예프(종교학교 감독관) 그렇습죠, 지금 뭔가를……. 그러니깐 지금이
두 시니깐 선술집은 문을 닫았을 테고, 여기서 정어리나 버섯 같은
것을 먹으면 상당히 좋겠다는 이런 말씀이죠……. 아니면 뭔가 이와
유사한 그런, 아시겠습니까……. (허공에다 손가락질을 하며 무언가 아
주 맛있는 음식을 먹는 듯 유쾌한 표정을 짓는다.)

프루지나 프루진스키(교정관 보조) (입맛을 다시며) 중요한 건, 난 어제 골로페소
프 씨네 집에서 칠면조를 먹었다는 거죠!

레브로테소프 (역시 입맛을 다시며) 훌륭한 도시에서는 말이죠, 가령 로스토

프와 같은 곳에서는 클럽에서 항상 저녁을 먹을 수 있죠. 아 그런데 우리 더러운 체르뱐스크에서는 보드카나 파리가 빠진 차 아니면 아무것도 먹을 게 없죠. 술을 마시는 데 안주가 빠진다면 그보다 나쁜 것도 없다는 말씀입니다. 안 돼, 안 된다고요! 더 이상은 참을 수 없다 이겁니다! 들어가서 뭔가로 배를 좀 채워야겠습니다. (작별 인사를 나눈다. 그러다 갑자기 생기를 띠며) 잠깐만요, 여러분. 우리 집으로 가시죠! 까짓거! 가서 흥겹게 한잔 걸치고 신이 주신 안주를 뜯어봅시다! 자, 우리 집으로 갑시다! 오이도 있고, 소시지도 있고……. 사모바르*도 끓입시다……. 네? 가서 안주를 먹으며 콜레라에 대해서도 얘기 좀 나누어보고, 늙은이가 되었을 때도 한번 떠올려봅시다……. 마누라가 자고 있을 테니 안 깨도록 살금살금 들어가자고요. 자, 갑시다!

드보예토치예프 (기뻐하며) 이건…… 이건 정말 믿을 수 없군요!

프루지나 프루진스키 만세! 오늘은 정말 운이 좋은걸! 즐겨보자고!

레브로테소프 갑시다!

막 뒤로 들어간다.

막이 열린다. 무대는 칸막이 혹은 휘장으로 두 편으로 나누어져 있다. 무대 왼편 안쪽에 출입구가 있다. 출입구 오른쪽에는 피아노가 있으며, 왼쪽에는 테이블이 있다. 테이블 위에는 신문들이 놓여 있다. 무대 오른쪽에는 크지 않은 휘장에 침대가 가려져 있다. 옆에는 의자가 있다. 의자 위에는 여자 옷이 놓여 있다.

●**사모바르** 러시아 전통 주전자. 차를 끓이는 데 사용된다.

레브로테소프 (야간 당번병의 안내를 받으며 무대 왼편으로 들어간다. 당번병은 램프를 들고 있다.) 네놈 귀를 비틀어버릴 테다! 내가 천 번도 더 말했 건만, 이 파렴치한 놈아! 현관에서 잘 때는 항상 방향제를 피우라고 했잖아! (당번병으로부터 램프를 건네받아 피아노 위에 얹는다.) 꺼져, 멍 청한 놈. 가서 사모바르나 가져와. 그리고 이리나에게 광에 가서 오 이와 무를 내오라고 전해. 정어리 손질도 좀 하고……. 정어리에 양 파도 좀 썰어 넣고 야채로 장식도 좀 하고…… 그리고 감자도 동글동 글 깎아서 준비하고…… 사탕무도 얹고……. 이 모든 재료들은 식초 와 식용유에 절여야 해, 알겠어? 겨자는 저쪽에 치고, 이쪽에는 고춧 가루를 좀 뿌리고…… (손가락으로 가리키며) 고명도 잊지 말라고. 한 마디로…… 알겠어?

당번병 알겠습니다, 각하! (나간다.)

레브로테소프 (현관으로 내다보며) 자, 여러분. 이쪽으로 오시죠!

드보예토치예프와 프루지나 프루진스키가 들어온다.

프루지나 프루진스키 그건 그렇고…… 여러분은 바르샤바에 가보신 적이 있 습니까? 그곳은 말이죠……. 물고기를 잡아서는, 평범한…… 생선에 서 우유를 얻어내죠. (술에 취해 횡설수설한다.) 하루는 그 나쁜 놈들이 우유에 들어가 헤엄치고는 그러고는 지글지글 소리가 나는 냄비에다 마치 치즈 만들듯 끓이고는, 그러고는, 아, 친구! 파인애플은 필요 없 다고! 냄새가 사람을 잡는다니까!

드보예토치예프 (상상하며) 만약 절인 오이가 있다면…….

레브로테소프 우리가 폴란드에 있었을 때는 한 번에 2백 개씩 만두를 먹었죠. 만두를 접시 가득 놓고는 회향풀과 파슬리를 얹고, 아…… 더 이상 말이 필요 없죠!

드보예토치예프 아, 철갑상어 수프는 어떻고요?

레브로테소프 (식탁보를 펼치며) 자, 우리는 이제…… 이렇게 상을 차리고 앉아서……. 우리 마샤는 오늘 아팠답니다……. 죄송합니다…….

당번병이 들어와 레브로테소프의 귀에다 무언가 속삭인다.

(눈썹을 찡그리며) 음…… 그래. (우는소리를 내며) 음…… 이런…… 그건 뭐 별일 아니지. 내가 지금……. 잠시만요, (당번병에게 신호를 보내자 그가 나간다.) 마샤가…… 하녀에게 지하 창고의 서랍 문을 잠그라고 시키고는 열쇠를 본인이 가져갔답니다. 가서 가져와야겠습니다…….

손님들은 테이블에 앉아 잡지를 들고 읽는다. 레브로테소프는 종종걸음으로 무대 오른쪽으로 지나간 뒤 의자 위에 놓인 블라우스 주머니에서 열쇠를 찾기 시작한다. 열쇠를 찾을 수 없자 그는 침대의 휘장을 옆으로 젖히고 잠들어 있는 마샤에게 다가간다.

(조용히) 마셴카! (그녀의 어깨를 흔들며) 잠깐 일어나봐, 마샤!

마리야 페트로브나 (잠에서 깨며) 누구예요? 당신이에요? 무슨 일이에요?

레브로테소프 (상냥하게) 나야, 마셴카. 저기 비교적 늦은 시간이긴 하지만…… 열쇠 좀 줘, 여보, 걱정 말라고……. (상냥하게) 당신은 그냥 자, 내가 준비할 테니……. 그들에게 오이만 좀 먹이는 거니깐 다른 지출은 없을 거야. 신이 나를 꾸중하실지도 모르지. 알겠지만 드보예토치예프랑 프루지나 프루진스키는 훌륭한 사람들이야. 사회에서 존경도 받고…… 심지어 프루진스키는 블라디미르 4등 훈장도 가지고 있다고……. 그 사람이 당신을 얼마나 존경하는데…….

마리야 페트로브나 당신 어디서 그렇게 취하도록 마셨어요?

레브로테소프 이봐, 이봐. 당신 벌써 화를 내고 있군……. 정말 당신은 올바른 사람이야. 그들에게 오이만 좀 먹일게. 그게 다라고. 그러고 나면 갈 거야. 내가 직접 정리할 테니 당신은 아무런 염려 말라고. 어서 누워, 여보. 그래, 건강은 어때? 나도 없는데 의사는 다녀갔어? 손에다 키스하고 싶어. (손을 내밀지만 마리야 페트로브나는 뿌리쳐버린다.) 손

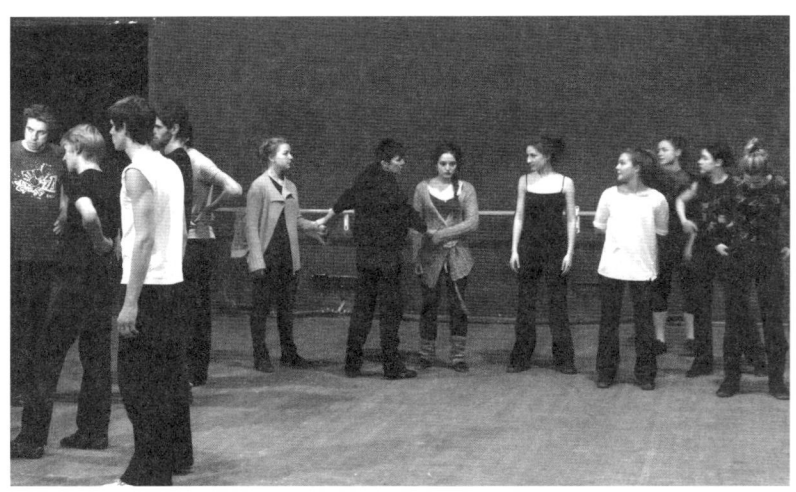

「세상에 보이지 않는 눈물」을 준비 중인 학생들. 신체 훈련 수업 중.

님들은 모두 당신을 존경하고 있어. 드보예토치예프는 신앙심이 강한 사람이고, 알겠어? 프루진스키도 그렇다고……. 모두가 당신을 이렇게 생각하고 있어. '마리야는, 페트로브나는 말이지……. 말하자면, 그냥 여자가 아니라, 무언가, 말하자면, 우리로선 이해할 수 없는, 뭔가가 있는, 우리 마을의 신비스런 존재다.' 라고 말이지.

마리야 페트로브나 거짓말 마세요! 다 실없는 소리라고요! 클럽에서는 어중이떠중이들과 모여 술이나 퍼마시고, 밤에는 내내 거리를 휩쓸고 다니니! 당신 정말 부끄럽지도 않아요! 그래가지고 아이를 가질 수 있겠어요! (남편에게서 등을 돌린다.)

레브로테소프 (절망적으로) 난 아이를 가질 거야. 그러니 당신, 흥분하지 마. 사랑스런 마셴카, 너무 슬퍼하지 말라고……. 내가 당신을 얼마나 소중하게 여기고 사랑하는데. 아이는 신께서 또 주실 테니. 미쨔를 학교에 보낼 거야……. (아내의 손을 잡아 손등에 키스한다.) 더욱이 난 저 사람들을 쫓아낼 수가 없어. 불가능하다고……. 내 뒤를 따라와 먹을 걸 부탁했는데 어떻게 그러겠어. 저들은 정말 좋은 사람들이야. 당신을 이해할 뿐 아니라 훌륭하다고 생각해. 오이만 좀 내어주자고. 한 잔 하도록. 당신은 그냥 있어, 내가 다 정리할 테니…….

마리야 페트로브나 (꾹 참으며 침대에서 일어나 앉는다.) 이건 벌 받는 거나 다름없어요! 당신, 정말 바보예요? 저 사람들이 누군지 몰라요? 이 한밤에 남의 집에 쳐들어오고도 부끄러운 줄 모르는 사람들이라고요! 도대체 이런 야심한 밤에 손님이 찾아오는 걸 어디서 본 적이나 있던가요? 저기 있는 건 선술집이 아니고 뭐예요? 오늘 열쇠를 내어주면 마구 퍼마실 테죠. 그러고는 자고 일어나 내일 다시 쳐들어오겠죠.

레브로테소프 (모욕감을 느끼며) 음…… 당신이 그렇게 말한다면…… 당신 앞에서 존경이란 필요 없는 말이군. 말하자면, 이런 결론이 나오는 군. 당신은 내 인생의 반려자도 아니고, 남편을 위로해주는 여자도 아니고, 문자 그대로 말하자면…… 무례한 표현이긴 하지만…… (아내의 얼굴에 바짝 다가가서) 뱀이 분명해, 당신은. 뱀…….

마리야 페트로브나 (일어서며) 아아, 이제는 독설가처럼 험담까지 하세요? (남편의 뺨을 때린다.)

레브로테소프 (뺨을 문지르며) 미안해, 미안해……. 자, 하나밖에 없는 남편을 때리라고! (아내 앞에 무릎을 꿇으며) 이렇게 무릎 꿇고 빌게. 부탁해, 마셴카! 나를 용서해줘! 제발 열쇠 좀 줘! 마셴카! 나의 천사! 잔인한 사람. 사람들 앞에서 나를 욕보이지 말라고. 부탁이야! 이게 마지막이야.

마리야 페트로브나 휴! (그에게 열쇠를 던진다.) 나의 고통에 끝이란 보이지 않는군요! 의자 위에 내 블라우스 좀 가져다줘요!

레브로테소프는 아내에게 상냥하게 블라우스를 건넨 뒤, 침대의 휘장을 내린다. 그리고 나서 무릎을 털고 머리를 단정히 한 후 나간다. 무대 왼쪽에서는 손님들이 계속 잡지를 읽고 있다. 레브로테소프가 들어온다.

레브로테소프 (열쇠를 보여주며) 우리 마샤가 지금…… 잠시만요……. (현관으로 나가 당번병에게 열쇠를 건네준 후 돌아온다.)

드보예토치예프 우리가 당신을 난처하게 만들었군요…….

프루지나 프루진스키 (놀라며) 표도르 아키므이치, 당신 뺨이 왜 그래요? 신

사 양반, 당신 눈 아래 푸른 점이 생겼다고요! 당신 어디서 한 대 맞고
온 거요?

레브로테소프 (당황하며) 뺨이요? 뺨 어디에? 아, 네! 방금 마샤에게 살금살
금 다가가 놀래켜주려고 그런 겁니다. 어둠 속에서 침대에 부딪힌 것
처럼 보이려고 말이죠. 하하…….

마리야 페트로브나가 들어온다. 머리는 헝클어져 있으나 생기 넘치고 흥겹게
등장한다.

이 사람이 바로 마셴카입니다. 여보, 머리가 왜 이렇게 헝클어져 있어!

마리야 페트로브나 (비꼬듯) 이리도 사랑스런 분들이 오셨군요! 낮에는 오시
지 않고선, 이런 밤에 남편이 끌어내지 않은 걸 감사해야겠네요. 누
워서 자다가 목소리를 들었지요. 누굴까 하고 생각했어요. 페짜는 내
게 나오지 말고 계속 자라고 했지만 참을 수가 없어 이렇게 나왔답니
다…….

프루지나 프루진스키 (마리야 페트로브나의 손에 키스하며) 좋은 아내를 두셨군
요. (웃으며) 원할 때면 언제든 먹을 수 있고, 원한다면 언제나 마실 수
있고……. 당신을 사랑하는 사람이 있다는 사실을 명심하시오……. 게
다가 피아노 앞에 앉아 연주까지……. 이런 행복한 사람 같으니라고!

레브로테소프 (미소 지으며) 마샤, 아무 곡이나 한번 연주해봐!

마리야 페트로브나는 사랑스럽게 미소 지으며 피아노에 앉아 연주하기 시작한
다.* 레브로테소프는 지갑에서 5코페이카짜리를 꺼내 멍든 자국에다 붙인다.

드보예토치예프 (프루지나 프루진스키에게) 레브로테소프 부부가 어떻게 살고 있는지 봤지! 맙소사, 어떻게 저렇게 잘 살지! 저 사람들을 보고 있자니 감정이 북받쳐 눈물이 나오려고 해. 단지 나 한 사람만 불행한 것 같아서. 내 아내는 세상에, 독기만 가지고 태어났나봐! 단지 아는 거라곤 내게 욕하는 것뿐이지! (흉내를 내며) '장화발로 차지 말라고, 이 맷돌 같은 양반아! 클럽에서 술 처먹고 들어와 소란만 피우고! 이런 추한 양반아!'

당번병이 물과 주전부리가 놓인 쟁반을 들고 들어온다.

● 원주(原註) 만약 마리야 페트로브나 배역을 맡은 연기자가 피아노를 연주하지 못한다면, 드보예토치예프가 대사를 하는 동안 피아노 앞에 앉아 악보를 정리하며 연주를 준비하는 모습을 보여도 좋다.

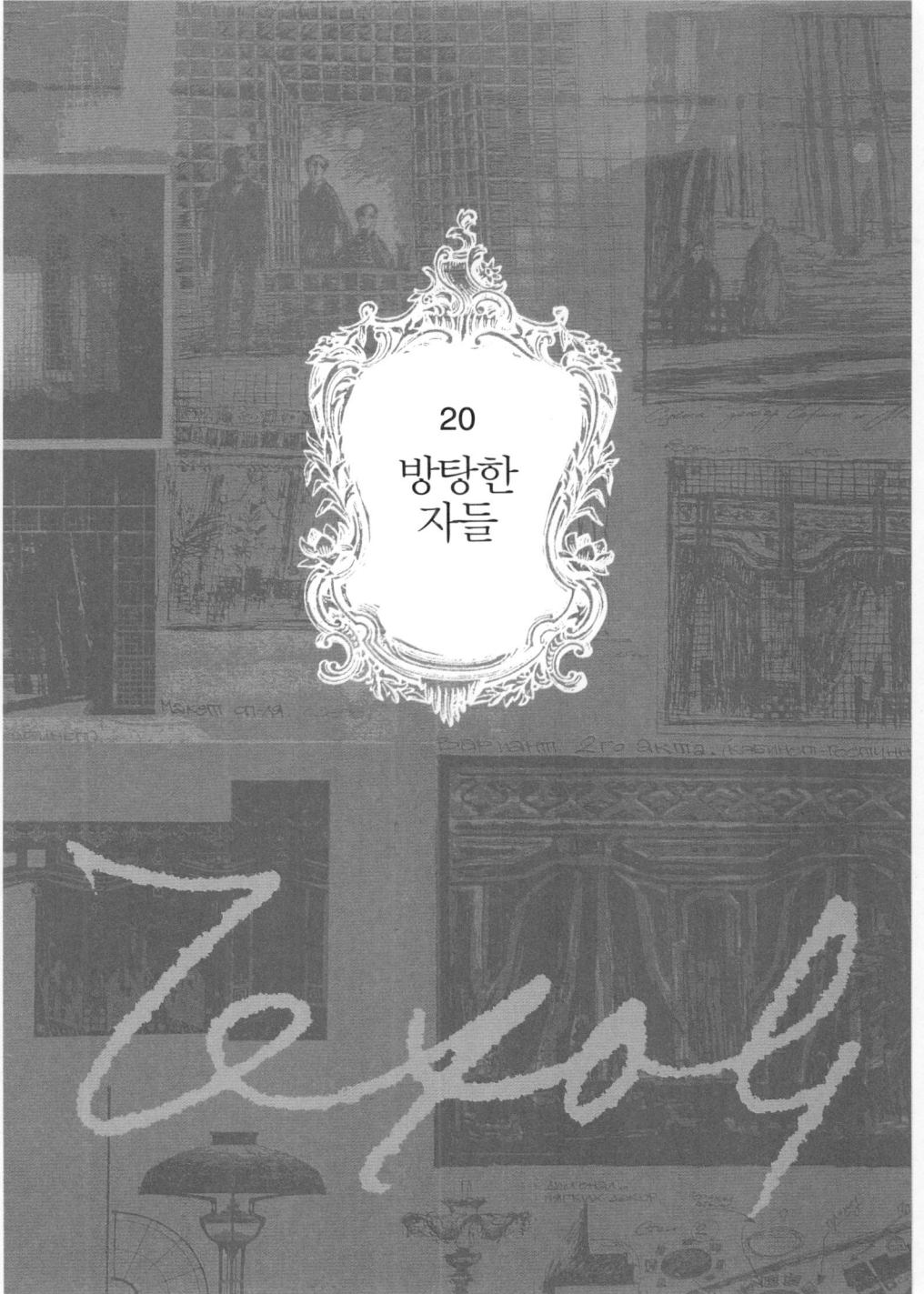

20
방탕한
자들

어두운 밤이다. 어스름한 달빛이 비추고 있다. 무대 중앙에는 정원용 벤치가 있다. 왼편에는 커다란 창이 달린 저택의 벽면이 보인다. 창 아래에는 돌이 있다. 오른편에는 밤이 되어 어두운 그림자가 드리워진 나무들이 서 있다. 무대 구석에서부터 코자프킨과 라예프가 가볍게 비틀거리며 나온다. 그러고는 별장을 향한다. 코자프킨은 망토를 걸치고 있으며 서류 가방을 들고 지팡이를 짚고 있다. 두 사람은 기분이 아주 좋아 보인다.

표트르 코자프킨 (라예프를 쓰러지지 않게 붙잡으며) 음, 창조주에게 영광을……. 거의 다 도착했군. 우리 입장에서는 간이역에서 도보로 5베르스타나 걸어왔다는 건 정말 대단한 일이라고. 꽤나 피곤하군! 제기랄, 마부가 한 사람도 없다니…….

알렉세이 라예프 (어렵게 숨을 몰아쉬며) 이봐, 페쨔. 난 더는 못 가겠어! 만약 5분 뒤에 침대에 눕지 못한다면, 나는 아마도 죽어버릴 거야…….

표트르 코자프킨 (활기차게) 침-대-로! 농담은 그만둬, 친구! 우린 먼저 뭘 좀 먹고 마셔야 한다고. 그리고 침대에 들자고. 베로츠카와 난 자네가 바로 잠자리에 드는 걸 허락하지 않을 걸세. (밝게 미소 지으며) 그래, 좋았어, 친구. 자네도 결혼하게나!

라예프는 휘청거리다가 거의 넘어질 뻔한다. 코자프킨이 그를 겨우 잡아 세운다.

자네는 이해할 수 없을 걸세, 냉담한 영혼 같으니라고! 내가 지금 집에 들어가면, 이 피곤하고 지친 몸으로……. 그러면 내 사랑스런 아내는 차도 끓여주고 먹을 것도 만들어주고, 아, 그리고 나의 노동과 사랑에 감사하며 나를 검은 눈동자로 사랑스럽고 상냥하게 바라보지……. 그러면 난, 친구, 피곤과 주택침입 강도와 법원과 공소실도 모두 잊어버린다네……. 정말이지 좋아! 훌륭해!

알렉세이 라예프 (희망 없이) 그래 좋은데……. 지금 내 다리는 너무 피곤에 지쳐서 말이지……. 간신히 걸어가고 있다고. 미치도록 갈증도 나고.

표트르 코자프킨 (주변을 둘러보며) 자, 여기 우리 집에 다 왔네. (라예프를 벤치에 앉힌다.)

라예프는 앉아서 우산을 접고는 양손으로 머리를 감싼다.

훌륭한 별장이지. 내일이면 여기 풍경이 어떤지 잘 알게 될 거라고. 창문으로는 어두워 잘 안 보일 걸세. 아마도 베로츠카는 이미 잠들었겠지. 기다리고 싶지 않았을 거야. 누워서는 아직 내가 돌아오지 않았다고 걱정하고 있겠지. (지팡이로 열려 있는 창문을 활짝 열어젖힌다.) 이런 일은 아무것도 아니야. 창문도 잠그지 않고 잠드는 것 말이야. (망토를 벗어 서류 가방과 함께 창으로 밀어 넣는다.) 덥군! 자, 세레나데를 불러 그녀를 깨워볼까. (노래한다.) '밤하늘을 따라 달은 떠다니고…… 바람은 솔솔 불어대는데…… 바람은 솔솔 불어…….' (라예프에게) 알료샤, 자, 불러보라고! 베로츠카, 당신에게 슈베르트의 세레나데를 불러줄까? (노래한다.) '내 노래는…… 기도와 함께 날아오르네…….' (기침으로 경련이 일어나 목소리가 끊긴다.) 후, 베로츠카. 악시나에게 쪽문을 열라고 말해줘!

사이.

베로츠카! 미적거리지 말고 어서 일어나라고! (돌에 올라가 창을 바라본다.) 베로츠카, 내 사랑스런 베로츠카…… 나의 아내, 작은 천사. 어서 일어나 악시나에게 문을 열라고 말해줘. 당신 안 자는 거지? 여보, 우린 정말 피곤해. 농담할 힘도 없어. 진짜 간이역에서 여기까지 걸어왔다고! 당신 듣는 거야, 마는 거야? 제기랄! (창문으로 기어 올라가려다 떨어진다.) 아마도 손님은 이런 장난을 좋아하지 않을 거야! 당신, 내가 보고 있다고. 아이 같은 장난은 이제 그만해.

알렉세이 라예프 (머리를 들어 올려다보며) 아마도 베라 스테파노브나는 자는 게 아닐지?

표트르 코자프킨 아니야, 안 자. 아마도 내가 소란을 일으켜 이웃들을 깨우길 바라는 걸 거야. 나 벌써 화났어, 베로츠카! 제기랄! 나를 들어 올려봐, 알료샤! 내가 기어 올라갈게. 에이, 아가씨, 당신은 아이와 다를 바 없어. (라예프에게) 자, 무등을 태워봐.

라예프는 힘겹게 벤치에서 일어나 코자프킨에게 다가간다. 그는 헐떡이며 코자프킨을 들어 올린다. 그러고는 창으로 밀어 넣는다. 그리고 라예프는 다시 벤치에 앉는다. 코자프킨의 목소리가 들린다. "베라! 어디 있어? 젠장…… 퉤! 뭐를 짚었는지 손이 더러워졌어, 켁!"
창문 너머에서 절규하는 듯한 암탉의 울음소리가 들린다. 코자프킨의 목소리. "이것 봐, 베라. 어디서 닭들은 가져온 거야? 젠장, 더럽게 많군! 칠면조가 담긴 바구니는…… 빌어먹을 놈이 주둥이로 쪼는군!" 창가로 깃털이 솟아 올라오는 것이 보인다.

(닭의 목을 쥔 채 창가에 등장하여) 알료샤, 우리가 잘못 온 것 같아. 이런 닭들은…… 아마도 내가 착각한 모양이야. 제기랄, 여기저기서 날뛰는군, 이 저주스런 놈들! (모자를 벗어 날뛰는 닭들을 쫓는다.)

알렉세이 라예프 (가여운 눈으로) 자네 빨리 나오는 게 좋겠어! 알아들었어? 목말라 죽겠다고!

표트르 코자프킨 잠깐…… 망토와 서류 가방 좀 찾고…….

알렉세이 라예프 성냥에 불을 붙여봐!

표트르 코자프킨 성냥이 망토에 있어……. 뭐가 나를 이곳으로 기어 들어오도록 부추긴 거야! 모든 별장이 다 똑같이 생겼으니 이런 야심한 밤에는 악마라도 분간하지 못할 거야. (몸을 숨겼다가 잠시 후 다시 창가에 나타난다. 뺨을 만지며) 이런, 칠면조가 뺨을 쪼았어. 이 빌어먹을…….

알렉세이 라예프 (깜짝 놀라 벤치에서 일어나 뒷걸음치며) 어서 빨리 나오라고. 아니면 우리가 닭을 훔치러 왔다고 생각할 거야.

표트르 코자프킨 지금 나가……. 망토를 못 찾겠어. (창문 뒤로 사라진다.)

또다시 찢어지는 암탉 소리와 날갯짓 소리가 들린다.

(창가에 나타나 넝마 조각을 주시하며) 넝마 조각이 여기저기 엄청나게 널브러져 있어. 어디에 내 망토가 있는지 못 찾겠어. 성냥 좀 던져줘!

알렉세이 라예프 성냥 없어!

표트르 코자프킨 (창가에서) 정말 말도 못할 상황이군! 어떻게 하란 말이야, 도대체? 망토와 서류 가방 없이는 갈 수가 없어. 반드시 찾아야 해. (다시 사라진다.)

알렉세이 라예프 (흥분하여) 아니, 자기 별장을 못 찾는다는 게 말이나 돼? 도무지 이해가 안 되는군. 술 취한 낯짝하고는……. 이런 일이 있을 줄 알았다면 자네랑 같이 오지 않았을 걸세. 집에 있었다면 지금쯤 한참 자고 있을 텐데, 여기서 이렇게 시달리고 있다니……. 정말 참기 힘들어……. (소리친다.) 목말라 죽겠어! 머리까지 어지러워!

코자프킨의 목소리가 들린다. "자, 자, 지금 간다고…… 죽지 마……."
또다시 암탉 울음소리가 들린다.

(소리치며) 표트르, 자네 곧 나올 거지?

코자프킨의 목소리. "지금 나가! 서류 가방을 찾았다가 다시 잃어버렸지 뭐야."

염병할 놈! 손님으로 초대하겠다더니, 포도주와 요구르트를 대접하겠다더니 정거장에서 걸어가자고 강요나 하고, 닭 울음소리나 듣게 하고⋯⋯. 뭐야, 도대체!

표트르 코자프킨 (창가에 나타나 기쁨에 차 서류 가방을 보여준다.) 서류 가방 찾았어! 이제 망토만 찾으면 돼! 그러고는 가자고, 친구! (다시 사라진다.)

라예프는 기력이 쇠진해 벤치에 누워 잠이 든다. 사이. 잠시 후 다투는 소리와 소음이 들려온다. 개 짖는 소리. 집의 한쪽 모퉁이에서 코자프킨과 소매를 걸어붙인 긴 셔츠 차림의 별장 주인이 나온다.

(흥분하여) 당신은 이 점에 대해 말할 권리가 없소! 난 변호사이고, 법학 박사인 코자프킨이오. 여기 내 명함이 있소!

별장 주인 (목이 쉰 저음으로) 내게 당신 명함이 무슨 의미가 있겠소! 당신이 내 닭들을 모두 쫓아버렸고, 계란도 다 깨뜨려놓았소! 오늘내일 칠면조가 부화할 예정이었는데 당신이 모두 망쳐버렸단 말이오. 그래, 고상한 나리, 이 판국에 당신의 명함 따위가 내게 도대체 무슨 소용이냐고!

표트르 코자프킨 당신에겐 나를 붙잡아놓을 권리가 없어! 봐! 내가 허락하지 않겠다고! 내가 바로 코자프킨이다. 이건 내 별장이고, 여기선 모두가 나를 안다고!

별장 주인 우리가 아는 사람 중에 코자프킨이라고는 없소.

표트르 코자프킨 당신 뭐라고 말하는 거야? 가서 촌장을 불러와! 그도 나를 안다고!

별장 주인 열 내지 마시오……. 이곳 별장 주인들은 모두 우리가 아는 사람들인데, 당신은 한 번도 본 적이 없소.

표트르 코자프킨 (흥분하여 손을 흔들며) 난 벌써 5년 동안이나 이곳 그닐르예 브이셀키에 살았단 말이오.

별장 주인 와우! 여기가 브이셀키인 줄 아시오? 여기는 힐로보요. 그닐르 예 브이셀키는 오른쪽으로 더 가야 되오. 저기 성냥 공장 너머로 말이지. 여기서 한 4베르스타는 가야 될 거요.

표트르 코자프킨 (당황하여 주변을 둘러본다.) 이런, 빌어먹을! 말하자면, 내가 길을 제대로 찾지 못했다는 거로군!

별장 주인 마침 저기 경찰이 오는군.

표트르 코자프킨 (소리친다.) 아니, 아니오. 그럴 필요 없소! 내가 다 변상하 겠소! (무대 오른쪽으로 이동하며) 당신이 상대하고 있는 사람이 누구 인지 곧 알게 될 거요. (나간다.)

별장 주인은 라예프의 목덜미를 거머쥐고는 벤치에서 일으켜 코자프킨의 뒤를 따라 끌고 간다.

알렉세이 라예프 (저항 없이) 물 마시고 싶어…….

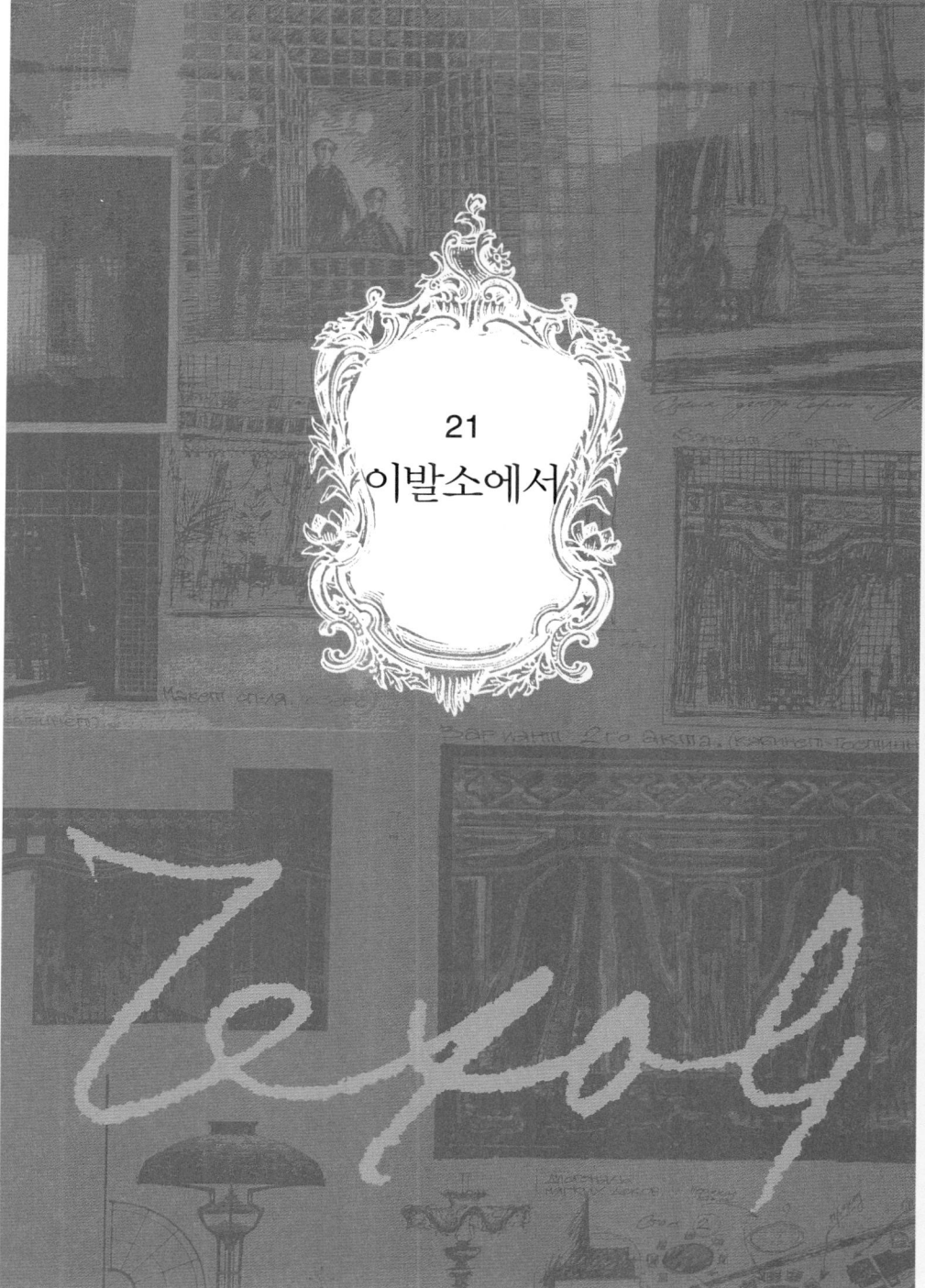

21
이발소에서

- **마카르 쿠지미치 블레스트킨** 이발사. 23세. 씻지 않아 개기름이 흘러내리는, 그러나 멋 부려 차려입은 남자.
- **에라스트 이바노비치 야고도프** 철물공. 60세.

작고 지저분한 이발소. 테이블과 이발용 안락의자가 있으며 그 앞에는 크지 않은 거울이 있다. 구석에 등받이가 없는 의자가 놓여 있다. 벽에는 면도날을 갈기 위한 가죽 띠가 걸려 있다. 더러운 테이블 위에 빗과 가위, 면도칼, 싸구려 머릿기름, 싸구려 화장수로 떡칠된 화장용 분이 놓여 있다. 이발소는 전체적으로 땡전 한 푼만큼의 값어치도 없어 보인다.

아침이다. 마카르 쿠지미치는 정리 정돈으로 바쁘다. 한 곳은 걸레로 닦고, 다른 곳은 손으로 벗겨내고, 또 다른 곳에서는 벽에 있는 빈대를 잡아 떼어낸다. 종소리가 크게 울리고 이발소 안으로 펠트 장화에 무두질된 모피 반코트를 차려입은 늙은이가 들어온다. 머리부터 해서 목으로 여성용 숄을 두르고 있다.

야고도프(철물공) 마카루슈카,* 잘 지냈나! (머리에 두른 숄을 끌어내리고 반코트를 벗는다.)

뺨에 키스하며 인사를 나눈다.

블레스트킨(이발사) 안녕하세유, 에라스트 이바노비치.

야고도프 (성호를 긋고는 등받이 없는 의자에 앉는다.) 정말 어찌나 먼지! 장난이 아니야, 크라스느이 프루드에서 칼루즈스키 보로트이까지는.

블레스트킨 어떻게 지내셨대유?

야고도프 아주 나빴어. 열병에 걸렸었다네.

블레스트킨 (당황하며) 예? 열병이라고유?

야고도프 (신음하며) 응, 열병이 났었어. 한 달이나 누워 있었지. 정말 죽는 줄만 알았어. 특수 치료도 받았다고. 그 덕에 머리가 듬성듬성해졌지. 의사는 그냥 머리를 밀어버리라고 하더군. 그러고 나면 새 머리카락이 빽빽이 날 거라는구면. 그래서 현명하게 대처하기로 했지. 마카르에게 갈 거라고. 남에게 가느니 내 사람한테 가는 것이 나을 거라고 말이야. (미소 짓는다.) 게다가 머리도 잘 자르고, 돈도 받지 않으니. 좀 멀기는 하지만, 뭐 어때? 이만하면 그저 산책 정도지 뭐.

블레스트킨 지야 기꺼이 해드리지유. (손을 다리에 비비며 이발용 안락의자를 가리킨다.) 자!

야고도프는 자리에 앉으며 만족스런 표정으로 거울을 들여다본다. 블레스트킨은 그의 어깨 위에 노란 땡땡이 무늬가 있는 흰 천을 두른다.

● 마카루슈카 등장인물 '마카르'에 대한 친근한 호칭.

(빗과 가위를 쥐며) 지가 끝내주게 깔끔하게 해드리것시유!

야고도프 자연스럽게 해줘. 타타르인과 비슷해 보이기도 하고 폭탄처럼 보이기도 하는군. 그래도 이제 제법 머리가 무성하게 나고 있어.

블레스트킨 (머리를 자르기 시작한다. 비굴하게) 사모님은 잘 계시지유?

야고도프 별일 없어. 요즘에는 소령 사모님 댁에 나가지. 돈을 주거든.

블레스트킨 돈이라. 자, 귀를 쥐시고유!

야고도프 알았어……. 억지로 자르지는 말게, 잘 보라고. 아, 아파! 이러다 자네, 내 머리가죽까지 잡아 뜯겠어.

블레스트킨 이건 아무것도 아니라니께유. 에라스트 이바느이치.* 이 정도도 하지 않고 머리를 자른다는 건 불가능한 일이라고유. (길지 않은 시간이 흐르고) 안나 페트로브나는 어떻게 지낸대유?

야고도프 우리 딸아이? 별일 없어, 한창 마음이 설렐 테지. 지난주 수요일에 세이킨과 결혼하기로 혼담이 오고갔거든. 근데 자네는 왜 축하하러 안 왔나?

블레스트킨 (소스라치며, 손을 내린 채) 누가 혼사를 맺어유?

야고도프 안나 말일세.

블레스트킨 (흥분하며) 예, 뭐라고유? 누구와유?

야고도프 세이킨 프로코피 페트로프와. 지주 관리인인 그의 고모와 즐라토우스첸스키 거리에서 혼사를 약속했지. 좋은 여자였어. 수더분하고. 정말이지 우리 모두 기뻤다네. 다음 주에 결혼식이 있어. 꼭 오라고, 다녀가.

●타타르인　타타르는 러시아 연방 중동부. 볼가 강과 카마 강 유역에 있는 자치 공화국이다.
●이바느이치　이바노비치에 대한 구어식 표현. 러시아인들의 관습상 어미의 '－노비치'는 느이치로 발음되곤 한다.

블레스트킨 (놀라 어깨를 움츠린다.) 어떻게 그럴 수 있남유, 에라스트 이바
노비치? 그게 가능하기나 하냐고유? 이건…… 이건 정말 말도 안 돼
유! 진정 안나 페트로브나가……. 진정 지가…… 진짜 지가 마음에
품고 있었는데, 계획도 다 세워놓았는데. 어떻게 이러실 수 있어유?

야고도프 뭘 어떻게 이래? 그냥 날 잡아서 혼사를 치르기로 했지 뭐. 좋은
사람이야.

블레스트킨 (가위를 책상에 내려놓고 얼굴에 흘러내리는 땀을 닦는다.) 지도 나
름대로 계획이 있었는데…… 이건 불가능해유, 에라스트 이바느이
치! 지는…… 지는 그녀를 사랑하고 있고 진심을 담아 청혼을 하려고
했었다고유……. 사모님도 약속했고유. 그리고 지는 항상 어르신을
존경했구먼유, 마치 제 부모님처럼 말이에유……. 머리도 선물로 깎
아드린 거였어유. 저의 호의를 매번 거절하지 않으셨잖아유. 게다가
기억하시지유? 아버지가 돌아가셨을 때, 소파와 9루블을 가져가신
거유, 그리고 돌려주시지도 않았지유.

야고도프 (차분히) 어떻게 기억 못할 수가 있겠나? 기억하지. 그런데, 결혼
할 형편은 되는가, 자네, 마카르? 결혼을 위해 준비한 게 있긴 하냐
고? 돈도 없지, 관직도 없지, 그저 허접한 손기술뿐이니…….

블레스트킨 그럼 세이킨은 부잔가유?

야고도프 세이킨은 협동조합원이야. 그의 몫으로 천오백 루블이 있지. 그
리고 자네…… 이렇든 저렇든, 벌써 끝난 일일세. 이제 와서 안나의
마음을 되돌릴 수는 없어. 다른 약혼자를 찾아보게나……. 이 땅이
그리 좁은 건 아니라네. 자, 자르라고! 왜 그리 가만히 서 있나?

마카르는 말없이 있다가 주머니에서 손수건을 꺼내 소리 내어 울기 시작한다.

뭔가! 그만하게! 저런, 통곡까지 하다니, 아낙네처럼! 내 머리를 마저 자르고 나서 그때 울게. 가위를 어서 들게나!

블레스트킨 (가위를 들고는 물끄러미 쳐다보다 책상 위에 떨어뜨린다. 팔을 떨며) 못 해유! 지금은 안 된다고유, 힘이 없어유! 지지리 복도 없는 불쌍한 놈이지! 그녀는 행복하겠구먼! 우린 서로 사랑했고, 약속도 했는디, 일말의 동정심도 없는 인간들이 우릴 갈라놓은 거여. 나가주시유, 에라스트 이바느이치! 당신을 볼 수 없구먼유.

야고도프 (블레스트킨에게 다가가 애원하듯이) 진정하게! 끝까지 깎게나, 마카르슈카. (머리를 흔들며) 아직 머리 반쪽이 남았어.

블레스트킨 (불쑥 악의에 차 냉정하게) 돈 먼저 내시라고유. 이젠 더이상 공짜로 잘라드릴 수 없으니깐유.

야고도프 돈 내고 머리 자르는 건 사치라고. 그렇다면 뭐, 이발한 반쪽 머리가 자랄 때까지 기다리지 뭐.

야고도프는 말없이 머리와 목을 솔로 털어낸 후, 옷을 입고 이발소에서 나간다. 블레스트킨은 안락의자에 털썩 주저앉아 조용히 운다.

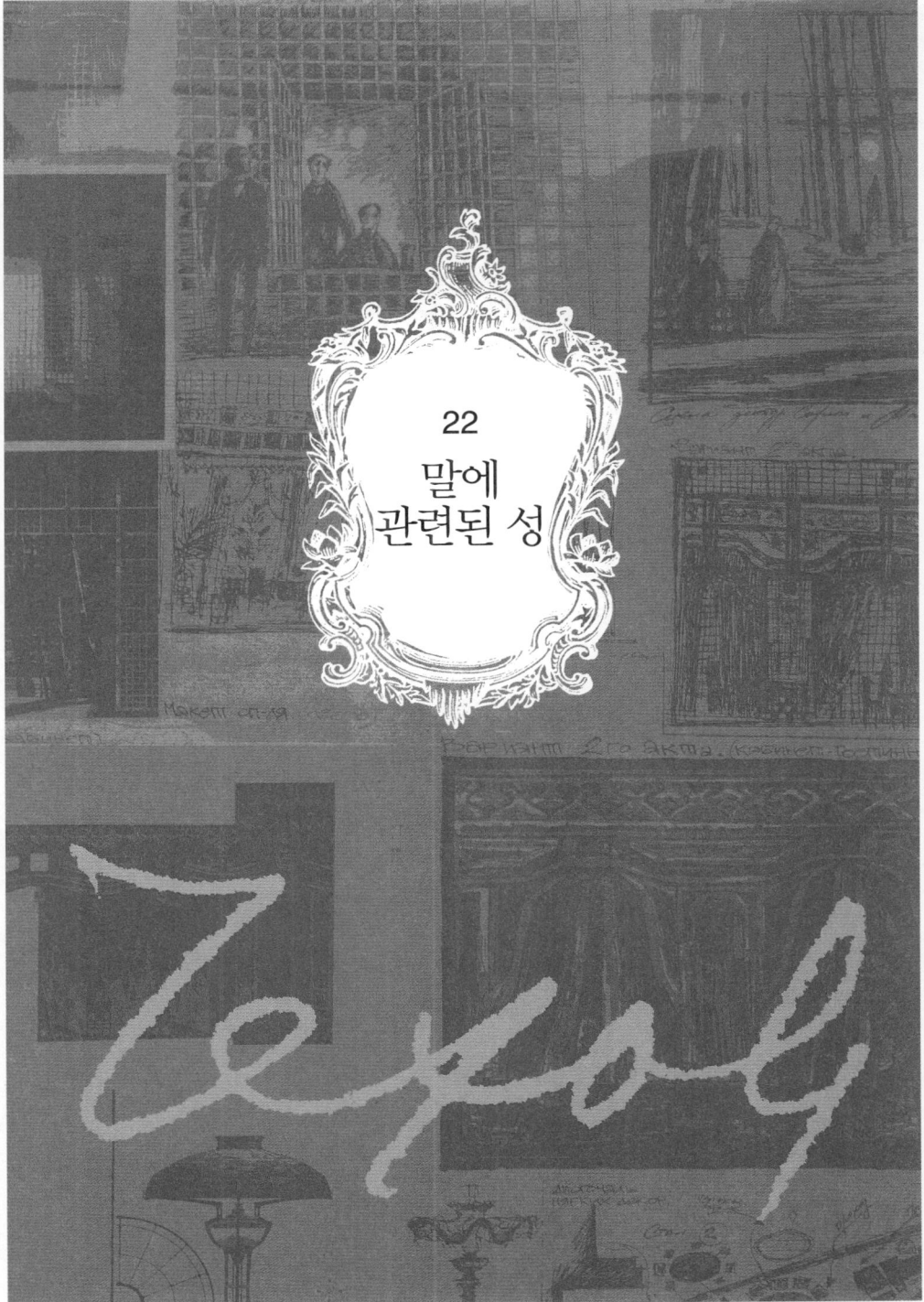

22
말에
관련된 성

- **불데예프** 퇴역한 장군. 육군 소장.
- **부인** 불데예프의 아내.
- **이반 예프세이치** 집사.
- **예고르** 마부.
- **의사**

무대는 장군 저택의 방 안이다. 객석에서 봤을 때 오른쪽으로 창이 있다. 창문 곁에는 의자가 있다. 무대 중앙에는 장군의 집무실로 향하는 문이 있다. 왼쪽에는 소파가 있고 그 앞에는 둥근 탁자와 두 개의 의자가 있다. 탁자 위에는 무수한 약병과 잉크, 펜 그리고 종이가 있다.

불데예프 (실내복 차림을 한 채 손수건으로 볼을 싸매고 있다. 귀에는 솜이 튀어 나와 있다. 그의 손에는 둥근 체온계가 들려 있으며, 가끔 볼에 가져다 댄다.) 오…… 오…… 푸…… 아야! (볼을 쥐고는 방을 따라 뛰어다닌다.) 오…… 오…… 아, 아, 아!

부인(불데예프의 아내) (상냥하게) 알료샤! 아마도, 내가 당신에게 도움이 되겠죠? 자, 키니네˚를 드세요!

●키니네 말라리아 특효약.

불데예프 당신이 한 치료 때문에 오히려 더 나빠졌어! (체온계를 소파에 던지며 탁자로 다가가 약병을 고른다.) 보드카로 입을 헹구고, 코냑으로도 헹구고……. 입에 담배 연기와 아편, 테레빈유를 머금어도 보고, 요오드로 뺨을 문지르고 귀에 알코올을 적신 솜을 집어넣기도 했다고. 그런데 아무것도 도움이 안 돼, 구역질만 나…….

부인 당신, 침대에 좀 누워야겠어요.

불데예프 (불평하며) 개구리처럼 내 이빨이 데르그 데르그……. 차라리 벽을 기어오르래도 그게 낫지! 몸 전체가 뒤틀리는 것 같아! (다시 **뺨**을 쥐며) 아, 아, 아!

부인 당신이 고통스러워하는 걸 더는 볼 수가 없어요! 의사를 부르러 사람을 보낼게요.

불데예프 (얼굴을 찌푸리며) 쓸데없는 짓이야! 그가 이를 부숴버리기라도 하는 날엔, 그 다음에는 성한 이를 세 개나 **뽑아**야 할걸? 아, 아, 아! 다시 입 안이 난리야, 제길! (집무실로 들어간다.)

부인 (종이를 잡고 신속히 메모를 한다. 그러고는 창으로 다가가 누군가를 보고, 손가락을 입에 대며 자신에게 다가오라고 손짓한다. 속삭이듯) 예고르! 예고르!

마부가 들어온다.

(장군에게 들리지 않게 말한다.) 지금 가서 이 메모를 의사에게 전해줘!

예고르 (메모를 받으며) 바로 전하겠습니다, 마님! (나간다.)

불데예프 (들어와서 소파에 앉는다. 체온계를 쥐고 **뺨**에 갖다 댄다.) 아, 아, 아!

참을 수 없는 고통이야……. 한자리에 가만히 앉아 있을 수가 없
어…….

집사 이반 예프세이치가 들어온다.

이반 예프세이치 각하.

불데예프는 얼굴에서 손을 떼고 그를 멍하니 쳐다본다.

주문을 외워서 치료를 하셨으면 됐을 텐데! 저희 지방에 말입죠, 각
하. 10년 전 세무서원 야코프 바실리예비치가 근무했습죠. (흥분하며)
그가 치통을 없애기 위한 주문을 외웠습죠. 최고였습니다. 창가에 다
가가 속삭이며 침을 뱉고는, 이렇게 손으로! 그에게 그런 능력이 있
었습죠…….

불데예프 (신음하며) 그는 지금 어디에 있나?

이반 예프세이치 세무서에서 해고된 후 사라토프의 장모 집에서 같이 살고
있습죠. 지금은 치아만 치료하며 먹고살고 있죠. 사람마다 이가 아프
면 그에게로 가서 도움을 받죠……. 그곳 사라토프 사람들은 현지에
서 시술을 받는데, 만약 다른 도시에 사는 사람들이 치료받으려면 전
보를 이용하죠. 그에게 전보를 보내십시오. 각하, 이렇게 말입
죠……. 신의 종 알렉세이의 이가 아프니, 부탁하건대 치료하여주시
오. 치료비는 우편으로 보내겠소.

불데예프 (화를 내며) 쓸데없어! 협잡꾼일 뿐이야!

이반 예프세이치 시험해보십시오, 각하. 보드카를 매우 좋아하는데 아내와 함께 사는 것이 아니라 독일 남자와 살아요. 욕쟁이이기도 하죠. 그러나 말하자면, 기적의 신사죠.

부인 (애원하며) 가요, 알료샤! 당신은 주문을 못 믿지만, 나는 시험해봤다고요. 설령 당신이 믿지 않는다고 해도 전보를 보내지 않을 이유가 뭐죠? 이런 일은 간과해선 안 돼요.

불데예프 그래, 알았다고……. 그럼 그렇게 용한 사람에게만 보내지 말고 악마에게도 전보를 보내보시지…… 아야, 암모니아도 없어! 그래, 네 놈의 세무원은 어디에 살고 있는 거냐? 어떻게 그에게 편지를 보낼 수 있냐고? (테이블에 앉는다. 잉크병을 앞으로 당겨놓고는 펜을 든다.)

이반 예프세이치 사라토프에서는 개들도 그를 다 안답니다. 사라토프로 편지를 보내십시오, 각하. 존경하는 야코프 바실리이치 씨에게…… 바실리이치…….

불데예프 (참을성 없이) 그 다음은?

이반 예프세이치 바실리이치…… 야코프 바실리이치……. 그런데 성이…… 아, 성을 그만 잊어버렸습니다. 바실리이치…… 제기랄, 그의 성이 뭐였지? 조금 전에 여기 올 때까지는 기억하고 있었는데…… 잠시만요……. (눈을 들어 천장을 바라보며 입술을 오물거린다.)

불데예프 (참을성 없이) 그래, 뭐야? 빨리 생각해내!

이반 예프세이치 (중얼거리며) 금방 됩니다……. 바실리이치…… 야코프 바실리이치…… 잊어버렸어! 정말 단순한 성인데…… 말에 관련된 성이었는데…… 코브일린? 아니야, 코브일린은 아니야. 잠깐만요……. 제레브초프인가? 아니야, 제레브초프도 아니야. 말에 관련된 성이었다는 것은 분명히 기억나는데 어떤 성이었는지는 머릿속에서 지워져 버렸군.

불데예프 제례뱌트니코프?

이반 예프세이치 아닌 듯합니다. 잠시만요……. (뒷목을 쓰다듬으며) 코브일리친…… 코브일랴트니코프…… 코벨레프…….

불데예프 그건 개와 관련된 성이지 말에 관련된 게 아니잖아. 제레브치코프?

이반 예프세이치 아니요, 제레브치코프도 아닙니다. 로샤지닌…… (눈을 천장으로 향하며) 로샤코프…… 제레브킨…… 다 아니야!

불데예프 (주먹으로 테이블을 치며) 아, 그러면 내가 어떻게 그에게 편지를 보낼 수 있단 말이야? 빨리 생각해내!

이반 예프세이치 (장군을 멈춰 세우려는 몸짓으로) 금방 됩니다요. 로샤드킨…… 코브일킨…… 코렌노이…….

부인 (의혹에 차) 코렌니코프?

이반 예프세이치 아닌 듯합니다. 프리스챠즈킨…… 아니야, 아니라고! (포기하며) 완전히 잊어버렸어.

불데예프 (화를 내며) 악마는 왜 널 안 잡아가고 떠들게 내버려둔 거야? 전혀 기억이 안 나?

이반 예프세이치 (창문으로 다가가 중얼거린다.) 제레브치코프…… 제레브코프스키…… 제레벤코……. 아니야, 이런 게 아니야! 로샤진스키…… 로샤드케비치…… 제레브코비치…… 코브일랸스키…….

불데예프 기억났어?

이반 예프세이치 아닙니다만.

불데예프 (힘 빠진 목소리로) 아마도 코냐프스키* 아닌가? 로샤진스코프? 아니야?

이반 예프세이치는 부정적으로 머리를 흔든다.

부인 (속삭이듯) 그리바는? 고프이타는? 아니면 스브류야?

불데예프 (천장을 바라보며 속삭인다.) 시브이예, 카우르예, 사브라스이예, 페기예, 보로느예, 세르예, 카라코브예, 그네드예…… (큰 소리로) 그네도프?

이반 예프세이치는 의자에 앉아 부정적으로 머리를 흔든다.

부인 타부노프? 코프틴? 제레보프스키?

이반 예프세이치 아닌 듯합니다. (주먹으로 머리를 친다.) 코넨코…… 콘첸코…… 제레베에프…… 코브일례프…….

부인 트로이킨? 우즈제츠킨?

불데예프 르이시스트이! 로샤지츠키!*

이반 예프세이치 아닌 것 같습니다!

불데예프 (거의 울음을 터뜨릴 듯) 메리노프는 아닌가?

이반 예프세이치 (숨을 몰아쉬며) 아닙니다. 메리노프도 아닙니다, 각하.

불데예프 그래, 아마도 성이 말은 아닐 테고 뭔가 다른 게 있겠지.

● **코냐프스키** 러시아어 코니(конь, 말)에서 유래.
● **로샤지츠키** 러시아어로 로샤지(Лошадь)는 말을 의미한다.

이반 예프세이치 진실을 말씀드리자면 각하…… 말의……. 사실 저는 아주 잘 기억하고 있었는데 말입죠.

불데예프 (힘겹게 입술을 떼며) 이런 바보 같은 놈……. 기억력도 나쁜 게…… 그 성은 지금 나에게 가장 값비싼 성이야. 나를 괴롭게만 했군! 여기서 꺼져!

이반 예프세이치가 죄책감을 느끼며 나간다.

오, 오, 오, 아버지! 아, 어머니! 오오, 흰색이 안 보여! (집무실로 간다.)

부인 (목이 긴 병의 향을 맡고는 위스키에 적신 손수건을 넣는다.) 정말이지 간신히 두 다리로 서 있다고요…….

예고르가 들어온다.

예고르 데려왔습니다, 각하!

의사 (미소 지으며) 당신을 치료하기 위해 왔습니다, 각하! 안녕하십니까.

부인 (흥분한 채 손을 뻗으며) 우리 집에 불행한 일이 생겼어요. 장군께서 이가 아픕니다.

의사 자, 진정하시고요……. 흔한 병입니다. 심각할 게 전혀 없습니다.

불데예프의 목소리가 들린다. "더 이상 견딜 힘이 없어……."

불데예프 (들어오며) 의사를 부르러 가자.

의사 (미소 지으며) 전 벌써 당신과 함께 있습니다. 무슨 일이신가요?

불데예프 (의자에 앉는다.) 이…… 이가 아픕니다…….

의사 (가방을 열어 알코올로 손을 닦는다.) 음, 어떤 이가 아프십니까? 어느 쪽에 있습니까?

불데예프 아래에서 오른쪽으로…… 잡아당기시오! 자, 나랑 같이 어떻게 든 한번 해봅시다!

막이 내린다.

이반 예프세이치 (무대 앞에 나타나 중얼거린다.) 불라노프…… 체레스세젤리 코프…… 자수포닌…… 로샤드스키.

의사가 그를 맞으러 나온다.

의사 (손을 비비며) 친애하는 이반 예프세이치! 제가 당신 귀리의 8할을 살 수 없을까요? 좀 샀으면 하는데요? 우리 일꾼들이 내게 귀리를 팔았 는데 벌써 상태가 나빠져서…….

이반 예프세이치는 멍청하게 의사를 바라본다. 그러고는 짐승처럼 웃는다. 이 후 손뼉을 치며 뛰어간다. 무대가 열린다. 테이블에는 웃음 가득한 장군이 행 진곡을 부르며 앉아 있다. 그는 카드놀이를 하고 있다.

이반 예프세이치 (뛰어들며 기쁨에 소리친다.) 생각해냈습니다, 각하! 생각해

냈습니다요. 의사 선생님에게 신께서 건강을 주시길! 오브소프,* 폭
리를 취할 수 있는 이름이죠! 오브소프입니다, 각하! 전보를 오브소
프에게 보내십시오!

불데예프 (일어나 교활하게 웃으며 이반 예프세이치의 얼굴을 향해 양쪽 엄지
손가락을 검지와 중지손가락 사이로 내민다.) 옛다! 네놈의 말의 성은
지금 내게 필요 없다! 이거나 먹어라!

●오브소프 러시아어로 귀리를 뜻함. 러시아에서 귀리는 말의 주식이다.

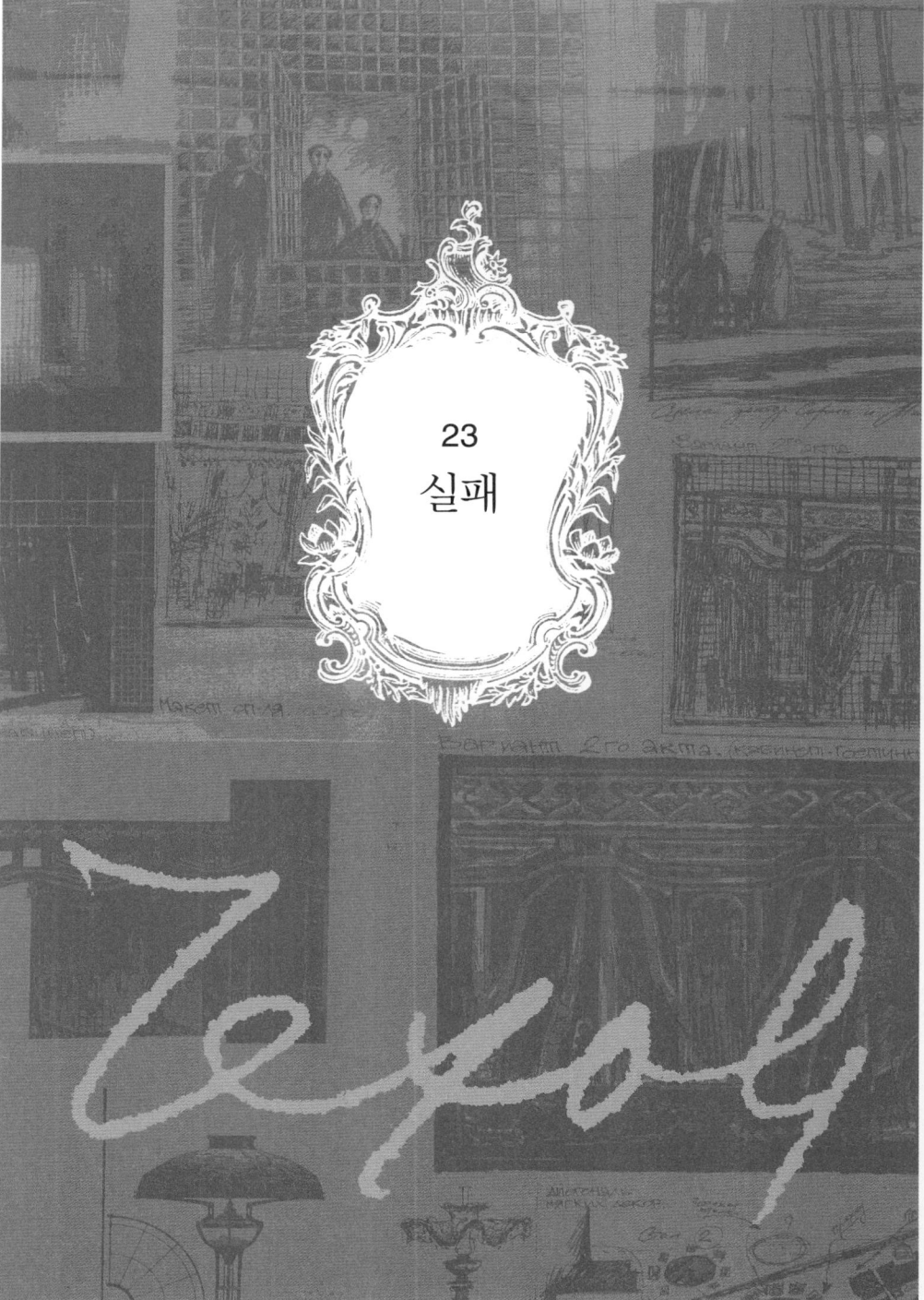

23
실패

- **페플로프 일리야 세르게예비치** 살이 찐 남자. 60세.
- **클레오파트라 페트로브나** 페플로프의 아내.
- **나타샤** 페플로프의 딸. 시집갈 나이가 다 된 처녀.
- **슈프킨** 정서법 선생.

페플로프가(家)의 응접실. 무대 중앙에는 식탁과 두 개의 안락의자가 놓여 있다. 무대 안쪽에는 소파가 놓여 있으며, 그 앞에 거울이 있다. 왼쪽에는 칸막이가 쳐져 있다. 무대 구석에는 성상이 걸려 있고 그 곁에, 관객과 가까운 쪽으로 작가 라제츠니코프*의 초상화가 걸려 있다. 초상화 아래에는 의자가 있다. 페플로프와 클레오파트라 페트로브나가 종종걸음으로 들어온다.

페플로프(아버지) (손을 비비며) 잘되어가고 있군! (되돌아가며 무대의 오른쪽을 바라본다. 그러더니 클레오파트라 페트로브나에게 다가간다. 조용히) 요즘 약혼자가 날카로워진 것 같아. 그 친구를 좀 풀어줘야겠어. 흥분한 예비 신랑을 말이야……. 절대 그 사람을 꺼려해선 안 돼.

클레오파트라 페트로브나(어머니) 어떤 점에서요, 일리야 세르게예비치?

●라제츠니코프 19세기 초중반에 활동한 러시아 신문 작가.

페플로프 일이 좀 진행되다가 어느 정도 다다랐다 하면 또 제자리로 되돌아가버리고 마니, 원. 처녀를 그만큼 괴롭혔으면 이젠 결혼을 해야지! (귀를 기울이며) 잘 봐, 페트로브나! 금방 감정에 관해 얘기를 나누었다고. 제때 성상을 벽에서 떼어내 축복하러 가는 거야. 덮치는 거라고! 성상으로 축복하는 것은 성스러운 일이라 깨뜨리기 힘들어. 설령 법정에 선다 해도 되돌릴 수 없다고.

옆방에서 목소리가 들려온다.

칸막이 뒤로 들어와! 제때 덮치는 거야…….

그와 그녀는 칸막이 뒤에 숨는다. 나타샤와 슈프킨이 들어온다.

나타샤(페플로프의 딸) 하하하! 웃기네요. 당신 뭐예요, 슈프킨! (안락의자에 앉아 거울을 들여다본다.)

슈프킨은 그녀의 맞은편 안락의자에 앉는다.

(교태를 부리며) 교활한 사람! 당신은 제게 왜 그런 말을 썼나요? '고통과 침묵은 힘이 없다. 서명된 내 이름은 아무 의미가 없으니.' 라고.
슈프킨(정서법 선생) (성냥을 그어 담배에 불을 붙이며) 전 당신에게 편지 같은 건 보낸 적이 결코 없습니다.
나타샤 (호호호 웃으며) 네, 맞아요! 제가 당신의 글씨체를 몰랐다면! (거울에 비친 자신에 도취되어) 저는 바로 알았답니다! 당신이 얼마나 이상한 사람인지를요! 정서법 선생님이면서 자기 글씨는 마치 닭이 쓴 것 같으니! 당신은 정작 왜 그렇게 글씨를 못 쓰나요?

슈프킨 음! 그런 건 아무 의미가 없습니다. 정서법에서는 글씨체가 중요한 것이 아니라 학생들이 잊지 않도록 하는 것이 중요합니다. 누구는 자로 머리를 맞고, 누구는 무릎을 꿇죠. 하지만 글씨체란 게 뭡니까! 별것도 아닌 거죠. 네크라소프는 작가였지만 그의 글씨체를 보면 참으로 부끄럽기 짝이 없죠. 그의 전집에는 직접 쓴 글씨체가 들어 있어요.

나타샤 네크라소프는 네크라소프고, 당신은 당신이죠……. (숨을 몰아쉬며) 저는 그 작가 분들을 정말 존경해요. 그는 제 기억에 간직될 시를 무수히 썼죠.

슈프킨 저는 아직 결혼할 생각은 없습니다만, 만약 원하신다면 당신께 시를 써드릴 수는 있습니다.

나타샤 무엇에 관해 쓰실 수 있으세요?

슈프킨 사랑에 관해, 감정에 관해 그리고 당신의 눈동자에 관해……. 읽어 보세요, 바보가 되어보세요……. 눈물이 흘러나올 겁니다! 아, 제가 당신에게 시를 선물하다면 당신은 키스를 하도록 손을 내어주실 건가요?

환상적인 담배 연기 사이를 뚫고,
당신이 내 꿈속으로 들어오네요.
당신과 함께 사랑의 용솟음이,

입술에는 타오르는 미소를……

손을 들어 키스를 받으세요!

나타샤 (손뼉을 치며) 아주 좋아요! 지금 당장이라도 키스해주세요!

슈프킨은 일어나 그녀의 퉁퉁한 손에 고개를 숙인다. 칸막이 너머로 페플로프가 보인다. 그는 흥분하여 창백해 보인다.

페플로프 (팔꿈치로 아내를 흔들며) 성상을 벗겨! 자! (슈프킨과 나타샤에게) 얘들아…… (손을 들어올리며) 신께서 너희들을 축복하실 거다, 내 자식들아. 아이도 많이 낳고…… 번창하여라.

슈프킨 (화들짝 놀라 말하기 시작한다.) 지리학에 관한 이야기는 바로 이런 것이죠.

클레오파트라 페트로브나는 서둘러 의자를 딛고 올라가 성상 대신 작가 라제츠니코프의 초상화를 벽에서 떼어낸다.

클레오파트라 페트로브나 (울음을 터뜨리며) 그리고…… 그리고 축복한단다……. 부디 행복하게 살길, 사랑하는 이들이여! (슈프킨에게 다가가며) 아, 자네, 자네는 나의 하나뿐인 보석을 빼앗아 간 거라네! 내 딸을 사랑해주게나, 그 애를 소중하게 여기라고.

슈프킨 (뒤로 물러나며) 걸려들었군! 포위당했어! (공포에 넋이 나간 듯) 날개가 지금 내게 있다면! 형제여, 달아날 수가 없도다! (순응하며 고개를 숙인다.)

페플로프 (울면서 손수건을 꺼낸다.) 오…… 정말 축복한다, 나타셴카, 내 딸아. 옆에 서거라.

나타샤는 슈프킨의 옆에 선다.

페트로브나, 거기 성상을 가져와. (아내의 손에 들린 초상화를 쳐다보며 화를 낸다.) 얼간이! 당신 바보야? 이게 뭐가 성상이야? 이건 작가 라제츠니코프 아냐!

클레오파트라 페트로브나 (공포에 싸여) 아아, 맙소사!

슈프킨 (소심하게 고개를 들고는 기쁨에 차 소리 지른다.) 살았다! (출구로 향한다.)

나타샤는 슈프킨의 소매를 붙잡으려 하지만 그는 뿌리치고 달아난다. 무대에는 침묵이 흐른다.

페플로프 (화내며) 멍청이! (초상화를 가리키며) 오늘 내로 저놈이 우리 집에서 안 보이도록 해! 어디로든 치워버리라고!

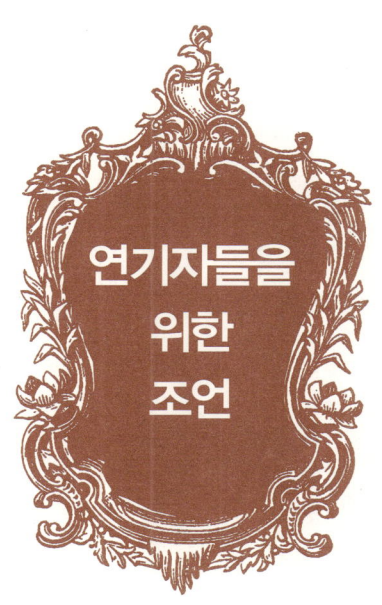

연기자들을
위한
조언

위대한 러시아의 작가 안톤 파블로비치 체호프는 러시아에서뿐만 아니라, 전 세계적으로 열렬한 사랑과 존경을 받고 있다. 범속한 인간들의 탐욕과 우둔함, 무식함, 조야함, 냉혹함, 위선에 대항한 체호프의 치열한 투쟁과 삶에 대한 긍정으로 가득 찬 유머, 아름답고 조화로운 인간을 향한 꿈, 부당함에 반기를 드는 사람들에게서 아름다움을 찾아내는 능력은 오늘날까지 전 인류의 가슴 속에 뜨거운 감동을 자아낸다.

고리키와의 대화에서 체호프는 다음과 같이 말하였다. "모든 사람들은 자신의 고유한 언어로 말해야 합니다."

체호프는 언어적 표현력이 풍부하고 독특해서, 등장인물의 성격과 사회적 위치, 연령, 직업, 국적까지 상세하게 묘사해준다. 그는 각각의 문장을 충분히 고찰하였으며, 각각의 대사에는 정확한 의미와 심오함을 부여했다.

체호프 작품의 주인공들은 마치 삶의 한가운데에서 추출된 듯, 그들 속에는 어느 하나 허구적인 것이 없다. 체호프는 명민한 관찰력과 삶에 대한 심오한 이해를 바탕으로 다양하고 생동감 넘치는 형상들을 창조할 수 있었으며, 우리는 그러한 형상들이 실제 존재할 수 있으리라는 것을 믿어 의심치 않는다.

체호프는 자신의 긍정적인 주인공들을 이상화하지도 채색하지도 않으며, 또한 부정적인 주인공이라고 해서 단순히 검은 색채만으로 그리지도 않는다. 그는 먼저 인물들의 결점과 조소 어린 특징들을 파헤치며 그 다음에 인간적인 사상과 감정들을 부여한다.

체호프가 만들어낸 형상들은 매우 다양하여 러시아 대중의 거의 모든 계층을 섭렵한다. 그들에 대한 작가의 입장은 다양하다. 예를 들어보자. 가령 「베로츠카」에서 작품과 동명인 주인공이나 「대소동」의 마샤 파블레츠카야, 「적들」의 키릴로프에게 체호프는 깊은 연민을 가지고 대한다. 「방앗간에서」의 비류코프나 「불안한 손님」의 아르촘과 같은 경우에는 가차 없이 채찍질하며, 「이발소에서」의 블레스트킨과 「폴렌카」의 니콜라이 티모페예비치에게는 부드럽고도 슬픈 미소를 머금고 대한다. 「방탕한 자들」에서의 코자프킨이나 「아버지」에 나타난 아버지는 날카롭고 풍자적인 색채로 그린 속물적 인물이다. 첨예한 유머로 가득 찬 「말에 관련된 성」에서는 무식함을 조소한다.

체호프의 무수한 단편들은 무대 상연을 위한 훌륭한 전범들을 제시한다. 간결함에도 불구하고 실제적인 슈제트와 명확한 대화가 담겨 있는 것이다. 또한 혁명 전 러시아 대중들이 체험한 삶의 다양한 측면들을 들여다볼 수 있는 부분이 내재되어 있다.

"안톤 체호프는 자신의 첫 번째 단편집을 통해 속물성이라는 어두운 바다 속에서 그것이 얼마나 비극적이고 암울한 농담과도 같은지 열어 보였다. 유머러스한 단어와 문장들 너머로 얼마나 많은 것을 작가가 애처롭게 바라보고 있으며, 또 얼마나 많은 것을 숨기고 있는지를 알기 위해서 우리는 주의를 기울여 책을 읽어야만 한다."라고 고리키는 썼다.

체호프 식의 명철함을 제대로 전하기 위해서, 또 올바른 형상들을 생동감 있게 구체화하기 위해서 연기자들에게는 각각의 등장인물에 대한 면밀한 연구 작업과 상연하고자 하는 작품의 본질에 대한 심오한 통찰이 요구된다. 게다가 사건의 외적인 지향성과 상황의 코믹함, 성격들의 명확함뿐만 아니라, 주인공들의 내적인 삶과 그들의 사상 그리고 감정까지도 드러나도록 관심을 기울여야만 한다.

K. S. 스타니슬라프스키가 말한바, 체호프의 희곡에서는 배역을 연기하거나 보여주어서는 안 되고 그의 작품 속에서 살아나야 한다.

때마침 B. I. 네미로비치-단첸코는 무대에서 체호프 형상들을 구체화함에 대해 다음과 같이 기록하고 있다.

"살아 있는 사람이란 무엇을 의미하는가? 이것은 다음과 같은 것을 의미한다. 그가 마시는 것을 내가 보았을 때, 나는 그가 실제로 무언가를 마셨다는 것을 믿는다. 그가 침묵했을 때 나는 그가 왜 침묵하였는지 이해한다. 그가 말을 할 때 나는 그가 누군가에게 말한다는 것을 안다고 믿는다. 그가 웃을 때 나는 그에게 무언가가 실제로 웃기다는 것을 믿는다.

그가 울 때 나는 그가 눈물 흘릴 만큼 감동받은 거라고 믿는다. 그가 움직일 때, 나는 그의 낱낱의 움직임을 인식한다. 그가 오늘은 덥다 혹은 춥다고 말할 때 나는 그가 오늘 더워하거나 혹은 추워하는 것을 본다. 그가 놀랄 때 나는 그가 놀란 연기를 하는 것이 아니라 놀라는 것을 본다. 나는 그가 존재하는 순간 지정된 물리적 공간 속에서 살아 있는 인간을 눈앞에서 본다. 그때 나는 자연스럽게 그의 모든 체험을 공감할 수 있으며, 연기된 것이 아니라, 그것 너머로 보이는 자연스런 배우예술을 인식할 수 있다."

무대 위에서 주인공의 삶에 생명력을 불어넣기 위해 체호프를 상연화하는 연기자들은 자신이 연기해야 할 인물의 과거에 대해 알아야 하고 그의 성격이 어떻게 형성되었는지 이해해야 하며, 그가 무엇을 좋아하고 싫어하는지, 사람들에게 어떻게 대하는지, 삶에서 무엇을 원하는지 알아야 한다.

이와 함께 등장인물의 특징들을 체득할 수 있어야 한다. 연령과 특성을 비롯해 그가 어떻게 걷고 앉는지, 사물과 상대방을 어떻게 바라보고 생각하는지, 제스처와 버릇은 어떠한지, 어떻게 먹고 마시고 옷을 입고 거울을 보고 책을 읽고 담배를 피우는지 등등에 대해 알아야만 한다. 이 모든 것은 반드시 생동감 있고 자연스러워야 하며 과장과 강조, 졸렬한 모방은 배제되어야 한다.

가령 「적들」에서 키릴로프는 등이 약간 굽었는데 연기자는 의사의 억압된 상태를 관객에게 전달하는 데 방해가 되지 않고 그를 이해하는 데 도움을 줄 수 있도록 반드시 자연스럽고 가볍게 이 자세를 취해야 한다.

반대의 효과가 나타난다면 이것을 행해서는 안 된다. 이처럼 등장인물들의 날카로운 특징을 배우들은 면밀하게 탐색하여야만 한다. 또 다른 예로, 「베로츠카」의 오그네프는 노래하듯 낭랑한 신학생의 음성으로 말을 한다. 「폴렌카」의 주인공 니콜라이 티모페예비치는 "용서하십-쇼.", "알았습니다-요."와 같은 투로 말을 한다.

등장인물의 성격을 규정할 때에는 악한 사람은 때때로 자기 나름대로 선한 모습을 보여주고자 한다는 점을 알고 있어야 한다. 가령 「방앗간에서」에서 비류코프는 어머니 앞에서 난처해진 순간 어머니에게 돈을 주려고 하는 장면이 있는데, 우리는 이때 그에게 선한 감정들이 일깨워졌다고 믿는다. 그러나 결국 그의 부정적인 성격이 승리를 하며, 그는 노파에게 단돈 20코페이카만 건네준다. 「세상에 보이지 않는 눈물」에서 마리야 페트로브나 역시 침실에서 자신의 남편을 욕하고 뺨을 때리지만 응접실의 손님들 앞에서는 사랑스럽고 매력적인 여인처럼 행동한다.

이런저런 인물들의 동선의 윤곽을 잡아나가며 연기자들은 해당 장면에서 등장인물이 무엇을 얻으려고 노력하는지, 그리고 원하는 것을 취하기 위해 어떻게 행동하는지 알아야 한다. 「숫양과 아가씨」에서 팔체바는 집으로 가기를 원하지만 그녀는 표를 살 돈이 없다. 그래서 자비로운 나리에게 도움을 청한다. 반면 부유한 나리는 호기심으로 그녀를 상대할 뿐이다. 그들은 서로서로 자신의 목적을 달성하길 원하지만, 이러한 목적을 달성하고픈 동경의 충돌은 사건의 갈등을 구체화한다.

등장인물들의 상호관계에서 나타나는 성격을 명확히 묘사하기 위해 체호프는 매우 정확하고 디테일이 풍부한 표현들을 사용한다. 여기에 특별한 관심을 기울여야 한다. 가령 「숫양과 아가씨」에서 팔체바는 수줍어하며 조용히 부유한 지주에게 다가간다. 나리의 관대한 듯 능청스런 태도 속에서 체호프는 부유하고 나태한 자에 대한 숨겨진 멸시를 매우 날카롭게 드러내 보인다. 자신과 신분이 대등한 부인과는 감히 그렇게 대화할 수 없었을 것이다. 하인이 쟁반에 차를 들고 들어와 건넬 때도 그러하다. 나리에게는 받침이 달린 호사스런 찻잔을, 팔체바에게는 평범한 컵을 건넨다. 그는 예의상 여성에게 먼저 잔을 건넬 수도 있었겠지만 주인에게 먼저 잔을 공손히 건넨 후에야 팔체바에게 미소를 지으며 컵을 건넨다. 주인이 그녀에게 원하는 게 무엇인지 잘 알고 있기 때문이다. 「적들」에서도 부유한 지주 아보긴은 의사에게 돈을 주고자 저급하게 테이블에 돈을 던진다. 평범한 사람들을 경멸적으로 대하는 이러한 행위 속에서 그의 이기적이고 저속한 본질이 잘 드러난다.

체호프 단편들을 각색한 상연화 대본은 복잡한 장식을 필요로 하지 않으며 손쉽게 상연할 수 있다. 그럼에도 이 훌륭한 작가와 작품을 위한 기념제 및 연극제에서 상연하는 데 전혀 손색이 없다.

드라마티즘으로 가득 찬 인간에 관한 단편으로, 인간의 욕심과 인색함 그리고 무례함이 심지어 친어머니의 부탁마저 거절할 정도에 다다랐음을 보여주는 작품이다.

방앗간 주인은 육체적으로 강인한 사람이다. 그는 살찐 얼굴과 작고 독살스럽고 부어오른 눈을 가지고 있으며, 쉽게 화를 내며, 자신의 악의를 드러낼 기회를 항상 엿본다. 모두가 그를 두려워하고 증오한다. 금전 문제에서 그는 가차 없으며, 사람들을 강탈하며 속이기까지 한다. 양심을 들추어 그의 가슴에 구멍을 낸다는 것은 거의 불가능하다. 심지어 친어머니조차도 그의 마음속에 어떠한 인간애도 불러일으킬 수 없다.

감동을 자아내는 양상과 예술적 완전성을 고려하였을 때, 어머니는 범상치 않은 인물이다. 이 작은 노파 안에는 자식에 대한 크나큰 사랑과 그를 돕고자 하는 바람이 내재되어 있다. 또한 고립무원과도 같은 자신의 처지에 대한 인식과 끝없는 슬픔, 지혜와 현명함 등이 발견된다. 그녀는 사람들 속에서 아들이 카인이나 헤롯으로 불린다는 사실을 잘 알고 있다. 그러나 영혼의 깊은 곳에서는 모두가 그를 애석해하며 사랑할 것이라 믿고 싶어 한다. 아마도 그가 모든 것을 후회하고 있으리라 생각하는 모양이다. 그러나 아들을 만날 때마다 더욱 확실해지는 것이 있으니, 그것은 바로 그녀는 한 아들을 잃어버렸고, 그와 함께 다른 아들에 대한 원조의 희망마저 날아가버렸다는 것이다.

이러한 절망 속에서 그녀는 방앗간 주인의 부름에 돌아본다. 진정 그의 돌같이 차가운 심장도 떨리기는 했던 모양이다. 마침내…… 그러나 애석하게도 그녀의 손에는 20코페이카 은전 한 닢만 건네졌다.

주머니 속 송곳

이 단편에서 체호프는 첨예한 풍자의 색채로 포수딘의 형상을 그렸다. 관료주의적 공정성의 실현으로 부정부패를 근절하고자 하는 포수딘의 열망은 그 속에 존재하는 주당 근성과 속물근성, 그리고 지나친 자만과 사이가 가깝다. 그는 삶을 모를뿐더러 민중들 가운데 한 사람과의 첫 번째 만남에서 비밀스런 결함들을 감추고자 자신이 만들어놓은 모든 시스템을 극단으로 이끈다. 포수딘은 기분이 빨리 변하는 인물이다. 가령, 막이 시작되었을 때는 교묘하게 계획된 검열에 따라 발생하게 될 악재를 상상하며 기뻐하다가 극이 진행되며 자신의 유명세를 알게 되자 거기서 오는 희열로 쉽게 전환된다. 그러다 개인적인 삶의 비밀스런 측면들이 대중에게 알려졌다는 것에는 쉽게 놀라고 화를 낸다.

마부는 선량하고 호감을 주는, 수다스럽고 초라한 중년의 촌뜨기이다. 그는 정거장을 방문할 때마다 승객들과 열렬히 대화를 나누며, 모든 사건에 관여하고 순박하고 건강한 사고와 유머러스한 관점으로 모든 것을 판단한다.

마부 역의 연기자는 마부들의 특징적인 제스처를 관찰해야 한다. 사건이 진행됨에 따라 그는 말을 채찍질하거나 재빨리 걸어야 하며, 말이 너무 격해졌을 때는 억제시켜야 하고, 승객과 이야기할 때는 고삐를 마부석 쪽으로 끌어당겨야 하는 등 그에 맞는 동작을 해야만 한다.

베로츠카

삶에 대한 진보적이고 고상한 시각을 가진 오그네프를 헌신적으로 사랑하며 일상의 환멸을 견뎌내는 처녀에 관한 이야기이다. 베로츠카는 주변 환경에 불만족스러워하며 왕성한 활동에 목말라한다. 시골에 사는 그녀에게 흥미를 주는 사람은 아주 드물다. 오그네프는 현명하고 진정성이 있는 사람이다. 페테르부르크에 관한 그의 이야기들은 그녀에게 커다란 동요를 일으키고 미래에 대한 열정을 가져다준다. 그녀는 오그네프가 하는 일이 장대하고 거룩한 의미를 가지고 있어 만약 그의 아내가 되어 훌륭한 조력자로 살게 된다면 자신의 인생도 큰 의미를 얻을 것이라 생각한다. 그녀의 성격은 단호하고 용감하다. 그만큼 사랑에 열정적이며 상대를 위해서라면 어떠한 희생도 감수할 준비가 되어 있다.

베로츠카 역을 연기하는 배우는 시골 생활의 정서적 측면을 이해해야 하며 그녀를 둘러싼 배부르고 냉담한, 그리고 저속한 사람들을 파악해야 한다. 그래야만 베로츠카가 왜 자신의 영혼을 오그네프에게 바치고자 하는지, 어떻게 오그네프가 자신에게 장대한 삶의 길을 열어줄 것이라 생각하는지 이해할 수 있을 것이다. 그녀는 오그네프가 오늘 떠나며 이로써 결단의 순간이 왔음을 잘 알고 있다. 당황한 그녀는 참을성 없이 오그네프가 나타나기만을 기다린다. 그러고는 그와 대화를 이어가기 위해 의미 없는 질문들을 던지며 그에게 떠날 기회를 주지 않는다. 고요한 달빛의 선율 아래 자신과 나란히 앉은 오그네프가 수려한 말솜씨를 뽐내기 시작했을 때 베로츠카의 열망은 더욱 강해져 그의 말에 귀 기울이기를 그만둔다. 이러한 상황은 오그네프의 대사가 진행될 때 베로츠카 역을 맡은 연기자가 다음과 같은 독백을 하면 더욱 잘 발현될 것이다. "어떻게 하지? 내가 먼저 사랑을 고백한다는 건 있을 수 없어! 정말 그는 떠나고 나만 혼자 남게 되는 걸까? 정말이지 더 이상 그를 볼 수 없게 되는 건가?"

오그네프의 집요한 질문은 베로츠카를 다시 현실로 돌아오게 만들고 그녀는 자신이 먼저 말을 꺼내야 한다는 사실을 받아들인다. 그렇지만 너무나도 부끄럽고 고통스럽기에 참지 못하고 얼굴을 가린 채 울음을 터뜨린다. 오그네프가 그녀의 손을 잡았을 때 그녀는 아무것도 이해하지 못하는 오그네프의 놀란 눈을 보았고 고백은 순식간에 이루어졌다. 사랑을 고백하는 첫마디를 내뱉었을 때 베로츠카는 한결 가볍고 자유스런 느낌을 얻는다. 울며 웃다가 동시에 그녀는 열정적으로 재빨리 말을 쏟아낸다.

장면의 끝에서 그녀의 말이 미처 다 끝나기도 전에 오그네프는 그녀를 사랑하지 않으며, 그녀가 생각하는 것처럼 특별하거나 용감하지도 강하지도 않은 사람임이 드러난다. 무참히 거절당한 그녀는 도망치듯 그토록 싫어하는 아버지의 집으로 돌아간다.

이반 알렉세이치 오그네프는 따뜻한 온정을 가진 단정한 사람이다. 통계학 연감이라는 자신의 작은 일에 진정으로 충실한 사람이기도 한 그는 수려한 언변을 가지고 있지만 현실에선 무력하고 쓸모없는 혁명 전 인텔리겐치아를 대표하는 소박한 인물의 전형이다. 오그네프는 베로츠카를 분명 좋아한다. 그는 베로츠카와 이야기를 나누고 그녀를 바라보는 것을 좋아하지만 그녀와의 관계에 결단을 내릴 수 있는 상황은 아니다. 자신의 연약한 성격을 알고 있는 그는 단 한 번도 사랑에 빠져본 적이 없고, 지금 또한 마찬가지임을 애석해한다. 베로츠카의 고백은 예기치 않은 일이라 그는 매우 놀라고 당황한다. 그럼에도 그로 인해 좋은 사람이 고통받는다는 현실에 아픔을 느낀다.

"그는 뭐라고 말해야 할지 몰랐으나 반드시 무슨 말이라도 꺼내야만 했다. 대놓고 '당신을 사랑하지 않습니다.'라고 말할 재간이 그에게는 없었고, 그렇다고 '알겠습니다.'라고 말할 수도 없는 형편이었다. 아무리 마음속을 헤아려보아도 사랑의 불꽃은 찾을 수 없었기 때문이다……."

예기치 않은 베로츠카의 용감함에 놀란 그는 어느 때보다 더욱 날카로워졌고, 이내 무기력해지는 것을 느끼게 된다.

이 단편에서 체호프는 아동의 양육 문제를 부각시키고 있다. 예브게니 페트로비치 브이코프스키는 키가 크고 위엄 있는 남자이다. 그는 40세가량으로 법원에서 중요한 직책을 맡고 있다. 일을 할 때 그는 신중하고 능숙하며, 원칙을 소중히 여기며 공정하다. 이러한 그의 신중한 태도는 무대에 등장할 때 얼굴에 잘 표현되어야 한다. 가령, 그가 집에 막 도착했을 때 아직 검사직 업무에서 완전히 해방되지 못한 듯 가정교사와 대화를 나눌 때도 건조하고 공적인 투로 말을 한다. 그러나 집무실로 아들 세료자가 들어오는 순간 예브게니 페트로비치의 태도는 돌변한다. 방금 전의 공식적이고 딱딱한 태도들은 온데간데없이 사라지고 우리 앞에는 아들의 마음에 조심스럽게 다가가고자 하는 부드럽고 사랑 넘치는 아버지의 모습만 남아 있다. 그는 얼마 전에 아내를 잃고 아내를 대신하여 자식의 양육에 관한 모든 일을 맡아야만 하는 처지이다. 그러나 그는 아직 이런 일에 능숙하지 못하다. "반평생 법조인으로서 판결을 내리고 벌을 주며 살아왔지만 정작 아들에게는 무어라 말해야 할지 모른다."는 사실이 낯설기도 하고 우습기도 할 것이다.

예브게니 페트로비치는 담배를 피우고 다른 사람의 물건에 손을 대는 아들에게 그것이 나쁜 일임을 가르치기 위한 적절한 말을 찾지 못한다. 자신의 잘못이 무엇인지 알지 못하는 세료자는 아버지가 무엇을 원하는지도 모른다. 아들의 환심을 사는 데 언제나 실패하는 예브게니 페트로비치는 아이에게는 고유한 사고의 흐름이 있어 논리적이고 이성적으로는 성공할 수 없다는 점을 알아나간다.

아들을 무릎에 앉히고선 "검사는 아이의 숨결을 얼굴에 대고 느껴보았다. 그리고 머리칼을 만져보았다. 그러자 그의 영혼에는 무언가 따뜻하고 부드러운, 마치 두 손뿐만이 아닌 그의 모든 영혼이 세료자의 벨벳 재킷 위에 내려앉는 듯한 부드러운 느낌을 받았다." 아들을 향한 무한한 사랑은 아이를 양육하는 한 방법이지만 처벌을 내리는 데에는 방해가 된다. 그러다 옛날이야기를 해달라는 세료자의 우연한 부탁으로 아이의 정서에 다가가는 방식을 알게 된다.

"대부분의 직장인들처럼 그는 단 한 줄의 시도 외우지 못했으며 단 한 편의 이야기도 알지 못했다. 이 때문에 그는 매번 즉석에서 이야기를 만들어야만 했다." 이번 경우에 그는 담배가 얼마나 해로운가에 대해 아들에게 이야기해주었는데, 이 이야기 덕분에 세료자가 스스로 문제를 해결하는 놀라운 결과를 얻게 된다. "난 앞으로 더 이상 담배 피우지 않을 거야……" 이로써 예브게니 페트로비치는 그토록 기다렸던 말을 들을 수가 있었다.

세료자 역을 수행하는 연기자는 아이들을 유심히 관찰해야 한다. 아이들의 주의가 얼마나 쉽게 흐트러지는지, 어떻게 놀이를 하는지, 언제 어떻게 흥미로운 이야기에 주의를 기울여 집중하여 듣는지를 잘 포착하여야 한다. 다시 말해 동작과 포즈, 그리고 말하고 생각하는 태도에서 아이들의 특징을 잘 찾아내야 한다는 것이다. 세료자 역할의 연기자가 보다 어려 보이게 하기 위해서는 일반적인 것보다 큰 안락의자와 소파를 사용하는 것이 효과적이다.

가정교사는 엄격하고 정확한 사람이다. 언제나 정도를 지킨다. 옷매무새와 머리 스타일 또한 아주 단정하다. 코안경 혹은 일반 안경을 끼고 있어도 좋고, 혹은 벨트에 체인이 달린 시계를 차고 있어도 좋다.

적들

인간의 고통이 속물성에 의해 어떻게 능욕당하는가를 보여주는 단편. 두 가지의 불행, 즉 의사 키릴로프의 슬픔과 지주 아보긴의 슬픔의 얽힘은 드라마적 슈제트를 구성한다.

체호프는 다음과 같이 키릴로프를 묘사하고 있다. "의사는 키가 크고 구부정하며 불결한 옷을 입고, 아름답지 못한 얼굴을 소유하고 있다. 무언가 불쾌하고 신경질적인, 상냥하지 못하고 엄숙하며, 마치 흑인의 것과 같은 입술과 매부리코, 눈초리는 조야하고 냉담하다." 그의 단정하지 못한 머리와 푹 꺼진 관자놀이, 길고 좁은 턱에 자라난 때이른 흰 수염, 그 속에 가려진 턱, 창백하고 흐릿한 피부색, 무관심하며 어색한 태도, 이 모든 것이 냉담함으로 체화된 가난과 불행에 의한 것으로, 이는 삶과 인간에 의한 피곤함으로 인도한다.

의사는 너무나도 힘든 삶을 살았다. 일생 동안 인간의 고통과 불행을 보아왔으며, 노동하는 민중이 어떻게 사는지 잘 안다. 그래서 일하지 않는 자들과 무위도식하는 자들을 경멸한다. 그의 준엄한 외모 때문에 그가 인간의 고통에 등을 돌리거나 선을 베풀지 않으리라는 생각은 들지 않는다. 비록 5분 전에 그의 외아들이 죽었음에도 불구하고, 자신의 불행으로 지치고 고통스러워 3일 내내 잠을 자지 못해 간신히 서 있음에도 불구하고, 의사라는 고귀한 직분에 복종하여 죽어가는 자를 살리기 위해 그는 아보긴과 함께 가는 데 동의한다.

키릴로프의 모습은 인간의 슬픔까지 초월한 삶의 고결함, 박애주의, '모든 게 넘치게 남아돌아서 오만하게 구는' 사람들의 개인에 대한 조롱에 대항하는 열정적인 민주주의적 저항으로 연민을 자아낸다.

그의 대척자인 부유한 지주 아보긴은 전혀 다르게 묘사된다. "풍성하고 짙은 금발의 아보긴은 커다란 머리에 이목구비가 뚜렷한, 그럼에도 부드러워 보이는 얼굴을 가지고 있으며 최신 유행에 따라 옷을 세련되게 입고 있다. 그의 위엄 있는 태도와 단단하게 여민 프록코트, 그리고 긴 머리칼과 얼굴에서는 무언가 고상하지만 사자와 같은 느낌이 묻어난다. 그는 머리를 앞으로 꼿꼿이 세운 채 가슴을 내밀고 걷는다. 그리고 부드러운 바리톤 음성으로 말을 한다. 그가 목도리를 벗거나 머리를 단정히 빗질할 때면 섬세한, 마치 여성의 우아함과도 같은 기품이 풍겨난다. 심지어 창백함과 두려움마저 그의 위엄을 망칠 수는 없었으니 충만함과 건강함 그리고 자신감은 쇠락하지 않고 그의 온몸에서 숨 쉬고 있었다."

그러나 아보긴이 아내의 변절에 대해 알게 되는 순간 그의 모든 것은 변한다. "현관의 문턱에 서 있기는 하나 이미 아보긴은 집에서 나갈 때의 그가 아니다. 뚱뚱하고 우아한 자태는 온데간데없고 손과 얼굴, 포즈는 공포가 아닌 육체적인 고통으로 혐오스럽게 일그러졌다." 그는 이와 같은 상황에서 그가 잘못했고 자신을 제외한 모두가 자신을 비난하고 있다는 사실을 받아들일 수 없었다. 분노가 타오르자 그는 사람들을 향해 멸시와 적의를 터뜨렸고 의사의 말은 들으려고도 않은 채 통곡하며 모두를 욕한다. 그러고는 자신을 위해 의사가 어떠한 희생을 치렀는지도 잊고 아내에 대한 분노를 털어놓는다.

키릴로프 역할의 연기자는 무대에 등장하기 전에 고통에 젖어 사흘 간 한숨도 자지 못한 사람의 육체적인 피로에 완벽하게 공감해야 한다. 첫 번째 장에서 키릴로프는 아보긴이 무슨 말을 하는지 이해하지 못할 정도로 자신의 생각과 기분에 가라앉아 있다. 아보긴의 말을 알아차린 후에도 그는 낯선 사람이 자신을 기다리고 있다는 사실을 잊어버린 채 기계적으로 돌아서서 방을 나가버린다. 얼마간 시간이 지난 후 돌아온 그는 그제서야 누군가 자신을 찾아와 기다린다는 사실을 기억해낸다. 두 번째 장면에서 의사는 현재의 상황에 주의를 전혀 기울이지 않은 채 앉아 있다가 또다시 두려운 생각에 빠져든다. 그러나 자신이 처한 상황의 저속함을 깨닫고 나서는 분노와 격분을 아보긴에게 모조리 쏟아붓고야 만다.

첫 번째 장면에서 아보긴은 그의 아내가 죽어간다고 철석같이 믿고 있다. 또한 의사가 어떤 입장에 처해 있는지도 잘 이해하고 있지만 자신과 함께 떠나기를 부탁하는 것 외에 다른 방법을 찾을 수 없었기에 너무나도 정중하게 의사의 마음을 열었다. 이 역할의 연기자는 첫 번째 장면에 형상화된 아보긴과 두 번째 장면에 등장한 아보긴 사이에 큰 차이가 있음을 인지해야 한다. 아내의 변절을 알아차린 그는 가련하고 보잘것없는 사람이 되었고 자신의 가정의 비밀을 처음 만난 사람에게 털어놓으려 한다. 의사에게 비난을 받자 그는 예전의 오만과 완고함, 저급함이 불거져나와 죄 없는 사람들에게 분풀이를 한다.

키릴로프와 아보긴의 역할을 맡은 연기자들은 기술된 주인공들의 외모를 그대로 모방하지 않아도 된다. 이는 단지 등장인물의 성격을 보다 정확하고 심오하게 발견하도록 도움을 주기 위한 것일 뿐이기 때문이다.

불안한 손님

「불안한 손님」에서는 두 명의 인물, 즉 지인들을 위해 자기희생을 할 준비가 되어 있는 선한 사냥꾼과 자신의 안위를 위해 어떠한 저속한 일도 마다하지 않을 이기적이고 겁이 많은 숲지기가 대조된다.

젊은 사냥꾼은 지혜롭고 관찰력이 풍부하다. 궂은 날씨로 우연찮게 숲지기를 만나서 몇 마디 대화를 나누자마자 이미 그가 욕심이 많고 기르던 고양이마저 아사시킬 정도의 구두쇠라는 사실을 알아챈다. 도움을 요청하는 비명을 듣고 처음에는 그도 당황하여 혼자 도와주러 갈 엄두를 내지 못한다. 그러나 놀라 갈팡질팡하는 숲지기는 그에게 분노를 끓게 하였으며 위험과 용감히 대면할 결심을 하게 만든다. 오두막으로 돌아온 그는 숲지기가 사람 목숨보다 몇 푼의 돈을 더 귀하게 여긴다는 생각을 떨쳐내지 못한다. 분노도 더욱 커져 그는 이런 속물과 한 지붕 아래 더 이상 머물 수 없다고 판단하고 비 오는 밤 어둠 속으로 뛰쳐나가고 만다.

자신의 자그만 행복을 잃을까 언제나 염려에 사로잡혀 있는 사냥꾼의 대척자, 숲지기는 단편 속에서 보다 선명히 그려진다. 그는 재산에 광적으로 집착하며 모든 걸 멀리한다. 단지 빵만 먹고 살며 지나가다 들른

이에게 빵을 대접하는 게 너무 안타까워 빵 한 조각, 한 조각에 눈물을 흘릴 정도이다.

이 작품을 무대화할 때는 사건의 긴박감을 생생히 전달하는 것이 중요하다. 이를 위해서는 외적인 효과, 즉 몰아치는 빗소리와 천둥소리, 바람 소리, 도움을 청하는 비명 소리 등이 필요할 것이며, 무대 뒤쪽을 어스름하게 한 후 등장인물들의 얼굴을 부각시켜 조명을 비추는 것 또한 긴장감을 더해줄 것이다.

사냥꾼

드라마티즘으로 가득 찬 단편 「사냥꾼」에서 체호프는 지주 귀족의 변덕스러움으로 인해 뒤틀어진 사냥꾼의 삶과 힘 없는 여인의 고된 운명에 관해 묘사하고 있다.

사냥꾼이 자신보다 총을 더 잘 쏜다는 것에 분개한 귀족은 우스꽝스런 결혼을 주선한다. 술을 좋아하는 사냥꾼을 거나하게 취하게 한 후 못생긴 양치기 여인과 결혼시켜버린 것이다. 사냥꾼은 증오에 차 그녀에게서 떠나간다. 비록 그들은 따로 살다가 사냥꾼이 술에 취했을 때만 가끔 들러 그녀를 때리고 분풀이할지라도, 그럼에도 그들은 남편과 아내로 맺어져 있다.

이 지방에서 가장 훌륭한 사수인 사냥꾼은 자신을 비범한 사람이라 생각한다. 지방 사냥꾼들의 칭찬은 그를 헛된 위세에 빠뜨렸으며 자만심에 도취하게 만들었다. 그는 자신의 과거는 잊은 채 농민의 삶을 경멸한다. 아내와의 대화에서 그는 두 사람의 수준이 현격히 다르다는 점을 여러 번 강조한다.

그러나 찰나의 순간 사냥꾼에게도 연민이 찾아들고, 그는 이 가련한 여자를 불쌍히 여긴다. 그럼에도 그녀가 자신의 아내임을 각인하는 순간에는 백작에 대한 분노가 치밀어 올라 장난스런 결혼의 희생자인 그녀에게 쏟아놓는다.

펠라게야라는 인물은 비극적인 삶으로 인해 연민을 자아낸다. 그녀는 사냥꾼이 다시 자신에게 돌아오지 않을 거란 사실을 알지만 수줍어하며 헌신적으로 그를 사랑한다. 그녀의 속마음 깊은 곳에는 기적이 일어날 것이라는 기대가 숨겨져 있다. 그녀는 끊임없이 사냥꾼이 바깥주인임을 되뇌며 불행과 고통으로 가득 찬 자신의 슬픈 인생을 묵묵히 받아들인다.

아내

니콜라이 예브그라프이치는 선하고 정직하며 단정한 사람이다. 외과 의사라는 직업으로 인해 사회에서는 저명한 인물이다. 그러나 가정에서는 불행하다. 그는 아내가 자신을 사랑하지 않는다는 것을 잘 알고 있다. 그는 의심을 품고 문제를 해결하고 증거를 찾는 일에 익숙하다. 그런 그에게 때마침 그녀의 부정을 증명하는 증거가 날아 들어온다. 선량한 의사는 아내를 자유롭게 해주고자 그녀를 사랑하는 사람에게 보내기로 결심한다. 그러나 냉소적으로 거절당한 후, 그는 아내의 끝없는 저급함에 공포를 느낀다.

의사는 폐가 좋지 않아 자주 숨을 몰아쉬며 기침을 한다.

그의 아내 올가 드미트리예브나는 매력적이고 젊은 여성이다. 그러나 그녀의 도덕적 개념은 외모와는 상반된다. 그녀는 의사를 사랑해서가 아니라 그의 재산 때문에 결혼하였다. 남편의 선량함과 남을 쉽게 믿는 성격을 이용해 그를 속이며 무엇이든 자신이 원하는 대로 한다. 남편은 자신에게 사회적 위치를 제공한 인물이기에 어떠한 상황에서도 그를 잃지 않으려고 한다. 이와 동시에 남편에 대한 멸시와 무시도 만만치 않아 부끄럼도 모르고 애인에게 한 달 동안 보내달라 애원한다. 그녀에게 있어 가장 중요한 건 돈이다. 15루블을 잃어버리고 눈물을 흘릴 만큼 그녀는 욕심으로 가득 차 있다.

올가 드미트리예브나 역의 연기자는 단번에 저속함을 드러내 보여서는 안 된다. 오히려 처음에는 사랑스럽고 순진하고 매혹적이며 의지할 곳 없는 여성처럼 보이도록 해야 한다. 그녀의 거짓말은 너무나 뻔뻔해서 전보의 내용이 알려지기 전까지는 어느 누구도 위선을 알아차릴 수 없다. 남편한테 리스에게 보내달라 간청하는 그녀는 자신의 부탁이 얼마나 부도덕한지 알지 못하는 듯하다. 남편이 이혼을 권하자 그녀는 급변하여 자신에게서 벗어나고자 하는 남편의 부탁을 비난하며 냉소와 악의에 차오른다.

이 단편에서 체호프는 고리키가 '삶 앞에 나타난 어두운 공포의 노예들'이라 명한 자신의 형상들 가운데 하나를 묘사하고 있다.

율리야 바실리예브나는 자신의 삶을 연약하고 보호받지 못한다고 생각한다. 그녀는 생계 수단을 잃을까봐 염려하며 주인의 횡포와 변덕에 굴복한다. 가정교사로서 아직 젊은 나이임에도 그녀는 인색함이나 모욕적인 일에 빈번히 충돌해야만 했으며, 그리하여 인간에 대한 믿음을 상실하였다. 주인이 행한 이 준엄한 수업에서 율리야 바실리예브나는 마치 괴짜를 상대하는 것 같았다. 극의 시작 부분에서 그녀는 자신에게 가해지는 모욕스런 감정을 억누르고자 노력한다. 자신을 보호하기 위한 유일한 방법은 맞서지 않고 완전히 동의하는 것이라고 살면서 터득했기 때문이다.

율리야 바실리예브나가 근무하는 가정의 주인은 지혜롭고 정직한 인물이다. 그는 인간의 자기 비하를 냉담하게 대할 수 없다. 가정교사의 성격을 명확히 알고 있기에 그는 그녀에게 도움을 주고자 묘안을 떠올린다. 그러나 준엄한 수업은 성공하지 못하고 그에게는 이 세상에서 가장 약한 것이 가장 강한 것이라는 우울한 확신만 남는다.

이 단편에서 체호프는 두 젊은 사람의 드라마틱한 체험을 탁월한 부드러움과 섬세함으로 풀어나가고 있다. 가계와 같이 편하지 않은 장소에서 심각한 말들을 주고받아야 하기에 그들은 정신적으로 불안한 자신들의 상황과 조소와 거짓, 직장을 잃을 수 있다는 위험성을 감출 수밖에 없다.

폴렌카는 젊고 유행에 민감한 아가씨이다. 그녀는 가족과 함께 살고 있지만 그들 가운데 어느 누구도 그녀에게 조언을 해주지 않는다. 그녀의 외로움은 니콜라이 티모페예비치에게 다가가게 만들었다. 그리고 그가 진정으로 자신을 사랑하고 있음을 믿는다.

현재 그녀의 입장은 매우 난처하다. 그녀는 자신과는 다른 부류에 속하는 한 대학생을 사랑하면서도 니콜라이가 느낄 배신감에 두려워한다. 그녀는 어찌할 바를 몰라한다. 그에게 죄의식을 느낄 뿐 아니라 자신에게 가장 훌륭한 남편이 될 거라는 사실을 잘 알고 있다. 그러나 사랑의 마력은 분별력을 잃게 하여 그녀를 미궁에 빠뜨린다.

니콜라이 티모페예비치는 젊고 자신의 일을 너무나도 잘 알고 있는 청년이다. 그는 진실로 폴렌카를 사랑하고 있다. 그는 영리하지는 않지만 단정하고 올바른 청년이다. 대학생이 관용을 베풀어 폴렌카와 결혼하게 되더라도 그녀를 기다리고 있을 우울한 미래에 대해 그는 잘 알고 있다. 니콜라이 티모페예비치는 고통에 빠져 자신과 그녀를 애석해할 것이며 그의 꿈들은 산산조각날 것이며, 또한 오랫동안 그녀를 잊지 못할 것이다.

이 역할의 연기자는 점원들이 물건을 파는 모습을 잘 관찰하고 연구하여 그들의 특징적인 행동과 스타일을 간파해야 한다. 천의 길이를 재거나 포장하는 행위, 손가락으로 끈을 감아 가볍게 끊어내는 행위, 재빨리 상자를 열어 물건을 보여주는 행위 등은 반드시 실제처럼 연습해보아야 할 것이다. 특히 물건을 권하면서 자신의 감정과 개인적인 문제에 관한 열정적인 대화를 감추어야만 하는 점원 니콜라이 티모페예비치의 특별한 억양과 화법을 잘 익혀야 한다.

이 모든 것은 가볍고 진실되고 아름답게 나타나야 하며 전체적인 조화를 거슬러서는 안 된다.

아버지

딱정벌레같이 뚱뚱하고 동글동글한 아버지는 직장에서 수입이 많은 요직을 맡고 있을 것이다. 상냥하고 교활하고 빈틈이 없는 그는 관리들의 세계에서는 향응과 접대를 통해 모든 것이 가능하리라는 것을 잘 간파하고 있다. 자신의 부 또한 이런 식으로 축적하였을지도 모른다. 그는 아들의 성적이 어느 정도인지 잘 알고 있으나 교육은 간섭하지 않으며 그저 아들에게 선처를 베풀도록 선생님을 찾아가라고 강요하는 잔소리 많은 아내만을 두려워할 따름이다. 게으른 편이나 무언가를 시작하면 끈덕지게 달라붙어 해결한다.

아버지는 친절하게 미소 지을 수도, 선하고 사교성 있는 사람인 척할 수도, 소박하고 순진한 사람인 척 가면을 쓸 수도 있다. 자신을 기품 있는 상류 사회의 한 사람이라 생각하며 그들처럼 발꿈치를 부딪치며 걸으며 의미 없이 외국어를 말한다. 그만큼 그는 자신에 대한 믿음이 강해 선생님의 방에 노크도 하지 않고 거리낌 없이 들이닥친다. 그렇게 방해를 하고는 뇌물을 권하며, 거절하면 정중한 척 선생님을 강요하며 설득시킨다.

정어리같이 깡마른 어머니는 자신을 매력적인 여성이라 여기고 남편에게 교태를 부리며 어른임에도 불구하고 어린 소녀처럼 행동한다. 그녀의 우둔하고 그릇된 사랑과 극찬은 아들을 버릇없이 키우며 망치고 있다. 어머니는 아들의 게으름에 대해서도 나쁜 습관에 대해서도 알려고 들지 않는다. 그녀는 나쁜 점수를 교양 있게 좋지 못한 점수라 돌려 말하며, 선생님의 음모가 있었음을 정당화시킨다. 그러고는 잔소리와 소란으로 남편을 놀라게 만든다.

낙제생인 15세의 아들은 위기를 모면하고자 울음을 터뜨린다. 그는 아버지의 환심을 사기 위해 자신은 열성을 다해 공부했는데 선생님이 부당하게 점수를 줬다고 말한다. 그러나 누구라도 명백한 거짓말임을 알아차릴 수 있을 만큼 서투르다.

선생님은 교양 있고 정중한 사람이다. 처음에 그는 아버지의 방문을 아들을 맡고 있는 교사에 대한 신뢰를 보여주는 것이라 생각한다. 하지만 곧 예기치 않은 아버지의 부탁에 혼란스러워 어찌할 바를 몰라한다. 이후 아버지가 뇌물을 건넬 때에도 뻔뻔스런 이 방문객에게 출구를 가리킬 만큼 용기를 내지 못한다.

결국 기진맥진한 선생님은 원칙에 따라 행동하고 자신의 고귀한 덕성을 잃지 않고자, 또 이 불쑥 찾아든 손님으로부터 벗어나고자 천재적인 대안을 찾아내니 바로 다른 선생님들이 3점을 주면 자신 또한 그렇게 하겠다는 것이다. 그러나 이는 선생님이 교활한 아버지의 계략에 걸려

들었음을 증명하는 것이며 아마도 그의 아들은 4학년에 진급하였을 것이다.

부인들 이 단편에서 체호프는 지배 계급의 무원칙성과 준엄한 관습에 대해 통렬히 비난하고 있다. 표도르 페트로비치는 고위 관리로서 50세가량의 남자이다. 그는 자신의 휘하에 있던 직원이 해고를 당하게 되자 스스로를 그의 앞날을 염려할 만큼 공정하고 동정심이 넘치는 사람이라 여기며, 일하지 않는 자와 부인네 치맛자락에 둘러싸인 자들을 증오한다. 그는 집무실에서는 선하고 공정하며 언제라도 자신 앞에 놓인 문제를 양심에 따라 해결하고자 노력한다. 그러나 문턱을 넘어 자신의 집에 들어가게 되면 아내의 속물적인 간계와 권력, 가족주의, 불안감으로 인해 자신에게 필요한 사람들과의 관계를 해치며 심지어 자신의 직업에도 악영향을 미친다. 결국 그는 고유한 원칙들마저 점진적으로 상실하게 된다. 표도르 페트로비치는 자신의 파렴치한 행동에 부끄러움을 느낀다. 그러나 양심과의 투쟁은 그리 오래가지 못하였으니, 결국 그는 그가 속한 대표적인 부류들과 똑같은 행위를 하고 만다.

아내인 나스타샤 이바노브나는 남편의 일에는 전혀 관심이 없고 단지 상류 사회에서의 교제와 여흥으로 늘 바쁘다. 그녀는 자리가 약속된 사람의 운명 따위에 대해서는 생각하지 않는다. 그녀에게 중요한 것은 지인들에게 친절을 베푸는 것이다. 그녀는 변덕스럽고 자존심이 강하며 남편의 거절을 모욕으로 받아들인다.

폴주힌은 젊고 뚱뚱하며 여인들에게 알랑거리는 인물이다. 유행에 맞춰 차려입은 그는 표도르 페트로비치와의 대화에서 정중한 척하면서도 강하게 직업에 대한 자신의 열망을 표현한다. 유복한 환경에 있는 그는 단지 직업 없이 빈둥댄다는 비난을 피하기 위해 일자리를 구하려는 것이다.

교사인 브레멘스키는 40세가량의 남자로 마르고 허리가 굽었다. 그는 소박하고 허름한 옷차림을 하고 있으며 급작스럽게 해고를 당하여 눈앞이 깜깜하다. 그의 손에는 가족의 생계가 달려 있어 직장을 잃는다는 건 죽음과도 같은 일이다! 그래서 서기라는 보잘것없는 자리를 제안받았을 때에도 기쁨을 감추지 못할 정도로 좋아하다가 나중에 자리를 줄 수 없다는 말에는 순식간에 절망감에 빠져든다.

브레멘스키 역의 연기자는 무대에서 속삭여서는 안 되며, 대사가 잘 전달될 수 있도록 쉰 목소리로 쌕쌕거리며 연기해야 한다.

대소동

마리야 안드레예브나 파블레츠카야는 교사의 딸이자 갓 대학을 졸업하고 부유한 가정에 가정교사로 취직한 젊은 여성이다. 그녀가 여기 살며 아이들을 가르치기 시작한 건 그리 오래지 않은 일이다. 그러기에 그녀는 낯선 귀족 저택에서 외로움을 느낀다. 그녀는 어리석고 오만한 안주인이 자신을 마치 하녀 취급 한다는 사실을 잘 알고 있으나

'학자로서의 빈곤'을 참아내기 위해서는 어찌할 바가 없다. 부유한 집에서 식객으로 살기 위해서는 그들에게 의지하며 고분고분하게 살아야 한다는 것을 알고 있기 때문이다. 더욱이 그녀의 부모는 가난하기 때문에 자신마저 걱정을 끼치고 부담을 지울 수가 없다. 하지만 부당하게 도둑으로 의심을 받자 그녀는 난생 처음 겪은 모욕감을 참을 수가 없어 자신을 인간 취급하지 않는 이 집에서 나가려고 한다. 솔직하고 직선적인 성격에 고귀한 덕성을 타고난 그녀는 노예처럼 복종하는 것을 그만두는 쪽을 택한다. 니콜라이 세르게예비치가 안주인의 브로치를 훔쳤다는 사실을 알았을 때 그녀는 자신의 판단이 옳았음을 확신한다. 그러자 혐오스러운 감정은 분노로 바뀌며 그녀는 한시 바삐 이 집에서 떠나고자 한다.

페도시야 바실리예브나 쿠슈키나는 나약한 남편의 모든 재산을 손아귀에 쥐고 있다. 그녀는 집에서 절대적인 존재이다. 브로치를 잃어버려 신경이 날카로운 와중에 부끄러워하지도 않고 자신의 손으로 직접 모든 하인들을 검사하고 다닌다.

그녀의 남편인 니콜라이 세르게예비치는 얼굴이 마르고 머리가 빠졌는데 나이가 많지는 않다. 그는 걱정이 많고 우유부단하며 겁이 많고, 마치 객식구와도 같이 집안에서는 어떠한 영향력도 행사하지 못한다. 자신과 관련된 집안 일에는 스스로의 행동에 대한 도덕적 정당성을 찾고자 한다. 또한 가정교사의 입장을 너무나도 잘 이해하며 그녀를 보호하고자 한다. 그는 마리야 안드레예브나만이 집안에서 유일한 정상인임을 알고 있다. 그러나 강한 아내에 대한 두려움 때문에 그는 사실을 밝히지 못한다.

하녀 리자는 둥근 얼굴의 건강한 아가씨이며 주인의 혐오스런 습관을 잘 알고 있다. 그러기에 그녀는 모든 모욕을 불평 없이 잘 참아낸다.

숫양과 아가씨

체호프는 이 작품을 '친절한 나리의 삶에서 비롯된 에피소드'라 칭하였다. 이 작품을 통해 체호프는 배부르고 부유한 자들을 풍자적으로 조소하였는데, 그들의 삶에서 주된 것은 여흥과 신경을 자극하는 여가 활동이다. 그들은 평범한 사람들의 고통과 불행에 진지하게 귀를 기울이지 않으며 자신의 일에만 신경을 쓴다. 청원자의 가난한 처지를 자비로운 나리는 결코 동정하지 않으며 훌륭한 아가씨와 수다 떨 수 있다는 사실만이 즐거울 따름이다. 배부르고 냉담한 숫양, 즉 자비로운 나리는 은행의 요직에서 근무하고 있으며, 심각한 일에는 아무런 흥미가 없다. 계산하는 일에는 게으를 따름이며 다만 남아도는 시간을 어떻게 보낼지에 대해서만 궁리하는 인물이다. 그는 희고 보드라운 손에 반지로 치장하고 옷을 잘 차려입었으며 맞장구치는 표현을 자주 한다. 그는 교양 있고 정중하며, 특히 매력 있는 아가씨와 대화를 나눌 때의 목소리는 너무나도 다정다감하다. 그는 팔체바가 찾아왔을 때부터 그녀가 실수했다는 사실을 잘 알고 있었지만 상류 사회의 지인들에게 전할 우스갯소리를 만들고자 의도적으로 말하지 않는다.

친절한 나리의 대척자로서 체호프는 팔체바를 내세우고 있다. 순수한 그녀는 자신이 경험한 인생 역정에 대해 진솔하게 말한다. 또한 자신의 이야기가 상대에게 그저 시간을 죽이기 위한 가십 거리로 취급당한다는 것을 전혀 눈치채지 못하고 그를 진정으로 믿고 모든 것을 말한다. 이 사랑스런 여인을 향한 체호프의 연민은 자비로운 나리의 변덕으로 인해 집으로 돌아갈 수 있다는 희망을 상실하는 데서 느낄 수 있다. 팔체바는 경제적으로 어려운 상황에 놓여 있어 일생에서 처음으로 남에게 도움을 청한 것이었다. 높은 관리와의 만남에 앞서 경험이 없는 젊은 여인은 노예근성을 털어내기가 힘들다. 호화로운 세간과 하인들, 대화 상대의 위엄 있는 태도에 그녀는 단숨에 억눌려 허상 앞에 한없이 작아진다. 그러나 정중한 환대와 차 대접, 그리고 대화 상대의 다정한 목소리에 그녀는 마음을 열고 집에 돌아갈 수 있다는 희망을 갖는다. 그녀의 인생은 소박하고 진실되어 감출 이유가 아무것도 없다. 그러나 행복을 향한 길에 단하나 방해되는 것이 있다면 그것은 가난이다. 장면이 끝나갈 때까지 그녀는 왜 이 부유한 남자가 진작 잘못 찾아왔다고 말을 하지 않았는지 한동안 이해하지 못한다. 어느 정도 시간이 흐른 후에야 단지 자신이 조롱당했을 뿐이라는 사실을 눈치챌 것이다.

이반 마트베예비치 체호프는 커다란 사랑과 연민을 가지고 순박한 실패자 이반 마트베이치의 형상을 묘사한다.

어린아이처럼 직설적인 표현을 많이 하는 그는 자신의 생계를 위한 유일한 수단이라 할지라도, 정서 작업과 같이 흥미롭지 않은 일에는 진지하게 접근할 수가 없다. 직장 때문에 도시로 왔을 때, 그는 춥고 배고 팠지만 모든 힘든 일을 순종적으로 인내하며, 고향에 살 때 행복했던 순간들을 회상하기를 즐겨한다.

일이 끝났어도 그는 귀가하기를 원치 않는다. 왜냐하면 집무실은 쾌적하고 밝고 따뜻하고 또 맛있는 건빵과 달콤한 차가 있어 안락하기 때문이다. 그의 심장을 압박하는 단 하나는 집에 관한 생각이다. 집에는 가난과 추위와 배고픔과 불평뿐인 아버지와 비난밖에 없지만 그러나 그에게 여기는 이토록 평온하고 고요하며 더욱이 거미와 새들도 흥미롭다.

학자는 자신의 논문에 열중한다. 그의 작업은 신속히 처리해야 되는 것이기 때문에, 서기의 끊임없는 지각은 그를 극단의 흥분으로 몰고 간다. 매번 그는 죄인을 해고하자고 스스로에게 다짐을 하지만 이반 마트베이치의 불행한 행색과 끊임없는 실패에 그의 결정은 바뀌고야 만다. 엄격해지는 것을 좋아하는 것 같은 이 사람은 본질적으로 선하고 동정심 많고 부드럽다. 비록 이반 마트베이치의 이야기들이 그를 일에서 벗어나게 하고 집중할 수 없게 하더라도, 그는 그 이야기들이 집무실의 작업에서 유일한 환기구이기 때문에 강한 만족감을 느끼며 이야기를 듣는다.

가망 없는 일

보드빌적인 사건, 그 속에서 부유한 신부를 사냥한 주인공은 자만심과 참을 수 없는 수다로 인해 스스로 파멸한다. 젊은이의 형상을 통해 결혼을 훌륭한 사회적 위치를 얻고 출세를 하기 위한 수단으로 생각하는 기회주의자들은 조소당한다.

뛰어난 점이라고는 없으면서 자신을 특별한 인물로 생각하는 문학가는 진정 저속하고, 경솔하며 수다스럽다. 그의 생각은 보드빌적 구상에서 그려진다. 그는 당황하면 말이 없어지며 기뻐할 때면 감정을 억제하지 못하고, 자기자랑을 늘어놓기 시작하면 멈추지를 못한다.

젊은이는 바르바라 페트로브나를 사랑하지 않는다. 그에게 그녀는 단지 넉넉한 지참금에 따라오는 훌륭한 부가물일 뿐이다. 따라서 사랑스런 고백은 그에게 피할 수 없는 맹세의 말로 나타난다. 그러나 고백이 성공적으로 이루어지고 그가 엄청난 금액의 소유자가 되는 순간, 참을 수 없는 환희와 자만심은 그를 경솔한 행동으로 몰고 간다. 그는 약혼자 앞에서 가차 없고 오만한 사람으로 보이고자 결정한다. 이러한 역할에 매혹된 그는 멈추지 못하고 자신의 신부를 암울한 미래에 대한 전망으로 놀라게 한다. 그러다 그만 예기치 않게 거절당한다. 단편에서 바르바라 페트로브나는 젊은이를 재능 있는 문학가라고 여기고는 그와 사랑에 빠진다. 그녀는 설렘과 함께 아름답고 사랑스러운 고백을 기대한다. 그러나 젊은이가 돌아와 그녀 앞에 가난으로 가득 찬 끝없는 미래에 대한 그림을 펼쳐놓았을 때, 연약한 아가씨는 흥분하고 놀란 나머지 어머니의 품안에 남기로 결심한다. 젊은이의 비극적인 몸짓과 고백에 그녀는 그의 특별한 재능을 포기하는 결정을 내리게 된다.

　　속물적 풍속의 조야함과 잔인함, 그리고 몰인정함이 바로 이 단편의 주제이다. 농촌의 구멍가게 주인인 쿠지마 예고로프의 서랍장에서 25루블이 사라졌다. 이 도난 사건은 도시의 이발소에서 일하는 그의 아들 세라피온이 축일을 나기 위해 마을에 도착한 시점과 맞아떨어진다. 그래서 아버지의 의심은 그에게로 향한다. 어떠한 증거도 없는 상황에서 쿠지마 예고로프는 마을에서 존경받는 보조 의사와 수도승, 가수와 손님으로 온 헌병과 같은 사람에게 도움을 청할 수밖에 없다. 접대가 행해지고 안주를 먹고 보드카를 마시면서 적당한 법정을 꾸리고, 징벌할 준비가 갖추어졌다. 쿠지마 예고로프는 55세의 강건하고 단호한 남자이며, 셔츠를 바지 밖으로 꺼내어 입고, 은색 사슬이 치렁거리는 조끼에 장화를 신고 있다. 머리는 빗지 않고 수염은 다듬지 않았으며, 보드카에 취해 흐리멍덩한 눈을 하고 있다. 그는 욕심 많고 완고한 인물이며, 결코 아들을 동정하지 않고 단지 사라진 돈만을 되찾고자 한다.

　그의 아들 세라피온은 크지 않은 키의 허약한 젊은이다. 그는 어떤 처벌도 수용해야만 한다. 왜냐하면 거절할 경우 아버지가 집에서 그를 끌어낼 것이기 때문이다. 그는 채찍질을 두려워하지 않는다. 어렸을 때부터 아주 작은 과실에도 가차 없이 맞았던 것이다. 자신의 죄를 인정하지 않은 채 그는 용감하게 재판관의 우둔함과 무식함을 비난한다. 도시에서 이발사로 근무하면서 교양 있는 사람들과 접할 수 있었으며, 다양한 언어와 이해하지 못했던 진실된 의미를 습득할 수 있었다.

　수도승인 페오판 마나푸일로프는 깔끔하고 단정한 사람이며, 고개를 배까지 숙이고는 눈을 위로 치켜뜨며 깊게 생각하고, 진정을 담아 말하기를 좋아한다. 대화 도중에도 그는 술 마시고 안주 먹는 행위를 지속한다. 자신의 행위를 선한 말들과 참회 기도로 포장한다.

헌병 포르투나토프는 콧수염이 나고 깡마른 데다 날카로운 목소리를 가진 남자로 악의에 차 있다. 그는 의심받는 자를 놀라게 하여 무기력하게 만드는 것 외에 다른 방법을 알지 못한다. 사람들을 구타하는 것은 그에게 달콤한 일일 따름이며 자신을 사로잡는 흥분에 유쾌해하지만 금방 싫증내고 만다.

보조 의사 이바노프는 더러운 흰 가운을 입고 넥타이를 맨 유명 인사다. 자신을 교양 있는 자라 여기며 항상 진찰하듯 말한다. 세라피온의 비난에 귀를 기울이지만 대답을 하고 싶어 하지는 않는다.

베이스 가수 미하일로는 뻣뻣한 머리칼에 개성 없는 눈을 가진 강한 성격의 소유자이다. 그는 모두를 놀라게 할 만큼 낮은 저음으로 말을 한다.

쿠지마 예고로프의 아내는 뚱뚱하고 깨끗하고 화려한 옷차림을 하고 있다. 그녀는 매질하는 데 특별한 반감을 가지고 있지 않다. 남정네들의 일을 방해하지 않기 위해 그저 돈을 건네주고는 나가버린다.

기쁨

이 작품에서 체호프는 인간이 가지는 허영심과 특별한 재능으로 주변 환경과 차별되고자 하는 속성을 조소한다. 가장 미비한 위치를 차지하고 있는 하급 관리인 미쨔 쿨다로프는 모든 존경받는 사람을 억울하게 괴롭혔던 신문에 자신에 대한 기사가 실려 행복해한다.

정신이 나간 청년은 이런 기사들이 순식간에 잊힌다는 것을 알지 못한 채, 자신의 일시적인 유명세를 순진하게 기뻐한다. 나아가 자신이 가족과 지인들 중에서 저명한 인물이 되었다고 생각하기 시작한다. 그러고는 부모님께 기사를 끊임없이 되풀이해서 읽도록 강요한다.

세상에 보이지 않는 눈물 행복으로 면밀하게 포장된 가족관계 속에 잠재되어 있는 속물성과 탐욕, 비굴한 아첨과 손님에 대한 환대, 그리고 경박함에 대한 신랄한 풍자가 한 군대 관리자를 통해 드러난 단편.

레브로테소프는 물질적인 부분에서 아내에게 의존하며 모욕뿐만 아니라 구타까지 참을 수 있을 만큼 엄처시하(嚴妻侍下)에 처해 있는 것에 익숙하다. 동료들을 상대로 그는 손님을 친절하게 맞이하는 주인의 역할을 해내는 것을 중시한다. 아내 몰래 지인들을 대접하여 성공할 것이라 생각하는 그의 용감무쌍한 계획이 이를 잘 증명해준다. 음식을 보관하는 창고가 잠겨 있고 열쇠를 가져와야만 한다는 것을 알았을 때, 레브로테소프는 자신의 어리석은 행위를 후회하지만 그의 머리는 자신의 상황을 인지할 만큼 영리하지 못하다. 오직 화가 난 아내에 대한 공포를 극복하려고만 할 뿐이다.

당번병과의 장면에서 레브로테소프의 성격이 잘 드러난다. 그는 낮은 관리와의 대화에서 욕설과 주먹질을 행사하는 등 폭력 외에는 다른 대화를 모르는, 다시 말해 군인을 인간으로 생각하지 않는 차르 시대 장교들의 전형적인 대표자로 그려진다.

마리야 페트로브나는 27세에서 30세가량의 젊은 여성이며 매혹적인 외모의 소유자이다. 그녀의 성격은 급하며 고압적이고 무례하다. 또한 구두쇠이자 욕심이 많다. 모든 돈과 열쇠들은 그녀의 주머니 안에 있으며 지출 또한 그녀의 철저한 감시 아래 행해진다. 그러나 사람들에게는 매혹적이고 상냥하고 사랑스럽게 비쳐진다.

드보예토치예프는 키가 크지 않고 평범한 복장을 한 종교학교의 감독관이다. 그는 몽상가이고 열광적인 사람이다.

프루지나 프루진스키는 교정관의 보조이며 독신자이다. 그는 식도락가라서 먹고 마시는 것을 즐긴다. 성(城)과 바르샤바에 대한 명쾌한 기억들로 보아 그는 폴란드 출신인 듯하다. 아마도 제복을 입고 있거나 경찰복을 입고 있을 법하다.

드보예토치예프와 프루지나 프루진스키는 행복한 가정의 화목함과 한밤중에 일어나 그들을 영접하는 상냥한 성격의 마리야 페트로브나에게 감동을 받는다. 레브로테소프와 마셴카가 침실에서 대화를 나누는데, 그와 동시에 드보예토치예프와 프루지나 프루진스키는 잡지를 읽는다. 이는 두 장면을 대등한 사건으로 여기면 되는 것으로, 굳이 주의를 다른 데로 돌릴 필요는 없다.

마리야 페트로브나가 옷을 갈아입는 데 많은 공을 들이지 않아야 하며, 블라우스를 입고 그 위에 취침용 가운을 걸쳐도 좋다.

방탕한 자들

이 단편에서 체호프는 혁명 전 자유주의 인텔리겐치아들의 특성 중 속물성과 소시민적 자기애, 자만 등을 조소한다. 무대에 등장하는 인물들은 자신들을 세상에 빛이나 소금과도 같은 존재로 생각하지만, 실제로는 변덕과 자만으로 가득 차 있다.

가령 코자프킨은 늦은 시간에도 이웃에 사는 별장 거주자들을 깨울까봐 염려도 하지 않은 채, 큰 소리로 당당하게 노래를 부르고 소리친다. 자기애에 도취되어 라예프 앞에서 젊은 아내와 삶을 설계하는 능력에 대해 과시하기도 한다. 그는 스스로를 매우 똑똑하고 매력적인 사람, 사회를 대표하는 지성이라 믿는다. 그리고 자신의 농담은 주변 사람들에게 만족감을 가져다준다고 생각한다. 하지만 그는 경솔한 사람이다. 결정을 내릴 때면 결과에 대해서는 생각을 해보지도 않고, 즉시 행동에 옮긴다. 그에 반해 라예프는 느릿느릿하고, 조심성 있는 사람이다. 두 변호사는 당시 관습에 따라 '고마운 고객들'이 그들에게 열어준 승소 축하연을 마치고 돌아오는 길이다.

이들이 술에 취한 모습은 과장되지 않게 가볍게 연기하는 것이 필요하다. 코자프킨에게 취기는 즐겁고 흥분된 기분으로 나타나며, 라예프에게는 강한 피로감과 밀려드는 졸음을 극복하고자 하는 형태로 나타난다. 흥미로운 상황에서 유발되는 유머는 닭이 진을 친 남의 별장에서 터져 나오는 언어적 효과와 언어를 통한 상황 전달이 잘 이루어질 때 명확히 발현될 것이다. 가령 처음에는 가벼운 울음소리를 내던 닭들이 점점 놀라서 비명 소리를 내듯 울어대다, 마침내 퍼덕이는 날갯짓 소리와 찢어지는 비명소리로 무대를 가득 채운다. 그러나 코자프킨이 등장할 때는 그의 대사가 잘 들리도록 하기 위해 창문에서 들려오는 소음이 어느 정도 잠잠해져야 한다는 점을 염두에 두어야 한다. 한편 코자프킨이 작고 뚱뚱하다면, 라예프는 마르고 키가 큰 것이 좋다.

이발소에서

'작은 인간' 들 속에서 인간의 진실된 감정을 찾아내는 체호프의 재능은 단편 「이발소에서」도 생생하게 나타난다. 체호프는 상인들의 저속한 거래처럼 행해지는 결혼을 통해 젊고 가난한 청년의 꿈이 어떻게 깨지고, 첫사랑의 떨리는 감정이 어떻게 붕괴되는가를 신랄히 보여준다.

신부의 아버지는 자신의 딸과 마카르 블레스트킨의 사랑에 관해 너무나 잘 알고 있지만, 속물적인 욕심으로 딸을 부유한 협동조합원과 사랑 없는 결혼을 시킨다.

체호프는 많은 애정과 동정심을 가지고 이발사라는 인물을 만들어내지만 그렇다고 주인공을 미화하지는 않는다. 인간 그대로의 생생한 형상을, 즉 장점과 단점을 모두 가지고 있는 인간 그 자체를 우리에게 보여준다.

마카르 블레스트킨은 23세의 젊은 청년이며, '전부 합쳐 땡전 한 푼의 가치도 없는' 이발소의 주인이다. 그의 이발소는 한마디로 불결하다. 시트에는 누런 얼룩이 그대로 남아 있으며, 구석구석에 가난의 흔적이

배어 있다. 마카르는 이발에서 청소에 이르기까지 모든 일을 혼자서 한다. 그는 특별히 뛰어난 명인도 아니며, 그의 가위는 날이 무디기만 하다. 그래서 이발을 할 때면 종종 손님의 머리를 잡아뽑아 고통스럽게 만든다.

그는 이발소에 인접한 작은 방에서 산다. 마카르는 자신이 운영하는 업소의 명성을 실추시키지 않기 위해 멋을 내어 옷을 입으려고 노력한다. 그럼에도 그를 찾는 방문객들은 적으며, 그나마도 그럭저럭 겨우 살아나가는, 부자가 아닌 사람들이 대부분이다.

하지만 마카르는 진실되고 청렴한 사람이다. 그는 야고도프의 딸 안나를 사랑하며, 그녀도 그의 사랑에 화답한다. 애석하게도 블레스트킨이 이발소를 오랫동안 비울 수가 없어서 그들은 마치 서로 다른 길의 끝에서 사는 것처럼 매우 드물게 만난다. 이 사랑만이 그의 외로운 노동의 삶 속에서 행복을 향한 유일한 희망이다.

이 역할의 연기자는 필수적으로 이발사의 일을 경험해봐야 한다. 다시 말해, 이발사의 전문적인 기술과 특징적인 몸짓, 습관, 행위들을 관찰하여야 한다는 것이다. 가령, 이발사가 시트를 끄집어내어 뒤집고, 그것을 흔들고 그리고 의자에 앉아 있는 고객의 어깨에 두르는 행위들을 파악해야 한다. 이발할 때 가위가 내는 독특한 소리와 달라붙은 머리카락을 털어내기 위해 이발사가 가위로 빗을 두드리는 소리 등을 인지하고 있어야 한다.

시대적 상황으로 보았을 때, 변변찮은 이발사들은 가운을 입지 않던 때라 블레스트킨은 아마도 작업을 할 때 조끼를 입었을 것이다.

블레스트킨의 대부인 에라스트 이바노비치 야고도프는 언젠가 야경꾼으로 근무했었으나 지금은 철물공으로 일하고 있다. 그의 나이는 60세 가량이다. 그의 성격의 근본적인 특징은 욕심 많고 인색한 것이다. 그는 블레스트킨이 자신을 무료로 이발해주는 것을 당연하다고 생각한다. 그리고 마부에게 주는 몇 푼이 아까워 도시 전체를 가로질러 블레스트킨에게 걸어온다. 그는 사람을 사회적 위치에 따라 다르게 대한다. 그는 블레스트킨과 한 약속을 깨뜨리는 데 일말의 가책도 느끼지 않는다. 젊은 이발사의 정신적인 고통은 결코 그를 동요시키지 않는다. 야고도프의 형상 속에서 체호프는 인간의 속물적인 우둔함과 좁은 시야, 그리고 이기주의적인 특성들을 그려내 보인다.

야고도프는 어두운 색의 셔츠와 조끼를 입고 있으며 오래되고 낡은 신사복 상의를 입고 있다.

실제 거울은 무대에 존재하지 않는다. 다시 말해 가상의 거울이 관객의 주의를 끌고자 책상 앞에 놓여 있을 뿐이다. 이점에 대해 연기자들은 무대 위에서의 몸짓과 자세로 관객들을 이해시켜야 한다. 이를 테면 블레스트킨은 걸레로 가상의 거울을 닦으며 그것을 바라보고 머리 매무새를 고친다. 마찬가지로 야고도프는 자신의 용모를 거울에 비춰가며 자세히 들여다본다.

　　　말의 성, 더 정확히 말해 말에 관련된 성에서 비롯된 해프닝을 다루고 있는 이 단편에서는 환자가 있는 집안의 환경을 인지하는 것이 가장 중요하다. 가령, 의자들은 제자리에 있지 않고 테이블에는 약병이 굴러다니며, 소파에는 걸레가, 바닥에는 난방용 물주전자●가 있다. 장군은 슬리퍼와 실내복 차림으로 면도도 하지 않았으며, 손에는 체온계와 머리에 두르곤 하는 손수건을 들고 있다. 아내의 충고는 그를 흥분시키며 신경을 곤두서게 한다.

　　장군 역의 연기자에게는 치통으로 인한 격한 발작의 느낌을 사실적으로 전달하는 능력이 필수적이다. 이를 위해 배우는 어떤 치아가 아픈지를 정확히 알아야 하며, 어떤 고통이 따르는지에 모든 관심을 집중시켜야 한다. 치통은 잠잠하다가 갑자기 몰려오는 특징이 있다. 연기자들은 이러한 특징을 사전에 잘 숙지하여야 한다. 치통이 있는 경우 대화는 다양한 방법으로 진행된다. 어떤 사람은 아픈 이를 건드리지 않기 위해 입을 다물지 않은 상태에서 말하며, 어떤 사람은 치통이 강하게 올 때 입을 꼭 다물고 대화하며, 또 어떤 사람은 아픈 곳을 혀로 누른 채 말을 한다.

　　무엇보다 중요한 것은 막의 도입부에 치통으로 인한 엄청난 고통으로 주인공이 흥분해서 날뛰다가, 결말부에 이르러 치료가 된 이후 장군으로서 본연의 모습을 되찾는, 즉 상반된 상황을 자연스럽게 표현해야 한다는 것이다.

●난방용 물주전자　당시의 난방 도구는 오늘날의 손난로와 유사하며 그 안에 뜨거운 물을 채워 열을 내게 되어 있다.

실패

신랄한 풍자 소설 「실패」에서 체호프는 속물근성과 소시민 근성을 날카롭게 조소하고 있다. 사랑이 아니라 계산에 따라 결혼이 성사되는 속물적 환경 속에서 페플로프의 딸의 적은 지참금은 돈에 눈이 먼 예비 신랑들에게 그다지 매혹적이지 못하다. 딸을 시집보내겠다는 꿈을 완전히 포기했던 아버지는 한 청년이 구혼을 해오자 그에게 딸을 시집보내려고 성급한 결정을 내린다.

하급 공무원인 페플로프 일리야 세르게예비치는 교활하고 영리한 사람이다. 몇몇 구혼자들이 딸과의 결혼을 거절하고 돌아서려는 순간, 비즈니스 마인드가 강한 그는 당장에 결혼이 가능한 구혼자를 찾아 빨리 혼인을 성사시키고자 노력한다. 딸과 예비 사위가 서로를 사랑하는지는 그에게 전혀 중요하지 않다. 그에게 중요한 것은 어떻게 하면 딸을 빨리 치울 수 있을까 하는 것이다. 슈프킨을 붙잡고 그는 교활하게도 사랑이 넘치고 감동적인 아버지의 역할을 수행한다.

클레오파트라 페트로브나는 어리석고 부주의하며, 남편에게 절대적으로 복종하는 여자이다. 그녀는 그의 지시에 따라 요란하고 부산스레 움직인다. 또한 잔뜩 흥분해서 성급하게 미래의 부부를 축복한다.

나타샤는 결혼에 필요한 모든 것이 준비된, 이른바 성숙한 여성이다. 부모님의 속셈을 눈치채지 못한 그녀는 슈프킨과 대화하는 도중에 멋을 부리고 교태를 떨면서 종종 거울을 보곤 한다. 웃을 때는 새침 떨며 쇳소리를 내고 때로는 괴로운 척을 하기도 한다. 그녀는 슈프킨을 사랑하지도 않고, 높이 평가하지도 않지만, 주변에 마땅히 다른 인물이 없는 관계로 그를 강하게 유혹한다.

슈프킨은 스스로를 흥미롭고 똑똑하고 교양 있는 사람이라고 생각하나 사실은 어리고 학식이 짧은 교사이다. 유행에 맞춰 옷을 입는 그는 격자무늬 바지를 입고 선명한 색깔의 넥타이를 매고 있으며 머리를 곱실하게 말아 올렸다. 나타샤가 자신을 '똑똑하고' '섬세한 영적 감각'을 가진 남자로 평가한다고 믿기에 슈프킨은 그녀를 좋아하긴 하지만 정작 결혼의 사슬에는 얽매이고 싶어 하지 않는다. 나타샤 부모의 예기치 않은 압박에 슈프킨은 거절할 엄두조차 내지 못할 정도로 놀란다. 그런 찰나 반갑게도 뜻하지 않은 '우연'이 그를 진퇴양난의 상황에서 구해준다.

안톤 체호프 연보
(Anton Pavlovich Chekhov, 1860~1904)

1860년 1월 17일	러시아 서부 아조프 해의 동북쪽에 위치한 타간로크에서 태어남.
1869~1879년	타간로크의 김나지움에서 수학.
1877년	첫 번째 모스크바 방문.
1877~1878년	미완성 장막극 「제목 없는 희곡」(다른 이름으로는 「아비 없는 자식」)을 창작.
1879년	모스크바국립대학교 의과대학에 입학.
1880년 3월 9일	주간지 《잠자리》를 통해 최초의 출판물 「돈 지방 지주 스테판 블라디미로비치 N이 이웃학자 프리드리히 박사에게 보내는 편지」를 간행.
1884년 6월	모스크바국립대학교 의과대학을 졸업. 단편집 「A. 체혼테의 여섯 단편—멜포메나의 이야기」가 세상의 빛을 봄. 필명으로 '안토샤 체혼테'를 사용.
1885년 12월	상트페테르부르크로 첫 번째 여행을 떠남. 《새 시대》의 간행인 A. S. 수보린과 처음 만남.
1886년 2월 15일	첫 번째 단편소설을 《새 시대》지에 게재.
1886년	단편집 「잡다한 이야기들」을 출간.
1886년 8월 27일	사도보—쿠드린스카야 거리로 이사.
1887년 8월~9월	「수필과 단편선—황혼에서」, 「죄 없는 말들」을 출간.
1887년 11월 19일	장막 희극 「이바노프」를 모스크바 코르쉬 극장에서 초연.
1888년 3월	《북방통보》지에 중편소설 「초원」을 발표.
1888년 10월 7일	단편집 「황혼에서」로 푸시킨상을 수여.
1889년 1월 31일	상트페테르부르크의 알렉산드린스키 극장에서 「이바노프」를 상연.
1889년 7월 2일	형 니콜라이의 죽음 이후 오데사로 이동. 이후 얄타로 이사함.
1890년 3월 말	단편집 「우울한 사람들」 출간.
1890년 4월 21일	사할린으로 떠남.

1898년 9월	올가 크니페르와 첫 만남.
1898년 10월 12일	아버지 파벨 예고로비치가 수술 후 사망.
1898년 10월	얄타 지방의 아우트크에 별장을 짓기 위해 땅을 구입.
1898년 11월~12월	사마라 지방의 기아들을 위해 기금을 마련.
1898년 12월 17일	모스크바 예술극장에서 「갈매기」의 역사적인 초연을 가짐.
1899년 1월 17일	마르크스 출판사와 전집 출간에 대한 계약을 체결.
1899년 3월 19일	막심 고리키와 만남.
1899년 12월 6일	민중 계몽에 대한 공로로 성 스타니슬라프 3등 훈장을 수여.
1899년 12월	마르크스 출판사에서 체호프 전집의 1권을 출간.
1900년 1월 8일	러시아학술원 문학분과 회원으로 임명.
1900년 12월 11일	유럽으로 여행. 니스, 피사, 플로렌스, 로마를 방문.
1901년 1월 31일	모스크바 예술극장에서 「세 자매」를 초연.
1901년 5월 25일	모스크바에서 올가 크니페르와 결혼.
1902년 8월 25일	학술원에 정회원 탈퇴 서한을 발송.
1903년 12월 초	마지막 단편 「약혼녀」를 출간.
1904년 1월 17일	모스크바 예술극장에서 「벚나무 밭」을 초연.
1904년 5월	희곡 『벚나무 밭』을 생애 마지막 작품으로 출간.
1904년 6월 3일	아내와 독일의 바덴바이에르로 떠남.
1904년 7월 2일	새벽 3시에 사망.